»Die Geschichte dieses Sommers beginnt für mich in jener Nacht in Shanghai, in der ich hellwach, ausgerüstet mit Papier und Stift, am Schreibtisch saß, aber zum ersten Mal nicht mehr wusste, was ich Christopher noch versprechen sollte.«

»Keine geeignetere Kulisse als die Hochhausmetropole Shanghai könnte es für diese Geschichte geben, die so mutig kühl und trostlos ist und in der es ständig um Höheres geht: Welcher Idee soll man sein Leben widmen? Der Wissenschaft? Der Kunst? Einem Menschen? Silke Scheuermann hat einen Roman um drei radikale Frauen herum geschrieben, von denen jede eine andere Antwort lebt.«
Maren Keller, KulturSpiegel

»Künstlerroman, Liebesroman, Emanzipationsgeschichte, Familiengeschichte und Reisebericht: All das ist ›Shanghai Performance‹.«
Jörg Magenau, Süddeutsche Zeitung

Silke Scheuermann, geboren 1973 in Karlsruhe, lebt in Offenbach. Für ihr literarisches Werk erhielt sie zahlreiche Stipendien und Preise, darunter den Leonce- und-Lena-Preis der Stadt Darmstadt, den Hermann-Hesse-Literatur-Förderpreis und ein Stipendium der Villa Massimo. Sie veröffentlicht Gedichte und Prosa, darunter 2005 den Erzählungsband ›Reiche Mädchen‹, 2007 den Roman ›Die Stunde zwischen Hund und Wolf‹, 2010 das Kinderbuch ›Emma James und die Zukunft der Schmetterlinge‹, 2011 den Roman ›Shanghai Performance‹ sowie zuletzt, im Herbst 2012, den Roman ›Die Häuser der anderen‹.

Unsere Adresse im Internet: www.fischerverlage.de

Silke Scheuermann

Shanghai Performance

Roman

Fischer Taschenbuch Verlag

MIX
Papier aus verantwortungsvollen Quellen
FSC® C083411

Veröffentlicht im Fischer Taschenbuch Verlag,
einem Unternehmen der S. Fischer Verlag GmbH,
Frankfurt am Main, Oktober 2012

Lizenzausgabe mit freundlicher Genehmigung
des Verlages Schöffling & Co. Verlagsbuchhandlung GmbH,
Frankfurt am Main

Druck und Bindung: CPI – Clausen & Bosse, Leck
Printed in Germany
ISBN 978-3-596-19217-5

Shanghai Performance

Erstes Kapitel

Als ich noch jünger war und vieles für selbstverständlich nahm, sagte der Galerist, bei dem ich gerade jobbte, etwas zu mir, an das ich mich später häufig erinnerte: »Unterschätzen Sie niemals, dass Sie eine Frau sind, die gut aussieht. Nicht unbedingt schön, nein, nicht so, dass es jemandem Angst machte und sie niemand anspräche, aber eben überdurchschnittlich. Das ist ein Kapital.«

Ich kündigte ihm keine drei Wochen später. Mit neunzehn Jahren war ich zwar eitel, aber auch ehrgeizig, und es beleidigte mich, dass es nicht meine Arbeit war, die er lobte, sondern etwas, für das ich so offensichtlich nichts konnte; genauso gut, dachte ich damals, hätte er mich für die Existenz von Damien Hirst, Joseph Beuys oder der klassischen Moderne verantwortlich machen können. Ich fand ihn albern und oberflächlich und ging, anstatt ihm dafür dankbar zu sein, dass ich auch ohne Abschluss bei ihm arbeiten und Erfahrungen im Kunstgeschäft sammeln konnte. Man ist so maßlos, wenn man jung ist. Komplimente betrachtet man als Unverschämtheit, erst viel zu spät ist man froh darüber – wenn man merkt, dass sie ausbleiben. Vielleicht reagierte ich auch so heftig, weil ich ahnte, welche Dunkelheit auf mich zukam, welche Trauer – als hätte die Vergangenheit sich aufgelöst in lauter

Teile, die nicht zusammengehörten, und ich stieße hier und da auf Gegenstände aus einer anderen Zeit; am helllichten Tag erschrecken sie einen: ein altes Foto, das in dem lange nicht mehr geöffneten Buch liegt, eine Haarspange, die von einem Tag auf den anderen im Spiegel lächerlich kindlich wirkt, ein Brief, der vor Jahren hinter den Schrank gefallen ist, eine verzerrte Erinnerung im Schlaf, Dinge, die an andere Zusammenhänge erinnern. Ich gebe zu, dass ich mir das womöglich einrede, im Nachhinein, um nicht eingestehen zu müssen, wie oberflächlich ich war, wie beleidigt von nichts und wieder nichts.

Es war ein exquisites Ausstellungshaus, das ich verließ, aber es gab andere. Ich vergaß diese Galerie, so wie ich viele Jobs während des Studiums vergaß. Da ich mich schnell langweilte, wechselte ich die Anstellungen häufig. Als ich gerade meine Doktorarbeit über die von mir bewunderte Performancekünstlerin Margot Winkraft angemeldet hatte, erfuhr ich, dass sie eine Assistentin suchte. Ich war mir vollkommen sicher, es geschickter anzustellen als alle anderen. Anstatt mich unter Hunderte internationaler Bewerberinnen einzureihen, ergatterte ich den Auftrag eines Kunstmagazins, sie zu interviewen, und bereitete mich akribisch auf das Gespräch vor. Es klappte. Man muss die Leute glauben machen, dass sie es sind, die die Ideen haben, das ist der ganze Trick, merkte ich mir.

Später begriff ich, dass Margot sehr wohl den Zusammenhang zwischen meinem Auftauchen und der offenen Stelle hergestellt hatte, ja, dass ich nicht einmal die Einzige gewesen war, die sich mit irgendeinem Trick ein unverbindliches Treffen erschummelt hatte. Es sah Margot ähnlich, dass sie die Geschichte Jahre später, rein zufällig vor einer Menge Leute, erwähnte, und mir, dass ich mit rotem Kopf mitlachte.

Ich lernte Margot kennen und wusste sofort, dass sie alles verkörperte, wonach ich mich sehnte. Sie *glaubte*, wie ich mir immer gewünscht hatte zu glauben, nur dass ich nichts Eigenes hatte, das ich entwickeln, für das ich leben konnte. Margots Projekt wurde meines. Unter ihren Mitarbeiterinnen, sagte sie manchmal, sei ich seit langem die engagierteste, das sagte sie so lange, bis ich es glaubte. Und es stimmte ja auch, dass ich all meine Kraft in jedes ihrer Projekte steckte – in alle bis auf eins, das Chinaprojekt, aber auf die Gründe dafür komme ich noch.

Es geht Margot in ihrer Kunst ausschließlich um eines, und das ist Schönheit. Sie ist davon besessen. Ich meine nicht nur die Schönheit des weiblichen Körpers, dessen Verletzlichkeit, dessen unvermeidlichen Verfall sie in ihren Installationen immer aufs Neue inszeniert oder vielmehr beklagt. Ich meine, dass ihr gesamtes Leben seit jeher darin bestand, nach Schönheit zu suchen. Sie nennt sich eine »Angestellte des Lichts«. Ich erinnere mich, wie ich sie einmal, als ich noch nicht lange für sie arbeitete, telefonieren hörte. Sie klang ungeduldig. »Was ich mit einer Zusammenfassung von Licht meine? Das liegt doch auf der Hand, meine Liebe. Ich meine: zärtliches, gefährliches, traumhaftes, lebendes, totes, klares, nebliges, heißes, grausames, nacktes, plötzliches, frühlingshaftes, fallendes, gerades, schiefes, sinnliches, gedämpftes, giftiges, beruhigendes, fallendes Licht. Das ist es, was ich vom Raum will!« Bei jeder anderen Person, die ich kenne, hätte das exaltiert, ja sogar affektiert gewirkt, bei Margot wirkte es, als erinnerte sie den Zuhörer nur an etwas, das er insgeheim schon seit langem wusste, das nur in ihm verschüttet war. Sie war klein und zierlich, aber ihre Stimme war laut und kehlig, und ich gewöhnte mir in ihrer Nähe rasch an, ebenfalls lauter zu sprechen, genau wie ich manche ihrer Redewendungen imitierte.

In der Zeit, in der sich das Chinaprojekt anbahnte, war ich Margots Vertraute geworden. Es war eine Freundschaft, in der jede ihre Geheimnisse behielt – wie existenziell diese waren, das wurde mir aber erst in Shanghai bewusst. Ich selbst hatte zu dieser Zeit einen eher peinlichen Vorfall zu verbergen, der aber weit reichende Konsequenzen hatte, wie mir zu spät klar wurde. Ich hatte Christopher schon wieder betrogen, und diesmal halfen Entschuldigungen nichts. Er versteinerte, machte seine Drohung wahr und zog aus. Ich bettelte, telefonierte ihm hinterher, flehte, schrie, schimpfte, aber er blieb eisern, ich prallte immerzu gegen die Wand seines verbindlichen, verletzten, kalten »Nein«. Ich verstand meine eigene Untreue nicht. Unsicherheit? Ach je. Angst, er könnte mir zuvorkommen? Es klang alles lächerlich, und wenn ich mit meinen Freundinnen gesprochen hatte, saß ich nach den Telefonaten lange einfach nur da, fassungslos darüber, die Adressatin so vieler Phrasen geworden zu sein.

Ohne die Sache mit Christopher wäre mir das Ungewöhnliche, Kleine, Verdruckste an dem Projekt in China schon eher merkwürdig vorgekommen, so dass ich mehr Fragen gestellt hätte, da bin ich mir sicher. Vor allem aber hätte ich mir nicht so leicht die Kontrolle über den Verlauf nehmen lassen. Alles, von Anfang an, schon die Tatsache, dass Margot in mein Büro kam, um die Sache zu besprechen, und mich nicht zu sich zitierte, war einen Tick anders als sonst. Ich weiß noch, es war ein kalter Wintertag, und die Klimaanlage spielte im ganzen Haus verrückt, so dass wir alle in Wintersachen kamen, aber darunter etwas Leichtes trugen, um uns den Temperaturen im Loft anzupassen. Margot fand das toll, denn auf diese Weise konnte sie schon ein halbes Jahr früher die neue Sommerkollektion eines Designers tragen, für den wir eine Schaufenster-Installation gemacht hatten und der sie seitdem kostenlos bestückte. An diesem Tag umflatterte sie ein melonengelbes Seidenkleid.

»Was hältst du von Shanghai?«, fragte sie und ließ ihren Blick anscheinend uninteressiert durch den Raum schweifen. Aber ich kannte sie; sie lauerte. Mehr noch als an ihren Augen sah man es an ihrer Stirn: Wenn sie sie zusammenzog, zeichneten sich deutlich zwei tiefe Längsfurchen ab, und durch zwei nicht ganz so deutliche, aber ebenfalls sichtbare in V-Form dazwischen sah es aus, als trüge sie ein »M« als ihr Zeichen auf der Stirn. Anna nannte sie, wenn wir über sie sprachen, auch nur bei diesem Anfangsbuchstaben, »M«, wie die Chefin von James Bond; ich war einigermaßen stolz darauf, mir diese Marotte nicht angewöhnt zu haben.

»*China?*«, fragte ich.

Sie hatte eine Mappe im Arm, die sie behutsam hielt wie einen Säugling. So begannen alle unsere Projekte. Sie lächelte zuckersüß. Sie wusste, was ich dachte, aber sie wollte es von mir hören.

»Also China. Okay, wenn du meine Meinung hören willst: Vor sieben, acht Jahren, sicher. Oder besser noch, vor zehn.«

Ich gähnte angelegentlich, um meine allzu richtige Bemerkung zu unterstreichen. Von China hatte im Moment jeder die Nase voll. Ein paar ganz Schlaue, Händler und Sammler, hatten seit den Neunzigern sehr viel Geld dort gemacht, ein paar Künstler konnten sehr gut leben, ein Rattenschwanz an Nachahmern durch kleine Betrügereien immerhin besser als vorher.

Mein Telefon klingelte. »Neulich …«, begann ich.

»Nimmst du nicht ab, meine Liebe?«

Während ich telefonierte, wendete sie sich ab und fasste zerstreut dies und das im Schrank an, einige Schnellhefter, einen gläsernen Briefbeschwerer, ein gerahmtes Foto, das Christopher an Halloween mit Vampirgebiss zeigte. Ich telefonierte, bis der Handykontakt abbrach. Margot stellte das Foto weg.

»Ich habe erwartet, dass du das sagst. Wir machen es trotzdem. Ich habe noch nie mit Asiatinnen gearbeitet.«

»Nun«, sagte ich. »Dann scheint ja alles schon entschieden zu sein.«

Sie zog die Augenbrauen hoch, was andeuten sollte, dass sie mich ganz amüsant fand. Das Telefon klingelte wieder.

»Das ist Anna«, sagte ich genervt. »Sie sitzt auf irgendeinem Markt in Bombay, und die Frau, mit der sie sich treffen wollte, kommt nicht.«

»Anna langweilt sich zu schnell. Geh ran. Ich lasse dir das hier.« Die Mappe wurde auf meinem Schreibtisch platziert, direkt vor meiner Nase, so dass auch nichts schiefgehen konnte, falls ich plötzlich kurzsichtig würde. Margot tänzelte hinaus.

Dieses Telefonat dauerte lediglich drei Sätze – dann war plötzlich ein Inder in der Leitung, und ich legte endgültig auf. Ich nahm die Mappe, blätterte und las, mit wem Margot in Shanghai Kontakt hatte. Eine kleine Galerie, das war nicht das, was wir sonst machten – unsere letzten Performances hatten im MoMA und im Versailler Schlosspark stattgefunden. Abgesehen davon suchte sich meine Chefin selbst die Veranstaltungsorte aus und wartete nicht auf Vorschläge. Ich vertiefte mich in Margots Mappe. Die Galerie trug den albernen Namen Garage 2, zwei Geschwister führten sie, eine gewisse Lian, die das China-Projekt durch einen Brief an Margot auch initiiert hatte – zum Teufel, den Brief hätte ich gerne gelesen –, und ihr Bruder Tian. Ich rief Lian an, erreichte sie sofort persönlich, und sie erzählte mir in zwitscherndem Deutsch, sie hätte drei Jahre in Stuttgart studiert. Sie sagte auch, der eigentliche Besitzer und Geldgeber der Galerie sei ein gewisser Wei Ze, ihr Onkel. Onkel Ze, selbst ein schwerreicher Sammler, habe ihnen gewissermaßen Spielgeld gegeben, ohne sich weiter in die Angelegenheiten der Garage 2 einzumischen. Es sollte mir recht sein, einer weniger, mit dem man sich absprechen musste. Die Geschwister konzentrierten sich vor allem auf Arbeiten, die sich mit der chinesischen ästhetischen Tradition auseinandersetzten, weniger auf politisch und sozial engagierte. Lian war eine Kennerin von Margots Werk, das merkte ich sofort; und sie schien Tag und Nacht in der Galerie zu sein, denn selbst wenn ich die Zeitverschiebung ignorierte, zu für Shanghai ungewöhnlichen Zeiten anrief und das Band erwartete, war sie selbst dran und sprudelte frisch ins Telefon.

Es lag an Lian, dass die Vorbereitungen so rasant schnell vonstatten gingen, wie Margot es diesmal verlangte; ich saß stundenlang im Büro und starrte die Wand an, dann wieder griff ich zum Telefonhörer, um Christopher anzurufen und ihn um eine Aussprache anzuflehen, »eine letzte«, sagte ich, »bitte!« Ich bildete mir ein, die neue Hospitantin hörte es durch die Tür hindurch und grinste sich eins, aber als ich rausging, um nachzusehen, arbeitete sie stumm an einem Brief. Wir gingen dann zusammen einen Tee trinken, und ich redete und redete – so lange, bis sie mir deutlich machte, ich hielte sie von der Arbeit ab.

Bis zu dem Tag unserer Aussprache hatte ich in der Annahme gelebt, es gäbe nur sehr wenige Dinge, die man nicht wiedergutmachen konnte. Weil Christopher einwilligte, mit mir einen Spaziergang im Taunus zu machen, war ich ganz zuversichtlich. Diesen kleinen Ausflug eine halbe Stunde weg von Frankfurt hatten wir oft gemacht; er erinnerte an bessere Zeiten. Chris redete während der Autofahrt nicht, er saß mit verbissenem Gesichtsausdruck am Steuer und fuhr enervierend langsam, und er schwieg auch noch eisern, als wir vom Parkplatz hinaus in die menschenleere, schneebedeckte Winterlandschaft stapften, eine Landschaft, wie sie auf Lebkuchenschachteln abgebildet ist, bestürzend schön und zerbrechlich. Es war schon Ende März, aber es hatte noch einmal heftig geschneit, vor dem Weiß sah man die schwarzen Äste, Scherenschnitte, Baumsilhouetten, filigran wie Adern, und diese Schönheit des Waldes kam einem vor, als spazierte man in Novalis' Traum umher.

»Schau, wie wundervoll«, sagte ich und zeigte nervös hierhin und dorthin; überall im Schnee waren Tierspuren zu sehen, alles um uns herum wies auf Leben hin, es hatte sich nur versteckt. Ich versuchte das als ein gutes Zeichen zu deuten und murmelte, weil Chris beharrlich schwieg, etwas von wegen der Bäume und dem Schnee und all den kleinen Tieren und dem Rhythmus der Gezeiten oder so ähnlich.

Er flippte völlig aus. »Aha, schön findest du es hier«, schrie er. »Schön! Schön! Schön!«

Es kam mir so vor, als hörte ich zum ersten Mal, wie er dieses Wort benutzte. Vielleicht lag es an der Akustik; der Schnee und die irreale Weite, die die Wände aus Bäumen suggerierten, dämpften und verzerrten, was er sagte.

»Es schneit viel zu früh! Das ist die Klimakatastrophe.«

Sein Gesicht war rot, ein paar schwarze Haarsträhnen fielen ihm in die Stirn. Ich dachte daran, wie wir uns im März des Vorjahres in Badesachen auf den Balkon gelegt und, uns räkelnd und voller Wohlgefühl, über das verrückte Wetter gesprochen hatten, und beinahe hätte ich gelacht, aber der Blick in sein Gesicht hielt mich davon ab. Seine Augen – das war Hass, purer Hass.

»Ich wünschte, ich wäre nie nach L.A. gefahren«, sagte ich.

»Es« war nach einer Buchpräsentation in L.A. passiert, zu der ich mit Anna, unserer Fotografin, gefahren war. Ich hatte die Texte in dem Band anlässlich von Margots fünfzigstem Geburtstag geschrieben; das bisher umfangreichste Buch über ihr Gesamtwerk, ein kleines, gestalterisches Kunstwerk; wir waren stolz darauf, und so nahm der Abend seinen Lauf, alles war nett, amerikanisch, unwichtig.

»Ja, dein Fickaufenthalt!«, schrie Christopher. »Sag, wie oft hast du ihn gefickt?« Er zertrampelte die Spuren eines Hasen: »Sag schon!« Und, ohne eine Antwort abzuwarten: »Sah er gut aus?« Auf diese Frage versteifte er sich dann, er schrie sie immer wieder, er schrie abwechselnd: »War es schön?« und »war er schön?« und »sag schon!« »Bestimmt ein blonder Surfertyp, was?« Er holte aus, ließ die Hand aber sinken und ging einen Schritt rückwärts, weg von mir.

Ich hoffte weiterhin, er würde mich schlagen oder etwas tun, das ihn ebenfalls ein klein wenig ins Unrecht setzte. Er ging immer schneller, ich musste rennen. Ein umgekippter, mit einer Haube Schnee bedeckter Baum lag vor ihm, er glitt beinahe aus, als er über ihn hinwegstolperte, weil er nicht um ihn herum gehen wollte, diese Blöße wollte er, der Gehörnte, sich nicht auch noch geben. »Sag schon, war es schön?«, brüllte er.

»Ich liebe dich«, flüsterte ich.

Er trat an mich heran, blies mir seinen Atem ins Gesicht. Auf höhnische, hasserfüllte Art imitierte er mein Flüstern mit einer Stimme, die klang, als schnitte er Glas: »Dann – wenn das wirklich so wäre – hättest du die Verantwortung übernehmen sollen, du hattest sie, aber das kannst du ja nicht. Nie übernimmst du für etwas die Verantwortung, deshalb lässt du sie doch auch alle dich ficken, ja, das bist du doch, eine Assistentin, die vom Leben gefickt wird, nichts Eigenes, nur ja nichts Eigenes, und deshalb ficken sie dich auch alle mit dem ultimativen Genuss, nur ich nicht, ich nie mehr. Ich habe dich so geliebt, aber du hast es versaut, weiß Gott, das hast du gründlich getan. Und wenn du mir wieder mit Anna kommst, von wegen schlechter Einfluss, dann halt dich fern von ihr. Außerdem ist Anna single. Single! Wie du jetzt auch! Jetzt kannst du richtig loslegen, viel Spaß. Mein Gott, wie ich dich hasse!«

Er drehte sich weg und lief davon.

»Gib doch zu, du bist froh, mich los zu sein«, schrie ich hinter ihm her. Ich konnte mich nicht bewegen. Als ich ihn nicht mehr sehen konnte, rannte ich los, geradeaus, bis meine Lunge wehtat. Das Schlimmste war, ich konnte nicht weinen. Ich kann eigentlich nie weinen, außer bei richtig starken körperlichen Schmerzen.

Irgendwann folgte ich einer großen Fußspur, neben der die Abdrücke von Hundepfoten zu sehen waren, und so gelangte ich zu dem Waldhotel, das an der Endhaltestelle der U-Bahnlinie 3 stand, Hund und Herrchen waren anscheinend eingekehrt. Ich erinnere mich an jedes Detail des Bildes vom Hotel und der Haltestelle, als ob es sich um ein Stück Fotokunst handelte, das ich lange studiert hatte. Unser Auto war weg, die noch fahrerlose U-Bahn stand in Richtung Stadt. Ein kompromisslos schwarzer Vogel kreuzte den weißen Winterhimmel in einem vollendeten Bogen; mein Gedächtnis fror ihn auf dem höchsten Punkt fest. Der Fahrplan: ein hinter eine schmutzige Glastafel geheftetes Papier, kaum leserlich. Als ich am späten Nachmittag, es wurde schon dunkel, bis auf die Knochen ausgekühlt und mit blauen Lippen die Wohnungstür aufschloss, spürte ich sofort die Stille, die jetzt an seiner Stelle da war, um mit mir zu leben, die Stille seiner Abwesenheit, deren zahlreiche Nuancen ich noch kennen lernen sollte. Ein paar Tage später präsentierte ich Margot die Reisedaten nach Shanghai.

Ich machte mich am Tag des Abflugs morgens viel zu früh zum Flughafen auf und war erstaunt, dass Margot schon auf mich wartete. »Mehr kann ich nicht tun, als es bereuen«, hatte ich auf ein weißes Blatt Papier geschrieben, weil ich annahm, Christopher käme während meiner Abwesenheit nach Hause, um weitere Sachen zu holen. Nach dem Check-in baute Margot, vorne in der ersten Klasse, um sich ihr typisches Nest aus Zeitungen, aus dem nur manchmal ein Stück ihres stündlich besser informierten Kopfes auftauchte, dann wieder ihre schlanke, gebräunte, ringlose Hand. Ich flog Business Class, aber diesmal hatte ich Pech, denn mein holländischer Nachbar begann mir nach wenigen Minuten auf dem Laptop sämtliche Fotos zu zeigen, die er während seiner vergangenen Reisen durch Nord- und Südchina gemacht hatte. Ich stelle mich schlafend, betrachtete aber aus den Augenwinkeln noch eine Weile das riesige, zur lila Schleife gebundene Halstuch aus sehr steifem Stoff, das eine der Stewardessen trug, und als sie aus meinem Blickfeld verschwand, machte ich mir Gedanken, ob es eigentlich erlaubt sei, seine Berufskleidung durch so einen Propeller aufzupeppen, und noch während ich überlegte, nickte ich friedlich ein. Ich schlief den ganzen Flug über, zehn Stunden lang.

Die Geschichte dieses Sommers beginnt für mich in jener Nacht in Shanghai, in der ich hellwach, ausgerüstet mit Papier und Stift, am Schreibtisch saß, aber zum ersten Mal nicht mehr wusste, was ich Christopher noch versprechen sollte. Meine E-Mails kamen als unakzeptierte Spam-Meldungen zurück, daher hatte ich mich aufs Faxen verlegt, aber alle Faxe gingen an unsere gemeinsame Adresse, und es war durchaus möglich, dass er dort noch gar nicht wieder gewesen war. Ich saß am Sekretär vor dem Papier mit dem Briefkopf des Xi Yuan-Hotels, und hier, erst jetzt und in dieser Entfernung von Frankfurt und dem Leben dort, begann ich mir einzugestehen, dass es diesmal wirklich vorbei war. Auf dem Schreibtisch lag meine Armbanduhr, der milchige Lichtkegel der Nachttischlampe erfasste sie gerade noch. Ich musste nicht nachsehen, wie spät es war; meine innere Uhr meldete es. Ich drehte mich vom Schreibtisch weg. In der breiten Fensterfront, die fast die gesamte Zimmerwand einnahm, sah ich die Stadt und die Nacht. Auf dem dunklen Huangpu River fuhr ein Schiff. Gelbe Strahlen fielen in einem beweglichen Kranz vom Jin Mao Building, so dass es aussah, als trage das Gebäude einen tanzenden, futuristischen Rock. Daneben der rosarot illuminierte Oriental Pearl Tower und das Shanghai World Financial Center – es war eine Aussicht, für die es kaum eine erträgliche Dosis gab, und so zog ich die Vorhänge erst gar nicht zu, auch nicht zum Schlafen. Allabendlich wurde mir bewusst, dass jetzt, in diesen Minuten, in denen ich am Fenster stand, draußen um Shanghai herum, Shanghai erweiternd, Satellitenstädte mit ebensolchen Hochhäusern in einer unglaublichen Geschwindigkeit wuchsen, wirklich *wuchsen*, es fühlte sich nicht so an, als würden sie gebaut – es war so rasant, als drückte jemand von unten, aus dem Totenreich, mühelos Nägel mit der Spitze nach oben durch Erde und Asphalt.

Ich starrte auf das Spektakel hinter der Scheibe und versuchte, nicht an die Zukunft zu denken. Der Lärm hatte nicht abgenommen, auch jetzt noch und im siebzehnten Stock des Hotels war er zu hören, ein gleichmäßiges Rauschen des Verkehrs auf mehreren Ebenen. Brüllstadt, dachte ich. Es gab über hundert Städte mit mehr als einer Million Einwohner in China. Das war schwer zu begreifen.

Es gibt in Hotelzimmern nie besonders viel zu tun. Ich betrachtete das Telefon. Lief ein paar Mal auf und ab. Im Bad drückte ich mir ein feuchtes Handtuch in den Nacken. Mein Gesicht im Spiegel hatte die Farbe von getrocknetem Thymian und lief nach unten spitz aus wie ein

Ziegenkopf, und hier, in der ersten schlaflosen Shanghaier Hotelnacht und angesichts meines befremdlichen, um nicht zu sagen hässlichen Anblicks, musste ich plötzlich an das Bildnis des Dorian Gray denken und gleichzeitig daran, dass ich, womöglich, in den vergangenen Wochen die letzte Chance vertan hatte, je ein anständiger Mensch zu werden, dass es vielleicht kein Zurück mehr gab und die Fehler, die ich begangen hatte, längst Teil meines Charakters geworden waren, ja, dass man sie auch nicht mehr Fehler nennen musste, sie waren ureins mit meinem Wesen, bösartig und unausweichlich, eine der bösesten von Millionen von Seelen, verloren wie ein Haar im Abwasser. Hier, heute, jetzt spürte ich immerhin noch, dass ich an einem Tiefpunkt angekommen war, aber bald schon würde ich gar nicht mehr merken, zu was für einem üblen Charakter ich mich entwickelt hatte, und ich würde weiterhin Spaß haben und glauben, ich könnte andere Menschen beurteilen und über richtig und falsch befinden, während ich bei mir selbst völlig andere Regeln gelten ließ. Ich warf den feuchten Waschlappen auf die Neonlampe über dem Spiegel, aber er blieb nicht hängen, sondern platschte auf den Kachelboden. Neben dem Waschbecken, auf der schwarzen Marmorplatte, lagen aufgereiht und in winzige, dunkelblaue Pappkisten verpackt, mindestens zwanzig Kosmetikartikel. Auch später beschenkte mich der Zimmerservice täglich mit neuen, zusätzlichen Zahnbürsten, Seifestücken, Shampoofläschchen, Duschhauben, Kämmen und so weiter, alles musste immer zweimal da sein, sehr rätselhaft und ausgesprochen großzügig.

Ich zog mich langsam an, mit Pausen dazwischen, ich war so frei, jederzeit aufzuhören damit, falls mir etwas Besseres einfiele. Aber das Einzige, was ich um diese Zeit tun konnte, war, ein bisschen an der Hotelbar zu sitzen.

Der Flur war grell beleuchtet, und ich musste blinzeln, als ich aus dem Zimmer trat. Geräuschlos ging ich über den weichen Teppichboden, es war so still, dass ich glaubte, ich könnte den Schlaf der Menschen durch die Türen hindurch spüren; er durchdrang den schmalen, lang gezogenen Raum und schien mich von allen Seiten mit Händen anzufassen, mir etwas zuzuflüstern, etwas Geheimnisvolles, in unverständlichen, singenden Sprachen. Eine Reinemachefrau glitt hinter ihrem mit Putzmitteln bestückten Wagen um die Ecke, so selbstverständlich wie ein Blutkörperchen durch die Adern eines großen Lebewesens.

In der Hotelbar fühlte ich mich sofort zu Hause. Alles Leben in solchen Bars hat etwas Zerrissenes, Beliebiges. Um diese Zeit herrschte nicht gerade Hochbetrieb. In einer Ecke beugten sich zwei Asiaten in weißen, bläulich schimmernden Hemden über ihre Whiskeygläser, die pechschwarzen Haarschöpfe zeigten aufeinander. Sie unterhielten sich nicht, aber es kam mir so vor, als ob bereits in ihrer Haltung, halb lauernd, halb demütig, die ganze Aussage läge. Ein Mann mit Baseballkappe, dessen Gesicht ich nicht sehen konnte, hing wie eine umgekippte Halmafigur über dem Tresen; die Drinks schienen es in sich zu haben. Ich bestellte Wassermelonensaft. Der Kellner verstand kein Englisch; ich deutete auf ein Fruchtbildchen auf der Karte. Es war lästig.

Ich weiß nicht, warum ich mich ganz hinten in den Raum setzte, in eine dunkle Ecke hinter einem hässlichen Raumteiler aus Pflanzen, in dem ein zufrieden lächelnder Buddha thronte, aber dieses Gestrüpp war der Grund, weshalb Margot mich nicht sah, als sie mit kleinen, raschen Schritten die Bar betrat. Ich sah ein Stück ihres bordeauxfarbenen Waschseidenkleids durch das Grünzeug schimmern und erkannte sie sofort. Ich war ziemlich perplex. Margot hält viel auf ihren Schlaf; sie besitzt ein speziell für sie von einem Heilpraktiker gemixtes Schlafmittel, das ihr acht Stunden Bewusstlosigkeit nächtlich garantiert; sie schwört darauf, und dieses Mittel kostet ein Vermögen. Mein erster Impuls war, aufzustehen und zu ihr hinzugehen, aber sie zog ihr Handy heraus, also hielt ich inne. Ich sah ihr Gesicht deutlich im Licht der kleinen Kerze, die neben dem Aschenbecher auf ihrem Tisch brannte. Margot las eine Nachricht und legte dann das Handy vor sich auf den Tisch.

Falls die SMS gerade angekommen war – und ich hatte den Eindruck gehabt –, dann musste sie aus Europa kommen, um diese Zeit. Wie Margot sich mit ihrem schmalen Körper nach vorne beugte, in diesem blaustichigen, dunkelroten Kleid, sah sie aus wie zwanzig, und ich sah, dass der Barkeeper, ein athletischer, intelligent aussehender Mann mit gleitenden Bewegungen, einen Moment innehielt und sie ansah. Er wirkte sehr in sich ruhend, gelassen, vielleicht gehörte ihm der Laden. Mit Sicherheit sah er hier viele weibliche Gäste ohne Begleitung, die weder erwarteten noch erhofften, einen Mann kennen zu lernen. Sie waren weit gereist und müde und würden sich über einen Annäherungsversuch nicht freuen, im Gegenteil, es wäre eine Belästigung. Ich fand es wieder überraschend, wie jung Margot manchmal wirkte. Sie hatte sich die kurzen Haare mit einem Stirnreif mädchenhaft zurechtgemacht, und ihre Kleidung sah sündhaft teuer aus – das Seidenkleid so hauchzart wie eine Zwiebelhaut. Es war hier nicht unbedingt ein Nobelhotel, aber ein sehr gutes, und ihrem Auftreten nach könnte man Margot auch für einen Filmstar halten, denn denen sah man stets an, dass sie sich unablässig ihrer Publikumswirksamkeit bewusst waren – die Wichtigkeit ihres Seins umgab sie wie eine Glocke. Meine Chefin war vollkommen entspannt, absolut im Einklang mit ihrer Umgebung. Die Ellbogen aufgestützt, das Kinn in den Händen, lauschte sie der unaufdringlich leisen Musik und sog dabei an ihrem Trinkhalm. Alle paar Minuten warf sie einen Blick in Richtung Tür, und ein paar Mal sah sie auch in meine Richtung, und ich duckte mich ein wenig, obwohl ich ja hinter den Pflanzen verborgen war.

Und dann stand auf einmal ein älterer – oder vielmehr schon ziemlich alter – Chinese im Raum, sah sich kurz um und steuerte direkt auf sie zu. Sie begrüßten sich sehr förmlich, aber irgendetwas an ihrer Art verriet mir, dass sie sich nicht zum ersten Mal begegneten. Der Mann war groß und hager und hatte weithin sichtbares eisgraues Haar. Mich überraschte dieses nächtliche Treffen sehr, und doch sah ich erst einmal nur interessiert zu, wie einem Film, der auf einmal eine unerwartete Wendung nahm.

Die beiden beugten sich zueinander, als hätten sie etwas Intimes zu besprechen, das heißt Margot sprach, doch was sie sagte, schien dem Alten zu missfallen, er schüttelte mehrfach den Kopf, und Margot, die damit anscheinend nicht gerechnet hatte, saugte nervös am Strohhalm und leerte rasch ihren Fruchtsaft. Der Mann rührte sein Glas nicht an. Seine Körpersprache war so eindeutig ablehnend, dass ich das fast als ungehörig empfand. Sollte ein so alter Kerl sich nicht freuen, wenn eine schöne Frau sich mit ihm traf? Und überhaupt, wieso schlief er nicht, um diese Zeit? Er schüttelte noch ein letztes Mal langsam den Kopf, dann stand er auf und holte, bereits im Stehen, aus der Innentasche seines Sakkos die Brieftasche und legte einen Schein auf den Tisch. Weil sich der Barkeeper näherte und mir die Sicht versperrte, konnte ich nicht sehen, ob sie sich zum Abschied überhaupt die Hand gaben, ich sah nur, dass er sich beeilte, wegzukommen, eindeutig hatte er etwas sehr Unangenehmes hinter sich gebracht, eine Haltung, die Margots Schönheit und ihr ungeduldiges Warten in meinen Augen so sehr verhöhnte, dass man eigentlich hätte aufspringen und ihn zur Rede stellen müssen.

Sie starrte ihm lange hinterher. Dann endlich hob sie die Tasche auf und stieg von ihrem Barhocker herunter. Es war fast vier, als sie ging. Ich fühlte mich plötzlich leer, als hätte der Raum alle Erinnerungen aufgesaugt, allerdings ohne dass er mir dafür einen neuen Vorschlag oder eine Vision geschenkt hätte. Was störte mich bloß an dieser Begegnung, die gar keine gewesen war? Dass Margot mir nicht jeden ihrer Schritte ankündigte, war ja klar. Und wenn es nicht unser Projekt betraf, ging es mich ohnedies nichts an. Andererseits gab es schlichtweg nichts, was Margot unternahm, das ihre Kunst nicht wenigstens mittelbar berührte. Aber hätte sie mich zu dieser späten Stunde um Gesellschaft bitten sollen? Vermutlich lag der Grund meiner Unzufriedenheit nur darin, dass ich nicht gerne allein gewesen war. Wenn Anna übermorgen käme, müsste ich abends und nachts sicherlich kaum noch allein unterwegs sein, Anna liebte die Nacht.

Kaum drei Stunden später trafen wir uns im Frühstücksraum; Margot saß vor einem warmen chinesischen Frühstück, das sie, zurückgelehnt, die Zigarette möglichst weit entfernt vom Tisch haltend, zwar nicht aß, aber interessiert betrachtete. Sie zuckte zusammen, als ich vor ihr stand: »Gut geschlafen?«

Sie lächelte breit: »Sicher, meine Liebe. Aber du siehst nicht so aus.«

»Ach nein?«, sagte ich. Ich ärgerte mich und ging mir einen Orangensaft holen. Hier rauchten alle fortwährend, es störte mich. Als ich zurückkam, standen am Nachbartisch vier Chinesen in zerknitterten Hemden auf und begannen, sich mit unablässigen kleinen Verbeugungen zu verabschieden – auch dabei qualmten die Zigaretten im Aschenbecher. Ich sagte mir, dass Margot absolut nichts Böses getan hatte. Ich setzte meinen Saft ab. Die Verbeugungen am Nachbartisch gingen weiter, obwohl bei zwei Chinesen gleichzeitig die Handys zu piepsen angefangen hatten; es schien von enormer Höflichkeit, so zu tun, als wäre man taub, und die Abschiedszeremonie ohne Unterbrechung fortzuführen, obwohl alle schon anderswo gebraucht wurden. Margot und ich sahen uns an, ohne die Miene zu verziehen, dann lachte sie zuerst.

Draußen prallten wir vor einer Wand aus Hitze zurück; ich meinte für Sekunden, dass dieser Luft der Sauerstoff völlig fehlen musste, und ich erinnerte mich an mein Gespräch mit dem Reisebüro: »Im August nach Shanghai? Na dann viel Spaß.« Der Hotelangestellte in Livree, der in der gleißenden Vormittagssonne vor dem gläsernen Eingang des Gebäudes stand, fragte, ob wir ein Taxi bräuchten; ich verneinte. Margot sah ihn mitfühlend an: »Ich würde sterben, wenn ich da den ganzen Tag stehen müsste.«

Um die Ecke kam eine schwarze Limousine, ich machte dem Hotelangestellten ein Zeichen, dass dies unsere sein könnte – und im nächsten Moment fiel mir ein, dass davon bei Lian nie die Rede gewesen war. Während ein schlaksiger älterer Mann, dessen Glatze ein Muster aus dunklen Altersflecken zierte, in die Limousine stieg, korrigierte ich mich mit puterrotem Gesicht vor dem Livrierten.

Wir mussten keine Minute warten, da kam ein gelber Wagen, der schon einmal bessere Tage gesehen hatte.

Margot rief »ni hao« und schob sich auf die Rückbank.

Wir fuhren zum M 50 Art Quarter, dem ehemaligen Fabrikareal, auf dem sich unter etwa vierzig Galerien auch die Garage 2 befand. Unser Fahrer schnäuzte sich mehrfach in ein großes, weißes Taschentuch und untersuchte den Stoff an der nächsten roten Ampel interessiert, wobei er das Taschentuch schwenkte, den Kopf abwechselnd hochreckte und wieder einzog, so dass die Angelegenheit wie eine gymnastische Übung gegen Nackenverspannungen aussah.

Margot, die ihn dabei beobachtete, begann ebenfalls, sachte den Kopf zu bewegen. Dem Fahrer gelang es beinahe, einige Fußgänger zu überfahren; er grunzte zufrieden und warf sein Taschentuch auf den Nachbarsitz. Bevor er abrupt abbog, strich er sich mehrfach über die Augen, als ob er eine Erscheinung hätte.

»Er ist hoffentlich nicht blind«, bemerkte Margot und setzte sich ihre überdimensionale Sonnenbrille auf.

Wir gelangten auf den untersten Teil einer auf mehreren Ebenen geführten mehrspurigen Straße, und man sah nur noch Beton, Beton an den Wänden und Beton in den langen, viel zu hohen Wohnblöcken, ein endlos wirkendes Meer aus Grau, in alle erdenklichen Formen gegossen, unscharfe Umrisse, die sich an den Rändern in Smog auflösten und den Himmel einfärbten. Auf riesigen grünen Schildern standen unverständliche Zeichen. Ich sah mir meine aus dem Internet gefischte Karte an. Inzwischen war das M 50 Art Quarter in jedem Reiseführer verzeichnet und in etwa so innovativ wie Montmartre.

Über den Lageplan gebeugt, fiel mir ein, wie Christopher bei einer unserer letzten Auseinandersetzungen, als es darum gegangen war, dass ich zu viel reiste, geschrien hatte, ich wolle wohl mit einer kompletten Erdkarte im Kopf sterben – der Gedanke machte mich augenblicklich verrückt, ich zerknitterte die Karte beim Wegpacken.

Unser Fahrer fuhr am Fluss entlang, dann wurde er

langsamer, es musste das letzte Stück des Weges sein, und tatsächlich, da waren auch schon zwei, drei dubiose Galerien, die zur Menge derer gehörten, die um Gebäude der ehemaligen Textilfabrik einen Satellitengürtel gebildet hatten. Ich sah hinüber zu Margot, die aus dem Fenster schaute, wo ein alter Mann ein über und über mit Blumen beladenes Fahrrad schob. Auf meiner Seite saß eine Frau auf einem alten Campingstuhl, die auf dem Boden vor sich Haushaltsgegenstände aus Metall ausgebreitet hatte. Sie mussten glühend heiß sein.

Das Gelände der ehemaligen Textilfabrik an der Moganshan Lu war über eine Schranke zu passieren, die der Mann in dem Parkplatzwächterhäuschen daneben kontrollierte. Noch bevor unser Fahrer den Kopf aus dem Fenster gestreckt hatte, um sich mit ihm kurzzuschließen, hatte Margot gerufen, sie gehe lieber zu Fuß, und hatte die Tür aufgemacht. Ich bezahlte und stieg ebenfalls aus. Vor dem Fenster des Parkplatzwächters lagen Faltpläne, auf denen die Straßen und Galerien eingezeichnet waren.

»Soll ich Lian anrufen, damit sie uns abholt?«, fragte ich und beeilte mich, Margot zu folgen. »Das Gelände ist ziemlich groß.«

»Du hast doch einen Plan!«

Ich schwieg. Garage 2, hatte Lian mir erklärt, befinde sich am hinteren Rand, in einem ehemaligen Zwischenlager für Klebstoff – also gut.

Einige Gebäudeteile waren verfallen, Fensterscheiben fehlten und Tore waren mit Spraygesichtern verziert, und überall lag Bauschutt. Es war alles sehr pittoresk und genau so, wie ein Tourist sich ein Kunstareal vorstellte.

In einer offenen Halle wurden riesige rostrote Eisenteile zusammengeschweißt, eine Arbeit, die vermutlich in der relativen Kühle des Abends oder der ganz frühen Morgenstunden vonstatten ging, denn jetzt lagen halb durchtrennte Teile neben Arbeitshandschuhen und Schutzhelmen, und niemand kümmerte sich darum.

Die Hitze flirrte an den hohen Wänden und über Eisentreppen, die, wie bunte Schilder verkündeten, zu Ateliers führten. Ha Feng Studio. Gu Wenda Studio. Color Loft.

»Gu Wenda würde ich gerne …«, begann ich, denn ich hatte Fotos einiger Installationen gesehen, die mich überzeugt hatten – der Künstler hatte zum Beispiel in Shenzhen eine große Halle mit einem Steinwald bestückt, flachen Platten, tonnenschwer, und mit Tang-Gedichten in Chinesisch beschrieben, die dem Klang nach ins Englische und dann wieder zurück ins Chinesische übersetzt worden waren, was zu einer völligen Entstellung des Ursprungssinns führte.

Aber Margot war in einer offenen Tür verschwunden; na ja, was sollte es, die Gelegenheit würde sich ein andermal ergeben. Ich folgte Margot und war umzingelt von riesigen Gesichtern in schreienden Farben, fratzenhaft und abstoßend.

»Der Stil nennt sich zynischer Realismus«, sagte Margot. Sie deutete auf das Schildchen mit dem Titel: *Monks and politicians*. Sie schüttelte den Kopf. »Wie grässlich. Ich würde es hier nicht einmal in der *Nachbarschaft* aushalten, so etwas gefährdet doch den Ruf des ganzen Viertels.« Ich zuckte die Achseln, ich hatte es ihr ja gesagt.

Außer uns war niemand hier, nur ein Goldfisch im Glas blickte bekümmert auf seine Umgebung.

Zwei Häuser weiter betraten wir eine Fotoausstellung. Schwarz-Weiß-Bilder von chinesischen Straßenszenen, in denen die über die Straßen gespannten Wäschestücke nachcoloriert waren und wie bunte Girlanden dahingen. Vor einem großen Querformat, das eine Wasserstraße im aufkommenden Sturm zeigte, blieb ich stehen. Die Wäsche in knalligen Technicolor-Farben befand sich in einem prekären Zustand; die Stücke wurden fast waagerecht in die Luft gepustet. Eine zweisprachige Tafel informierte den geneigten Betrachter, dass es das Werk auch als Postkarte in drei Größen gab.

»Das ist Suzhou, kurz vor dem Taifun«, sagte ein junger Chinese, der mit einer Zigarette in der Hand neben mich getreten war. »Tom Cruise hat übrigens dort Szenen für *Krieg der Welten* gedreht.«

»Tatsächlich?«

Der Chinese aschte auf den Boden und sah mich nicht an, als er in deutlich erkennbarem Westküsten-Amerikanisch sagte: »Wir verkaufen diese Motive auch als Poster.«

Lian und ihr Bruder standen wie Sphingen rechts und links vom Lastenaufzug, der zur Garage 2 führte. Beide hatten halblange, blauschwarz glänzende Haare und trugen weiße Baumwollkleidung; sie sahen wie Zwillinge aus.

Das Wesen rechts war auf den zweiten Blick der junge Mann, er lehnte lässig an der Wand und inhalierte mit ebenso viel Hingabe wie vorhin der Tom-Cruise-Fan den Rauch seiner Zigarette. Wenn Caravaggio einen bildschönen Chinesen hätte malen wollen, wäre er das perfekte Vorbild gewesen, er hatte makellose Haut, hohe Wangenknochen und Augen vom fremdartigen Türkis einer Perserkatze. Ich tippte auf farbige Kontaktlinsen, aber es stand ihm. Lian war auf eine unscheinbarere Art schön, sie erinnerte mich an ein verschrecktes Tier, das in der Wildnis lebte und sich nur ungern in menschlicher Umgebung blicken ließ.

Mein »Hallo« geriet einen Tick zu laut. Lian sah ihren Bruder an. Spannung durchlief Tians gesamten Körper, als er die Zigarette weg- und dann seine Hand in meine warf. Er drückte meine Finger einmal fest zusammen, als wollte er feststellen, ob ich weniger Platz in China in Anspruch nähme, wenn man Teile von mir zusammenquetschte. Seine kurzen Fingernägel waren rosa lackiert.

Daneben löste Lian sich aus der Erstarrung und ging auf Margot zu: »Willkommen!«, und als Margot schwieg, machte sie eine Handbewegung, die alles um uns gleichzeitig wegwischte und in einer großen Geste einschmolz: »Sie haben sich schon ein wenig umgesehen?«

Ich nickte, und Margot rief fröhlich: »Ja, und es ist doch fast wie Soho. Soho am Sonntagnachmittag. Nur dass hier alle rauchen.«

Lian, die sich anscheinend nicht sicher war, ob sie gerade auf den Arm genommen wurde, und falls ja, wie sie darauf reagieren sollte, trat einen Schritt zurück und stolperte. Sie war nicht die Erste, die hohe Absätze anzog, wenn sie Margot traf, als Anspielung auf ihr Werk, als kleiner Willkommensgruß oder weiß der Teufel was; es passte jedenfalls überhaupt nicht zu dem Bauschutt, auf dem sie stand.

Margot sah sie gerührt an.

»Bitte, kommt herein und seht euch um«, sagte Tian und drückte auf den Knopf, der die große Lastenaufzugtür öffnete. Die Galerie befand sich im ersten Stock, und nichts, aber auch gar nichts, erinnerte im Entferntesten an eine Garage.

Die Galerie war größer, als von außen zu vermuten war. Dünne weiße Schiebewände teilten den Raum, es war eine kahle, ernste Seriosität, die sich angenehm von dem Rummelplatz draußen abhob. Der Schwerpunkt lag, wie ich bereits wusste, auf Installation und Skulptur – das war die Richtung in der zeitgenössischen Kunst, die Lians Ansicht nach mehr zu bieten hatte als die Malerei. Natürlich hatte es das faszinierte, schnelle Adaptieren von modernen Richtungen gegeben: Robert Rauschenberg sei für viele Bildhauer ein Aha-Erlebnis gewesen, wie er anstelle der alten Materialien Eisen, Stein, Holz seine »objets trouvés« in die Landschaft stellte, die Verfremdung überhaupt, die Suche nach Plätzen außerhalb der genehmigten Ausstellungsflächen, das dadaistische Verhalten gegenüber Alltagsgegenständen. Durch Lians engagierte Fürsprache konnte ich mich sogar mit »Mao-Kunst«, wie ich sie inzwischen für mich nannte, anfreunden, etwa den überdimensionalen, gespenstisch leeren Mao-Jacken, wie sie Sui Jianguo auf weiße Sockel stellte. Ich hatte begonnen, mich ein wenig einzulesen, und mich mit Lian am Telefon darüber unterhalten, hatte ihr gesagt, dass mein Überblick mehr als grob sei, aber mir würden besonders die Sachen von Chen Zhen gefallen, etwa *Crystal Landscape of the Inner Body*, ein ganz aus Glas gefertigtes Objekt: Stilisierte menschliche Organe waren auf einer Art Tablett arrangiert, das Ganze erinnerte an einen seltsamen Zen-Garten. Auch Huang Yong Pings Arbeit *11. June 2002 – The Nightmare of George V* war mir in guter Erinnerung geblieben, sie zeigte einen riesigen Elefanten. Auf den Rücken des Tieres war eine altmodische Transportbox geschnallt, an der ein Tiger herumkletterte. Und ebenso nachhaltig wirkte der Eindruck von Yang Maoyuans Plastik *Sheep No 7*, einem Ball mit zwei Metern Durchmesser aus königsblau getönter Ziegenhaut, aus dem Vorderbeine der Tiere sowie drei Köpfe schauten, so dass sie wie aufgeblasen wirkten, verformt, benutzt, manipuliert. Lian hatte kurz überlegt und dann gesagt, ja, dann magst du in der Garage 2 auch einiges.

Sie hatte, wie ich schnell feststellte, nicht falsch gelegen. Es war alles ziemlich verspielt, eher kurzatmig, kommensurabel, aber nach dem Zeug von gerade eben war es die reine Wohltat, sich hier umzutun.

Das erste Objekt, das mir in die Augen stach, war gleichzeitig niedlich und monströs.

»Unser Liebling. Die *Giant Soft Creature*«, stellte Lian

das Wesen vor. Wir betrachteten den übergroßen Körper mit dem Kinderkopf und den hohlen Augen: ein Monster, ein Riesenspielzeug, je nachdem.

Wir folgten Lian nach links, wo eine kleine, leuchtende Kapelle aufgebaut war, von deren Wänden gläserne Buddhas lächelten. Ihre Körper waren mit farbigen Pillen aller Art gefüllt. »*Buddhist Pharmacy*«, sagte Lian.

Sie hatte eine Sicherheit bekommen, die direkt von den trotzigen, kindlichen, ungestümen und nachhaltig irritierenden Kunstwerken auf sie abzufärben schien.

Ihr Bruder war ganz anders. Auch ihm sah man gerne zu, wie er sich bewegte, aber er blieb unabhängiger von seiner Umgebung, er fiel oder sank nicht mit dem, was um ihn herum passierte, sondern existierte aus einer inneren Anspannung heraus; ich wusste nicht, ob er sich das Leben dadurch einfacher oder schwerer machte, denn möglicherweise brachte das alles einen Realitätsverlust mit sich. Er besaß einen androgynen Sexappeal, wie ich es bisher eigentlich nur von Comichelden kannte.

Lian zeigte uns, wie man auf einem interaktiven Bildschirm chinesische Tuschezeichnungen in Bewegung versetzen konnte.

Danach führten die Geschwister uns in das Büro, wo sie uns Tee anboten. Es war ein kleiner, funktionaler, außerordentlich aufgeräumter Raum; geradezu unpersönlich. Ein riesiger Schreibtisch mit Glasplatte in der Mitte, an dem links und rechts Drehstühle standen, so dass die beiden Geschwister sich bei der Arbeit direkt ansahen. Oder, wie ich eher annahm, sie wechselten sich ab. Tian holte

Klappstühle aus einem Wandschrank, Margot und ich bekamen die Schreibtischstühle.

»Schöne Galerie – schöne Räume –, aber es ist trotzdem gut, dass wir es nicht hier machen«, sagte ich, als wir saßen. Geplant war, im Brachland am Fluss nach einem Platz zu suchen. Am Telefon hatte Lian gesagt, dass es natürlich verdammt heiß sei, und sie hatte mir zum Scherz vorgeschlagen, das Beijinger Wettergeneralamt solle ein paar Silberiodidraketen in die Wolken schicken und damit echten Regen auslösen. Gegenüber Margot war sie aber mit Scherzen zurückhaltend. Sie füllte uns Tee, der schwach nach Zitrone und Gras duftete, in winzige Becher. Tian trank aus einer eigenen, himmelblauen Thermoskanne. Margot und Lian nippten an ihren Fingerhüten; ich brauchte nur einen Schluck für meine Portion.

»Oh«, sagte Lian, verabreichte mir noch eine zweite homöopathische Dosis und sah zu, wie diese ebenfalls in meiner Kehle verschwand.

»Dann wollen wir nachher noch Richtung Fluss gehen?«, fragte sie. Aber ich schüttelte den Kopf. Margot wusste noch nicht genau, wann, und vermutlich wollte sie alleine gehen. Tian sah so erleichtert aus, dass ich fast lachen musste.

»Wir werden zuerst die Castings machen«, sagte ich.

Damit war das neue Stichwort gegeben, und leise, von der Wärme in dem kleinen Raum und dem Tee matt geworden, besprachen wir Einzelheiten zur Auswahl der Teilnehmerinnen an der Performance, die in zwei Tagen stattfinden sollte, das heißt, Lian und ich sprachen miteinander, und Margot gab wortlose Zeichen unkonzentrierter Zustimmung; sie drehte sich dabei sachte auf ihrem Stuhl hin und her.

Nach einer Weile stand Tian auf und kam einige Minuten später wieder herein. Auf den Armen trug er ein leise glucksendes Mädchen, vielleicht ein Jahr alt.

»Huch«, machte ich, »war sie vorher in eine Installation eingebaut gewesen?«

»Meine Tochter«, sagte Lian stolz und nahm Tian das Paket ab, um es auf den Boden zu betten. »Mian-Mian.«

»Lian, Tian und Mian?«, fragte Margot belustigt.

Mian-Mian sah mit gerunzelter Stirn zu uns auf. Neben sie legte Lian eine große, weiße Babypuppe aus Kunststoff, die vorher unbemerkt in einem Regal geschlummert hatte.

»Ich wusste gar nicht, dass du Mutter bist«, sagte Margot, und wir sahen alle auf das Kind hinunter.

Das Mädchen drehte sich ungeschickt um und fiel plump auf den Bauch, weil die Ärmchen noch keine Kraft hatten. Es weinte nicht, sondern blieb einfach so liegen. Lian kniete sich anmutig hin und drehte es herum. Sie strahlte vor Glück dabei – als decke sie diese eine, die alles entscheidende Spielkarte auf.

»Nemma bai, nemma pang«, sagte Tian.

»Wie bitte?«, fragte ich.

»So weiß, so fett – Babys«, übersetzte Lian. »Normalerweise kümmert sich tagsüber meine Mutter um Mian-Mian, aber sie ist krank.« Falls sie erwartet hatte, Margot oder ich würden nach der Art der Krankheit fragen, so wurde sie wohl enttäuscht.

»Ach so«, sagte Margot nur. Sie war nicht neugierig auf Kinder und heuchelte gegenüber deren Eltern grundsätzlich kein Interesse.

Tian nahm Mian-Mian hoch und setzte sie sich auf den Schoß. Er beugte sich zu ihr herunter, und eine Locke fiel ihm ins Gesicht. Er strahlte die Selbstvergessenheit einer Madonna aus.

Das Mädchen ruderte mit den Ärmchen, rutschte auf seinen Knien herum und grinste über das ganze Gesicht. Ich sah erst jetzt, dass es einen roten Ausschlag links und rechts auf den dicken Backen hatte.

»Ist es nicht wundervoll? Das Mysterium des Lebens«, sagte Margot, die sich endlich von ihrer Überraschung erholte. Für einen Moment schien es, als hätte sie sich aus Versehen im Ton vergriffen, als hätte sie aus Versehen alles Niedliche und Rührende an dem Kind bloßgestellt, es durch die Überhöhung wieder zu einem Haufen aus Gliedern, ohne entwickeltes eigenes Bewusstsein, aber dafür mit Hautausschlag gemacht. Nemma bai, nemma pang. Es war für einen Augenblick still, dann gelang es Margot, der Bemerkung die Spitze zu nehmen, indem sie »dei-dei-dei«-Laute ausstieß und das kleine Mädchen so lange neckte, bis es vor Lachen losgluckste.

Auf der Heimfahrt schwieg Margot lange und blickte aus dem Fenster, dann räusperte sie sich und sagte zu mir: »Ich hoffe nur, das Kind ist jetzt nicht jedes Mal dabei. Versteh mich nicht falsch – es ist süß, aber …«

»Natürlich«, sagte ich beipflichtend, »das würde zu sehr ablenken.«

Und damit war die Sache eigentlich abgehakt, aber sie wollte anscheinend noch etwas von mir haben, eine erneute Zustimmung, giftige Bemerkung oder was auch immer, jedenfalls drehte sie sich fragend zu mir, ich roch ihr Parfüm. Ihr ganzes Wesen heischte nach Zustimmung, aber sie bekam keine, ich schwieg; ich fand, dass sie plötzlich alt aussah, alt und unzufrieden und verzweifelt, gerade so, als hätte sie etwas verpasst im Leben oder einen kapitalen Fehler gemacht und gönne keiner anderen, wenn es in ihrem Leben nicht so war. Sie wartete nur für Sekunden, dann drehte sie sich von mir weg, und in der grauen Düsternis eines Tunnels wurde ihr Gesicht in Schatten getaucht, so dass sie mir fremd wurde, unheimlich, als säße auf dem engen Raum des Rücksitzes plötzlich ein Geist neben mir.

Zweites Kapitel

Es sind große, schlanke, puppenhaft geschminkte Frauen, die Margot arrangiert. Sie sind sehr attraktiv, aber Margot versucht, wenn sie sie anordnet, niemals den Eindruck von Perfektion zu erwecken; außerdem legt sie Wert auf groteske Details. Das können fetischisierte Accessoires sein wie lockige Langhaarperücken, die bis an die Taille reichen, künstliche Wimpern, Handschuhe, High Heels oder putzige rosa Wäschegarnituren. Ansonsten sind die Models nackt. Die Begründung dafür ist jeweils eine andere – »man glaubt es nicht, aber es gibt genauso viele Gründe, nackt zu sein, wie solche, sich anzuziehen«, so hatte einmal ein launiger Kulturjournalist getextet.

»Die Mädchen sind nackt«, sagte Margot bei *Halcyon Sleep*, unserem Projekt zur Jahrtausendwende, das ihren Ruf als eine der großen, lebenden Künstlerinnen endgültig zementierte, »sie sind nackt, weil sie schlafen. Was sie anhaben, sind Teile ihres Traums.« Wir hatten den Mädchen freigestellt, je einen kleinen Gegenstand ihrer Wahl festzuhalten, zu umarmen, zu umklammern oder was auch immer, es ging vom Teddybären bis zum Totenkopf-Anhänger; der Effekt war, dass ein schaurig-romantischer Glanz sie umgab. *Halcyon Sleep* hatte in Berlin stattgefunden, und in allen deutschen Großstädten hatten wir Annas überdimensionale Werbefotos plakatiert, eine Serie von sieben Arbeiten, die eine Auswahl verschiedener Gegenstände vor hellblauem Hintergrund zeigte und neugierig machte auf die Mädchen. Sie gehören inzwischen zu Annas bekanntesten Fotos, weil sie ein Ereignis ankündigten und gleichzeitig ironisch und provokativ ihren eigenen Souvenircharakter betonten. Pausenlos, auch während der drei Tage andauernden Performance, bewarben sich neue Frauen. Wir hätten, sagte Margot zufrieden, halb Berlin in den Schlaf wiegen können. Wieso sind alle bloß so erschöpft?

Ich lachte nur. Während das Projekt *Halcyon Sleep* lief, war ich achtzehn Stunden am Tag im Büro. Die Arbeit bestimmte mein Leben – ich machte in den Hochphasen der Projekte die Nächte durch, was mich gesundheitlich ziemlich angriff; ich hatte Kopfweh und trank abends, um wenigstens ein bisschen schlafen zu können. »Freiheit und Zwang«, überschrieb *Artforum* einen langen Artikel, und ich weiß noch, wie ich die Überschrift anstarrte und mich fragte, was genau es eigentlich war, das mich zwang, so unbedingt und eifrig dabei zu sein. Und, ob es überhaupt auffiele, wenn ich einfach etwas lässiger würde. Wo fing die Performance an, wo hörte sie auf? War ich schon ein Teil der Idee? Der Artikel in dem Magazin war nicht schlecht. Freiheit ist tatsächlich der Schlüsselbegriff in Margots Arbeit, aber es ist die Freiheit, sich einem selbst gewählten Zwang auszusetzen. Die Models, die sich dieser Zurschaustellung aussetzen, tun dies freiwillig und gegen ein geringes Entgelt. Sie müssen sechs Stunden vor Veranstaltungsbeginn kommen, denn sie werden am gesamten Körper geschminkt. Sie haben diese hohen Schuhe an, was anstrengend ist, auch wenn sie sich zwischendurch setzen oder hinlegen. Üblicherweise stehen sie stundenlang, werden hungrig und durstig, ein paar Mal fiel eine in Ohnmacht; für die Zuschauer ist das ein Spektakel. *Halcyon Sleep* war da die Ausnahme. Die Mädchen bleiben, wo sie sind: Sie beachten die Zuschauer nicht, wenn sie sich in Margots Arrangement bewegen; sie denken an dies oder jenes, sie haben vielleicht Kopfschmerzen, oder die Schuhe drücken sie, aber wie ungemütlich auch immer es ist, in jedem Fall sind sie stolz, Teil eines Kunstwerks zu sein.

»Sie sind alle wie die Venus von Botticelli«, schrieb eine amerikanische Journalistin über die Frauen. Und es stimmte, sie fühlten sich zumindest so. Sie genossen das Wissen, angesehen, fotografiert, gefilmt zu werden, an- und abwesend zugleich zu sein, begehrenswert und unerreichbar, und zwar nicht vor irgendeinem Publikum, sondern vor Ästheten, Kunstliebhabern, Sammlern, Prominenten. »Sie sind wie Cézannes Äpfel«, sagte Margot, die den Vergleich mit der Venus nicht leiden konnte. Ich glaubte, sie fühlten sich so oder so, je nach ihrem Selbstwertgfühl, und ich machte mir manchmal den Spaß, sie in Selbsthasserinnen, also Äpfel, und Angeberinnen, also Botticellifrauen, einzuteilen. Wir kennen die Frauen nämlich ein wenig. Wir verschicken Fragebögen an alle, die sich zum Casting anmelden, und bitten sie, die Bögen noch vor dem Vorstellungstermin zurückzuschicken, so dass wir sie aussortieren können. Es sind Fragen nach ihrem Körperbild, ihren Ideen zur Weiblichkeit, ihrer Entwicklung, ihrem Sexualleben, dem Ess- und Sportverhalten.

Welche Fragen sie beantworten wollen und welche nicht, war ihnen freigestellt, doch die meisten beantworten alle, weil sie glauben, auf diese Weise bessere Chancen zu haben, genommen zu werden. Manchmal lesen sich diese Berichte wie Krimis, manchmal wie Fallstudien, manchmal sind sie peinlich, manchmal unglaubhaft, eindeutig erfunden. Ich war auf die Fragebögen immer ziemlich gespannt: Schätzten die Frauen, die es meiner Ansicht nach absolut verdient hätten, was ihr Aussehen, ihren Beruf etc. anging, sich als glücklich ein oder nicht? Wie beschrieben sie ihr Körperbild? Es war immer eine Handvoll Personen dabei, die Blätter anheftete, weil aus diesem oder jenem Grund eine Frage den Kern einer eigenen Frage traf, die das Mädchen selbst beschäftigte. Diesmal jedoch waren die Fragebögen, zumindest die, die wir bisher bekommen hatten, vor allem eins gewesen: völlig nichtssagend. Noch nie hatten wir so zurückhaltende, höfliche, ausweichende – und letztlich austauschbare – Antworten gehabt.

Für MW 37 – so der Arbeitstitel des Chinaprojekts, wir nummerierten die Veranstaltungen durch, obwohl sie noch einen »richtigen« Titel bekamen – hatten wir zwei Castings anberaumt, eines für professionelle, eines für nichtprofessionelle Models. Die Profis waren von mir bereits aus Deutschland über Agenturen angefragt worden; wir würden die Kandidatinnen dann in Pudong casten.

Für die anderen hatte Lian eine Anzeige in Tageszeitungen und auf den Kunstseiten der Stadtmagazine geschaltet. Es war, fand ich, der spannendere Teil, hierfür hatten wir ins Hotel bestellt, in eine exponiertere, vielleicht auch potenziell »gefährlich« wirkende Situation, in der die Frauen gleich testen konnten, ob sie wirklich mit dem Ernstfall klarkamen. Margot würde aus etwa sechzig Frauen im Alter von zwanzig bis zweiundsechzig Jahren ihre Auswahl treffen.

Für den Morgen, an dem wir die nichtprofessionellen Bewerberinnen ansehen wollten, hatte ich zusätzlich die Suite direkt neben ihrer im Hotel angemietet und mich gemeinsam mit dem Personal darum gekümmert, dass Fotoecke, diverse Paravents zum Umziehen und eine Art Empfangstresen aufgebaut wurden; dafür hatten wir die Sitzgarnitur an die Seite gestellt.

»Deine Kollegin Anna ist noch nicht da?«, fragte Lian, die mit ihrem Bruder überpünktlich auftauchte. Während sie eine schwere Ledertasche umgehängt hatte und außerdem einen Stapel Kopien trug, hatte Tian nichts bei sich als seine kleine Thermoskanne, diesmal in fliederfarben und etwas rundlicherem Design.

Ich schüttelte den Kopf. »Nein, sie kommt erst in zwei Tagen. Aber Wonge springt für sie ein.«

Anna war keine Assistentin, nicht so wie ich. Anna war eine freie Fotografin, die für Margot arbeitete, ein eher seltenes Arrangement, denn betriebswirtschaftlich gesehen ist es – außer bei wirklich enorm gut verdienenden Künstlern, und so eine war Margot – eigentlich zwingend, dass der bildende Künstler sich auch als Fotograf seiner eigenen Werke betätigt. Ich kannte Annas Vertrag nicht und verstand weder von Urheberrechtsschutz noch dem Nutzungsrecht besonders viel, aber solange Anna sich zeitlich und inhaltlich nicht allzu beschränkt fühlte, war alles in schönster Ordnung. Anna war sehr jung, gerade mal Anfang zwanzig, und hatte viel Energie, sie baute sich geradezu nebenbei bereits einen eigenen Namen auf. Was Wonge anging: Er war formell eigentlich ihr, Annas Mitarbeiter, und sie hatte ihn mit Margot bekanntgemacht. Seine Filme eigneten sich als Präsentationen so gut, dass Margot auf das Angebot eingegangen war. Dass er an diesem Tag fotografierte, hatte Margot akzeptiert, auch wenn es sie nie begeisterte, wenn Anna ihrer eigenen Arbeit den Vorrang gab. Ich verzichtete darauf, Lian das Konstrukt genauer zu erklären, zumal jetzt Wonge hinter einem der Paravents hervorgekommen war und die Geschwister begrüßte. Lang und schlaksig, wie er war, ernährte er sich hauptsächlich von Bananen und Burgern. Er hatte eine helle Narbe auf der Wange, die vom Angriff einer Katze stammte, sonst war nichts Auffälliges an ihm. Oder vielleicht doch, er bewegte sich nämlich drollig, mich erinnerte er immer an einen großen, tapsigen Mischlingshund, der nichts Besonderes im Sinn hat, sondern sich Zeit lässt, die Umgebung zu erkunden. Ich bezweifelte, dass er jemals das Zeug zu einem richtigen Künstler haben würde – er versteckte sich immer hinter Margots oder Annas Namen –, aber es war angenehm, ihn um sich zu haben.

Von draußen erklang entzücktes Gekicher, dann kamen

drei sehr jung aussehende Mädchen herein, offenbar allerbeste Freundinnen. Ich setzte mich auf einen der Sessel hinten, ganz in die Nähe von Margot.

»Los geht's«, sagte Wonge und winkte die Mädchen von Lians Empfangsschalter zu sich. Tian tat, wie immer, gar nichts.

»Wir spielen jetzt Große-Berühmtheit-posiert-für-Foto«, sagte er zu dem ersten Mädchen, das im Bademantel aus der provisorischen Umkleidekabine kam, und dirigierte sie in Richtung seiner Fotowand. Ich fand ihn kindisch, aber es schien das Mädchen zu beruhigen; sie begann zaghaft, sich zu bewegen, wurde dann nach und nach lockerer, und als Wonge den Fernseher anschaltete, tanzte sie zuletzt zu trashigem chinesischen Hip-Hop, und Wonge hatte die Bilder, die Margot brauchte, Bilder, auf denen sie niemand anderen als sich selbst darstellte, so spannend oder langweilig oder traurig oder ehrgeizig oder rührend auch immer das sein mochte. (Dass es solche Bilder überhaupt gab – Bilder, auf denen man man selber war –, darauf hatten wir alle uns einmal mit Margot geeinigt; es war eine Arbeitshypothese.)

Nachdem Tian das Prozedere eine Weile fasziniert mitverfolgt, dabei aber immer wieder auf seine große, neongelbe Armbanduhr gesehen hatte, packte er seine Thermoskanne in den Rucksack und verabschiedete sich.

»Ein Vorsprechen«, erklärte er mir, obwohl ich nicht gefragt hatte.

»Ach«, sagte ich verdutzt. »Du willst Schauspieler werden?«

»Ich bin einer«, sagte er, woraufhin ich schwieg. Es passte, klar, es passte fast zu gut. Seine Schwester beschäftigte ihn mehr oder minder aus Freundlichkeit; mir war ohnedies noch nicht aufgefallen, dass er außer Teetrinken irgendetwas in der Garage 2 tat.

Ich fuhr meinen Laptop hoch und erledigte E-Mails, schaute aber immer wieder zu den Mädchen; manchmal war ich erstaunt über eine Brustform oder einen Hintern, es gab ein paar muskulöse Kandidatinnen, viele zarte. Ich hatte mit den Jahren schon Hunderte nackter Frauen gesehen, doch es war immer wieder rätselhaft und schön, einer Installation beim Entstehen zuzusehen – obwohl ich alles mitorganisiert hatte, alles von mir beobachtet wurde, hätte ich niemals voraussagen können, welche Fotos Kommendes ankündigen, welche richtig bekannt werden würden und welche völlig für die Katz waren.

Eben war eine neue E-Mail gekommen, der Absender war Lian, die mir, als ich aufblickte, quer durch den Raum ein Zeichen machte; ich nickte und las. Es war ein weitergeleitetes Schreiben vom Shanghaier Kulturamt. Der chinesische Gastgeber würde es bevorzugen, stand da, wenn die in Zusammenarbeit mit Lians Galerie arbeitende Margot Winkraft einen chinesischen, keinen amerikanischen Designer damit beauftragen könnte, Schuhe, Strümpfe und Unterwäsche zu liefern. Das chinesische Publikum würde die Mode wiedererkennen und sich damit identifizieren. Da es, wie man im Amt das Projekt verstanden habe, um Poesie und Reinheit gehe, nicht um Politik, wäre dies vermutlich kein Problem?

Ich stand auf und ging zu Lian herüber: »Was soll denn das?«

Sie seufzte.

»Anscheinend haben sie die eingereichten Unterlagen endlich geprüft.«

»Poesie und Reinheit? Identifizieren?« Ich musste grinsen und dämpfte die Stimme: »Ist ihnen klar, dass wir von *Unterwäsche* sprechen?«

Sie zuckte die Achseln: »Azzedine Alaia ist wegen seiner Kollektionen im Military-Stil ins Gerede gekommen; kürzlich haben ihn junge Designer bei einer Modenschau in Beijing zitiert. Das kam nicht so gut an.«

Ich dachte sofort an Vivienne Tam, die ohnedies die Alternative zu Alaia gewesen wäre. Es dürfte kein Problem sein, den Auftrag mit der Begründung »Zensur« von Azz abzuziehen; vermutlich fand sein Team das sogar schick, gerade so, als ob die Höschen, Stiefelchen und Kleidchen wirklich irgendeine politische Relevanz besäßen. Ich sah schon seine Pressedame, die mir sowieso fürchterlich auf die Nerven fiel, vor Entzücken quietschen.

»Ist das schlimm?«, fragte Lian besorgt.

»Naja. Nein. Ich muss kurz mit Margot reden. Aber wir hatten sowieso zwei Optionen.«

Es war keine große Sache, und kurz darauf ging ich zurück an meinen Platz, um die Firma von Vivienne Tam zu kontaktieren, eine E-Mail, in der ich selbstverständlich unterschlug, dass sie unsere zweite Wahl war. Ich schickte einige Links zu Bildern und Videos auf Margots Website. Innerhalb der nächsten zwei Stunden hatte ich die Information ihres Assistenten, sie sei gesprächsbereit, aber nur noch wenige Tage in Shanghai, und wir einigten uns schneller, als ich gehofft hatte, auf einen Termin.

Inzwischen lief alles um uns herum wie am Schnürchen, etwa zehn Kandidatinnen waren ständig im Raum verteilt, unterhielten sich oder tauschten Handynummern aus. Die Bemerkung einer Französin, die wir in Paris gecastet hatten – unser erster Versuch in einem Hotel –, fiel mir ein: »Wie beim Frauenarzt«, hatte sie gemurmelt, als sie sich wieder angezogen hatte. Da waren wir inzwischen besser geworden.

»Wie viele noch?«, fragte Margot mich irgendwann, sie strich sich mit der Hand nervös durch die Haare, und Lian antwortete für mich: »Zwei.«

Es kam dann nur noch ein Mädchen, die andere war krank geworden. Sie trug flache Ballerinaschuhe und ein einfaches, weißes Hemd aus Seide zu einer dreiviertellangen Leinenhose; sie wirkte frisch und rein wie eben aus einer Katalogseite für Frühjahrsmode spaziert. Ich sah ihr zu, wie sie zögernd hinter dem Paravent verschwand, und mir fiel auf, wie nervös Margot auf einmal war, sie nahm den Fragebogen, studierte ihn genau, schüttelte den Kopf, verzog das Gesicht. Ich hielt es für eine Laune, für Müdigkeit oder Hunger und als das Frühjahrsmodenmädchen gegangen war, fragte ich sie, ob es in Ordnung sei, wenn ich den Zimmerservice kommen ließe. »Wenn du meinst.«

Mehr war nicht mehr aus ihr herauszubekommen an diesem Abend, und obwohl Wonge mit Lian herumalberte und das Essen vorzüglich war, war die Stimmung futsch.

Ich vermisste Anna; mit ihr hätte ich alles bereden können. Was auch immer »alles« war.

Zum Glück hob Margot bald ruckartig den Kopf und sagte: »Was soll's. Morgen ist auch noch ein Tag.«

Dann verließ sie uns, ohne Erklärung, ohne Entschuldigung, wie es ihre Art war.

Das war das Stichwort, und alle gingen ihrer Wege – Lian fuhr nach Hause, Wonge wollte noch irgendwo was trinken. Ich nahm den Aufzug, schlich durch den Korridor und legte mich auf mein Bett. Nach einer Weile schaltete ich den Fernseher ein und ließ mir die tollsten Szenen von der Eröffnungsfeier der Olympischen Spiele in Beijing vorspielen.

An diese Eröffnungsfeier, genauer: an eine Szene, musste ich am nächsten Tag denken, als ich neben Margot und Lian hinter Wonge und einem Fahrer mit weißen Handschuhen in der schwarzen Limousine saß, die uns das Zendai Museum of Modern Art in Pudong geschickt hatte – mit Fahrer und allem, wir sahen hochoffiziell aus. Mir war ziemlich kalt, die Klimaanlage war hochgedreht, und auch Lian hatte Gänsehaut auf den Armen. Sie, die sonst immer sehr geschäftsmäßig in neutralen Farben daherkam, trug heute ein hellrotes Kleid, das geschnitten war wie eine kleine Tunika, und es kam mir vor, als wäre es das gleiche Modell, wie es jenes kleine Mädchen getragen hatte, das bei der Zeremonie glockenklar und hell die *Ode an das Vaterland* angestimmt hatte. Das gesamte Stadion hielt, stellvertretend für die ganze Welt am Fernsehen, mich in meinem

Shanghaier Hotelzimmer eingeschlossen, den Atem an. Man war sich sofort bewusst, dass dieses Mädchen damit ihr und unser aller Leben verändert hatte: Es war für immer zu einem Teil eines enormen, kollektiven Gedächtnisses geworden. »Wir«, ein gesammeltes, internationales »Wir«, dachten uns die Spiele nicht mehr ohne diese Unschuld in Rot. Ich betrachtete Lians nackte Arme von der Seite und fragte mich, ob das Kleid eine Aussage war oder Zufall. Sie sah darin so jung aus, und mit der ständig wechselnden grauen Stadtlandschaft im Fenster hinter ihr wirkte sie wie ein Kind in einem Computerspiel, das durch eine futuristische Welt kutschiert wird.

Wir gelangten relativ schnell auf die Stadtautobahn und fuhren bald auf einer höheren Ebene. Ein ununterbrochenes leises Dröhnen war zu hören, es kam nicht vom Auto, nein, das war die Stadt, die ihr monotones Geräusch abgab, ohne Höhen oder Tiefen und trotzdem oder gerade deswegen ein einziges Versprechen. Es war noch nicht einmal zehn Uhr morgens, aber die Stadt war längst aktiv, ich konnte mir kaum vorstellen, dass es darüber hinaus noch eine Hauptverkehrszeit geben sollte. Mein Herz schlug, und ich hörte den Wagen surren und sah aus dem Fenster, überall blinkte es, die Luft erhitzte alles, Leitplanken, Asphalt, die wenigen Bäume, die Menschen und Wagen, und alle Widersprüche wurden von der Hitze und dem allgegenwärtigen schnellen Rhythmus aufgehoben. Es wirkte auf mich, als ob ich mich in einem fremden Organismus befände, der auf seine eigene, geheimnisvolle Art funktionierte und mich freundlicherweise zuließ. Aber welche

Macht dieses Wesen wirklich besaß, das konnte ich nur erahnen. Seine winzigen Adern reichten bis in die entferntesten Zonen, sie tauschten Blut und Zellen aus, ja, diese Stadt wirkte auf mich wie ein Lebewesen, gemacht aus vielen kleinen Einzelwesen, aus einer Ansammlung unendlich vieler ineinander verschlungener Existenzen, und jetzt, da ich hier war, gehörte ich dazu, ob ich wollte oder nicht.

Margot rückte sich in ihrem Sitz zurecht und starrte mit fiebrig glänzenden Augen aus dem Fenster. Obwohl sie im Frühstückssaal eben noch quirlig gewesen war, sparte sie nun offenbar ihre Kräfte. Ich kramte in meiner Tasche nach einem Umhängetuch, hatte aber keines dabei, ich hatte mich an die Hitze schon fast gewöhnt, vergaß aber immer wieder die ständigen Kälteschocks an den überklimatisierten Orten – je schicker ein Ort sich geben wollte, desto kälter präsentierte ihn sein Besitzer.

»Das Zendai Museum wird gerade umgebaut«, sagte Lian, »die Ausstellung zuletzt war ein großer Erfolg. Das Thema war Selbstmord in China – etwas, das es offiziell ziemlich lange nicht gegeben hat.«

Ich hatte den Eindruck, dass sie gerne noch mehr dazu erzählt hätte, aber Margot, die genauso angelegentlich aus dem Fenster sah wie ich, fragte nach der genauen Uhrzeit, und danach wollte Lian anscheinend nicht noch einmal mit der Sache anfangen. Zehn Minuten später sagte sie nur: »Wir sind da.«

Durch die Gluthitze gingen wir zu dem grauen, verschachtelt wirkenden Museum, und ich dachte, wie viel besser solche Gebäude doch bei Nacht aussahen, wenn ein paar Neonlichter großes Brimborium um ein bisschen Architektur veranstalteten.

Wonge eilte trotz seiner schweren Ausrüstung voraus, während Lian und ich uns automatisch an Margots linke und rechte Seite begeben hatten, ich war länger und machte größere Schritte als die beiden anderen, so dass ich immer wieder stoppen musste und mir vorkam, als bildete ich den klappernden Seitenflügel eines sich ansonsten ruhig voranschiebenden Triptychons.

Vor den Glasfronten des Museums standen Neugierige und schauten herein; es waren Passanten, die auf die vielen bildhübschen Mädchen aufmerksam geworden waren, die das Foyer bevölkerten. Ich erinnerte mich an die Setcards, aber ich war ohne Anteilnahme die Fotos der glatten, papierweißen Gesichter der Mädchen durchgegangen, hatte die dünnen Ärmchen, die aus den Ärmeln der T-Shirts und Blusen herauswuchsen, ihre identischen Zähne an mir vorüberziehen lassen. All die Makellosigkeit bewirkte, dass sie mir wie ein Heer künstlicher Puppen vorkamen. Ich hatte gelesen, dass die Frauen in China aussehen wollten wie das außerordentlich prominente Model Lu Yan mit ihren runden, strahlend blauen Augen, dem braun gefärbten Haar, dem großen Mund und den ebenfalls großen, weißen Zähnen: wie eine künstliche Kreuzung zwischen Westen und Osten. Die Augenoperation, die schon eine Art Standard war, kostete ambulant 100 Dollar, die Frauen gingen ins Krankenhaus wie zur Kosmetikerin. Höchstens zehn oder zwölf Mädchen, so erinnerte ich mich, hatten Setcards eingeschickt, auf denen sie mit den schmalen, langgezogenen Augen und flachen, manchmal nahezu eingekerbten Nasen zu sehen waren, mit denen sie geboren worden waren. Die Form ihrer Gesichter war oben breit und unten spitz zulaufend, Wassermelonenkern-Gesicht oder Enteneier-Gesicht wurden diese Züge genannt, und sie waren das, was man in Europa asiatische Schönheiten nannte. Ich hatte gelesen, dass es in China seit einiger Zeit eine feministische Bewegung gab, die versuchte, bei ihren auf das westliche Aussehen fixierten Landsleuten wieder ein chinesisches Schönheitsideal zu propagieren, doch offenbar war sie nicht sehr erfolgreich.

Ich fragte mich, ob zum Casting einer chinesischen Künstlerin mehr Enteneier-Gesichter gekommen wären? Vielleicht, überlegte ich, wären die Fragebögen, die wir noch bekommen würden, aufschlussreicher als die schon eingegangenen, wo in der Spalte: »Sind Sie mit ihrem Aussehen zufrieden«, meist nur, »ja, es geht« oder etwas Ähnliches als Antwort stand, während amerikanische Frauen, ob nun Berufs- oder Möchtegernmodels, in der Regel Romane verfassten und jedes ihrer Körperteile einzeln aufzählten, inklusive der Geschichte, die es hatte. Ich war auf die Bögen gespannt wie auf allerfrischesten Klatsch meiner Freundinnen – aber natürlich würde Margot sie erst an sich nehmen, genau wie jene vom Vortag, zu denen sie sich noch nicht geäußert hatte. Ich sah mich um; es war kaum möglich, die Mädchen und ihre Setcards im Geiste zusammen zu bringen.

Einige der Mädchen kicherten. Ich kniff leicht die Augen zusammen. Es waren ziemlich auffällige Zwillinge dabei gewesen, und da erkannte ich sie auch schon, sie hatten sich die gleichen Kleider angezogen und trugen beide Sonnenbrillen, ins Haar geschoben. Ich nahm an, dass Margot sie nehmen würde, sie hatte noch einmal extra nach ihnen gefragt. Ich dachte an *Halcyon Sleep*, die Dornröschen-Stadt, durch die, von Videokameras beobachtet, Besucher spaziert waren. Manche hatten die Ausstellung drei, vier oder fünfmal besucht. Wie würde es diesmal werden? Mit meinem kleinen Megafon, die Spielzeugversion eines Lautsprechers, die gleichzeitig eine phänomenale Wirksamkeit besaß, indem sie meine Stimme zum anonymen Kommando-Organ verfremdete, begrüßte ich die Kandidatinnen, bedankte mich bei den Museumsleuten, der Leiter wollte laut Lian später vorbeikommen – und bat die Mädchen, sich in Reihen aufzustellen. Margot würde im Verlauf der Prozedur wieder kein Wort sprechen, sie würde ausschließlich die Reihen entlanggehen und die Kandidatinnen begutachten. Ich wiederholte nur ausführlich die Dinge, die die Mädchen schon wussten, aber sie sahen mich an, als verkündete ich den Sinn des Lebens und wie man ihn in der nächsten halben Stunde erlangte.

»Sie müssen sich nicht ausziehen, und wir fotografieren Sie nicht nochmals einzeln, nur in Gruppen, wir haben ihre Bikinibilder aus den Setcards. Sehen Sie es als eine *Gegenüberstellung*, es geht darum, welche von Ihnen Margot unter die Laien mischen will, die wir gestern angesehen haben.«

Ich machte eine Pause, damit die Mädchen ruhiger wurden. Jede hatte nun ihren Platz.

An den seitlichen Eingängen zu den Ausstellungs- und Verwaltungsräumen waren inzwischen aus dem Nichts Wächter auftaucht, damit sich keine unserer Bewerberinnen in die im Umbau begriffenen Ausstellungsräume verirrte.

»Die Chemie«, sagte ich, »muss stimmen. Die Auswahl ist rein subjektiv, vergessen Sie das nicht!«

Aus den Augenwinkeln sah ich, wie neben Lian ein Mann auftauchte und kurz mit ihr sprach, bevor er sich wieder zurückzog – war das der Museumsleiter? Ich würde ihm gleich mal hallo sagen. Aber kaum setzte ich mich in Bewegung, war er verschwunden. »Nur jemand vom staatlichen Amt für Kultur. Er wollte nicht stören«, erklärte Lian.

Wir lehnten uns gegen die Wand und sahen Margot zu, die begonnen hatte, die Reihen entlangzugehen. Wonge war immer zwei Schritte hinter ihr, und sobald sie den Arm hob, knipste er. Die Mädchen fühlten sich sichtlich unwohl, was mich wunderte, da sie doch Profis waren.

Margot ging in Zeitlupe, mit den gierigen Augen eines Kinds im übervollen Spielzeugladen, das sich etwas aussuchen darf. Sie wollte alles auskosten, sie wurde eher noch langsamer, als sie die erste Hälfte gesehen hatten. Wonge, stumm, fotografierte nur wenige. Sie gingen, schweigend, in aller Stille das Gezeigte bewertend, wie die Männer bei einem Erschießungskommando. Das gehörte schon zur Performance, diese Härte, das Gnadenlose, das sich gegen das eigene Geschlecht richtete. Die Beliebigkeit der Kriterien, mit denen Margot auswählte, spiegelte die Beliebigkeit, mit der das Leben sich zu Einzelnen verhielt. Eine Bewerberin konnte heute Morgen Streit mit ihrem Mann gehabt und dann zweimal die U-Bahn verpasst haben, und sie glaubte vielleicht, sie würde zum Ausgleich genommen, aber das geschah nicht. Es ging hier nicht um Fairness.

Nach etwa zwanzig Minuten drehte sich Margot abrupt von einem Gesicht weg und kam zu mir: »Es dauert noch ein bisschen, wenn du Lust hast, geh mit Lian einen Kaffee trinken.«

Was immer das sollte, ich sagte, in Ordnung. Vorhin hatte ich einen Starbucks gesehen, und ein richtiger Kaffee am Morgen wäre eine feine Sache. Lian ihrerseits schien zu glauben, sie hätte etwas falsch gemacht, doch ich konnte sie etwas beruhigen, indem ich ihr beteuerte, Margot sei immer so launisch, ja wirklich, das gehöre für sie einfach dazu.

Wir setzten uns in den Starbucks, die Beleuchtung war langweilig, aber ausreichend hell, Interieur und Geschirr, Dekoration und Theke wie in allen Starbucks dieser Welt. Sogar die Temperatur war die gleiche. In meiner Frankfurter Stammfiliale bedienten ebenfalls nur Asiaten, so dass nicht mal diese Kleinigkeit die Neutralität störte. Betriebstechniker hatten die Räumlichkeiten bis ins kleinste Detail ausgetüftelt, und da machte es keinen Unterschied, an welchem Ort sich diese spezielle Zweigstelle befand. Diese Filiale war gut besucht, aber wir fanden noch einen Platz.

»Woher kommt dein Interesse für Kunst?«, fragte ich.

Es war nicht nur, um irgendetwas zu fragen, in der Regel sind die Geschichten, die die Menschen sich dafür zurechtgelegt haben, sehr aufschlussreich. Auch Lian bildete keine Ausnahme.

»Ach. Das fing früh an. Unser Onkel Ze hat uns aufgezogen – ich bin ja ursprünglich aus Beijing. Er verkehrte viel in Künstlerkreisen. Kennst du *Die Sterne*?«

Ich nickte: »Die Gruppe – die ersten Avantgardekünstler bei euch überhaupt.« Es war schwer möglich, auch nur den gröbsten Überblick über Chinas neuste Kunst zu haben, ohne auf die *Die Sterne* gestoßen zu sein, eine Gruppe junger Leute, die sich auf die westliche Avantgarde stürzten, Käthe Kollwitz und Pablo Picasso in erster Linie, weil deren sozialistisches Engagement als unverfänglich galt.

Doch Lian korrigierte mich: »Das ist nicht ganz richtig. *Die Sterne* waren früh dran mit Ausstellungen im Freien, mit Straßendemos und öffentlichen Lesungen, sicher. Aber die Ehre, der Erste gewesen zu sein, gebührt eigentlich einem Mann namens Wang Peng, er hat an der Beijinger Kunstakademie studiert, war da aber total frustriert von den Inhalten. Er machte bei einer Performance schon '84 ein riesiges Gemälde mit Tinte, indem er seinen Körper nackt auf das Papier drückte …« Sie unterbrach sich: »Aber egal, sicher waren auch *Die Sterne* wichtig. Mein Onkel gehörte zum unmittelbaren Kreis um Wang Peng, dem Kopf der Gruppe. Er war auch einer der Ausstellenden der *China-Avantgarde* gewesen.«

Ich nickte, ich hatte von der legendären Schau im Februar 1989 in der staatlichen Nationalgalerie Peking gehört, die bereits wenige Stunden nach der Eröffnung wieder geschlossen worden war.

»Tian und ich sind bei diesem Onkel aufgewachsen. Wir haben ihn rückhaltlos bewundert und nachgeahmt. Tian wollte erst auch Maler werden, aber er hat wirklich kein Talent.«

Sie kicherte: »Jetzt versucht er es als Schauspieler.«

»Was ist mit deinem richtigen Vater passiert?«

Ich dachte an Trennung oder so etwas, nichts Spektakuläres, sonst hätte ich nicht gefragt.

»Er ist gestorben. Freiwillig.«

Das verschlug mir die Sprache: »Du meinst –«

Sie nickte: »Selbstmord.«

Mir ging die Szene im Auto durch den Kopf, als Lian von der Ausstellung erzählen wollte, Margot aber nach der Uhrzeit gefragt hatte, und für einen Moment kam es mir so vor, als könne das nicht sein, dort eine Selbstmordgeschichte in der Kunst und hier eine in ihrer Biografie, das ist ein bisschen dick; das kann nicht sein, sie will sich nur wichtigmachen. Ich hatte ein surreales und unangenehmes Gefühl, ungefähr so, als hätte ich mich vor einen Käfig gestellt, um ein knuddeliges Kätzchen zu sehen, und jetzt war ein Tiger zum Gitter gesprungen.

»Die Kindheit meiner Eltern fiel in die Zeit der Kulturrevolution«, fuhr Lian fort. »Mein Vater war ungefähr zehn, als es losging. 1966, meine ich. Es war alles politisch, und alles war durcheinander. Mal waren die einen, mal die anderen Konterrevolutionäre und Verräter und dann wieder Rebellen und Provokateure. Völlig idiotisch. Sinnlos. Willkürlich. Eine böse, böse Zeit. Es konnte einen verwirren, wenn man so jung war.«

Sie sprach fest, aber ohne Pathos wie jemand, der sich lange mit einer Sache auseinandergesetzt hat und zu eigenen Ergebnissen gekommen ist – Ergebnissen, die womöglich konform gehen mit dem allgemeinen Konsens, aber sie sind eben doch selbst durchdacht. Sie hatte eine ernsthafte, offene Art, und meine Anspannung löste sich, während ich ihr zuhörte.

»Mein Vater hat jemanden denunziert als Kind, einen seiner ehemaligen Schullehrer. Er hat einer ganzen Familie Unglück gebracht. Weißt du – er glaubte wohl, das Richtige zu tun. Die Jugend wurde instrumentalisiert.«

Ich sagte, dass ich davon gelesen hätte.

»Angeblich gab es die so genannten politischen Feinde und Konterrevolutionäre auch unter den Lehrern, Nachbarn und Angehörigen. Schüler, ehemalige Schüler, Kinder und Geschwister klagten einander an. Sie waren verblendet. Die politische Verblendung hat in dieser Zeit ein unvorstellbares Ausmaß angenommen.«

Ich musste plötzlich daran denken, das wir schon eine ganze Weile hier saßen – hatte ich mein Handy aus Versehen auf stumm gestellt? Wie nebenbei nahm ich es aus meiner Rocktasche und legte es neben den Kaffeebecher. Nein, noch kein Zeichen von Margot.

»Er ist nie mit seiner Schuld klargekommen. Als Tian und ich zwei Jahre alt waren, hat er sich eine Schlucht hinuntergestürzt«, schloss Lian. »Hat Margot angerufen?«

»Nein, nein. Was für eine schreckliche Sache.«

»Erst haben Tian und ich Daddy vergöttert, weil wir nicht die wahre Geschichte kannten. Onkel Ze hat ihn als Helden hingestellt – oder nein, falsch, er ließ so viel im Dunkeln, dass es für Tian und mich leicht war, diese Lücken mit einer heroischen Story aufzufüllen. Als wir es besser wussten, verachtete ich ihn. Jetzt ist da ein Gefühl von Leere. Trauer. Meine Mutter ist dann mit Onkel Ze zusammengezogen. Ein bisschen komisch, nicht wahr?«

»Ich weiß nicht. Die Menschen gehen unterschiedlich mit Trauer um.«

Wir schwiegen. »Und dein Onkel Ze? Ist er ein guter Künstler?«, fragte ich dann.

Sie verzog das Gesicht: »Oh, nein. Er ist schon lange kein Künstler mehr, er fand sein Talent nicht ausreichend. Er ist zum BWL-Studium in die USA gegangen. Er wollte dann nach Shanghai zurück und es allen zeigen. Nun ja, es hat geklappt. Er ist ziemlich reich.«

»Spielgeld«, erinnerte ich mich. »Er war es, der euch das Kapitel für die Galerie gegeben hat.«

»Hm. Der große Onkel empfindet wie ein Amerikaner. Er misstraut der Allmacht der Auktionshäuser hier in China. Er bevorzugt die europäische und amerikanische Art, wie eine Galerie den Künstler aufbaut – er regte auch meine Praktika in Stuttgart und London an. Du lernst ihn allerdings in diesem Sommer wohl eher nicht kennen, er ist verreist und kann zur Performance nicht kommen – zu seinem großen Bedauern. Ein beeindruckender Mann, wenn ich das von meinem Onkel sagen darf. Er – «

In diesem Moment klingelte mein Handy, und wir sprangen gleichzeitig auf. Drei Minuten später waren wir wieder im Zendai, wo uns ein verändertes Bild erwartete: Weder lungerten Schaulustige vor dem Foyer herum, noch sah man darin ein einziges Model stehen – Margot stand mit dem Rücken zu uns, eine winzige Figur allein hinten in einer Ecke.

»Wo sind sie alle hin?«, frage Lian erschrocken. Ich konnte ihr das auch nicht sagen, sondern öffnete die Tür. In dem Moment erschien auch Wonge wieder; er kam seitlich aus einem der Museumsräume.

Er sagte zu mir: »Ich sollte die Mädchen alle in den Vortragssaal schicken. Sie möchte nachdenken.«

Ich kommentierte das nicht, aber ich dachte: Wie idiotisch, weshalb hat sie sich dann nicht selber in den Vortragssaal gesetzt?

Margot drehte sich zu uns um. Sie blickte finster.

»Was ist denn?«, fragte ich sie und führte sie am Arm weg, um unter vier Augen mit ihr zu sprechen. »Sind es zu viele oder zu wenige, die du magst? Die Zwillinge zum Beispiel, die sind doch toll! Vielleicht ein bisschen dominant, aber …?«

»Das ist es nicht …«, sagte sie kummervoll. »Die Zwillinge sind toll. Vielleicht nicht gerade zu zehn Zehnteln schön, aber wirklich von ungewöhnlicher Anmut.«

»Was ist es dann?«

Sie drehte den Kopf in Zeitlupe zu mir, und ich sah, dass sich in ihren Augen Feuchtigkeit sammelte.

»Später. Ist schon gut. Gib mir einen Moment.«

Ich nickte, und dann winkte ich Lian, und wir gingen in den Vortragssaal, wo die Kandidatinnen es sich in den Publikumsreihen gemütlich gemacht hatten. Ich erinnere mich noch, dass Lian neben mir hereilte, mich aber merkwürdig von der Seite ansah, und ich auf einmal das vage Gefühl hatte, sie wüsste etwas, von dem ich absolut keine Ahnung hatte.

Während sie an der Tür stehen blieb und ihr vor den Mädchen alles furchtbar peinlich zu sein schien, setzte ich mich für einen Moment zu den Kandidatinnen, tat so, als wäre nichts Besonderes los, und sah mich einfach um. Wenn einem gar nichts mehr einfällt, ist das manchmal das Beste, was man tun kann.

Der Raum sah aus wie ein Hörsaal voller schwatzender junger Frauen. Jetzt, wo sie nicht mehr in einer Reihe stehen mussten und die Person, die über sie urteilen sollte, nicht mehr da war, wirkten sie entspannt. Mir fiel auf, wie gut sie mit dem Platzmangel umgehen konnten. Jede Einzelne hatte sich ein Eckchen eingerichtet, wo sie Handy und Handtasche ablegte, die Thermoskanne, ein Buch oder ihre Schminksachen. Zwei Freundinnen beugten sich angeregt über ein Handy, die eine lächelte stolz, die andere quietschte in regelmäßigen Abständen entzückt, und ich schloss aus alledem, dass sie entweder höchst interessante SMS lasen oder Fotos anschauten. Als sie bemerkten, dass sie meine Aufmerksamkeit auf sich gezogen hatten, winkten sie mich freundlich heran. Ohne mein Megafon nahmen sie mich als eine von ihnen wahr, was mich freute.

»Miou, das ist ihr Hund«, sagte das links sitzende Mädchen, und das rechts von ihr schenkte mir einen langen, einschmeichelnden Blick, garniert mit einem kleinen Tremolo aus Wimpernschlägen.

Ich betrachtete das Bild eines kleinen, wuscheligen Kerlchens mit großen Augen. Die Rasse kam mir entfernt bekannt vor, aber etwas stimmte nicht. Die Hundebesitzerin giggelte etwas auf Chinesisch; ich sah sie ratlos an.

»Sie findet es *amazing*, dass ich es wirklich gemacht habe«, übersetzte die andere mir. »Sie findet es toll.«

Ich fragte, *was* sie denn Tolles gemacht habe.

»Mious Augen. Die Schlupflider sind weg, siehst du nicht?«

»Oh«, sagte ich. »Eine Augen-OP. Ich verstehe. Das ist sehr hübsch.«

Ich entfernte mich, um Lian von dem verschönerten Wauwau zu erzählen. »Ein Köter, meine Güte, kannst du das glauben?«

Ja, doch, Lian konnte das glauben.

Aber jetzt klingelte ihr Handy, und Tian erklärte ihr offensichtlich, er stehe draußen im Foyer und werde nicht hereingelassen.

»Okay«, sagte ich – und ich sagte den Mädchen, diesmal wieder mit Lautsprecher, ich ginge jetzt endgültig die Ergebnisse holen, obwohl ich mir keineswegs sicher war, dass Margot sie hatte. Ich fühlte mich überfordert. Ich verstand Margots Nervosität nicht, ich kapierte einfach nicht, wonach sie suchte. Der alte Mann, mit dem sie sich nachts in der Hotelbar getroffen hatte, fiel mir wieder ein. Vielleicht hätte ich sie einfach fragen sollen, aber jetzt war es zu spät.

Sie stand immer noch in ihrer Ecke. Bevor sie sich wehren konnte, griff ich nach der Liste, die schlaff in ihrer Hand lag: »Du hast lauter Plus gemacht. Also, es gefallen dir sehr viele, das ist doch schon mal ein Anfang.«

Ich studierte die Namen und zählte die Pluszeichen zusammen.

»Margot, das ist völlig okay. Zwanzig gefallen dir, dreizehn davon nehmen wir, das heißt, wir müssen jetzt nur noch sieben aussortieren, und zusammen mit den zwölf von gestern macht das erstklassige fünfundzwanzig.«

Die schlichte Rechnung sollte sie beruhigen, aber sie sah mich an, als spräche ich auf einmal ebenfalls Chinesisch.

Ich wollte ihr gerade vorschlagen, noch einmal mit mir und der Liste in den Vortragssaal zu gehen, da marschierte Tian, sein Mobiltelefon in der Hand, auf uns zu.

»Da ist noch eine Frau«, sagte er wichtig. Ich wollte ihn gerade anpflaumen, aber in Margots waidwunden Augen glitzerte zu meiner Überraschung so etwas wie Interesse auf. Sie sagte: »Lass ihn reden.«

Er schob seinen Körper dem Kopf hinterher, schwenkte sein Handy und erklärte, eine berühmte chinesische Fernsehschauspielerin sei am Apparat, persönlich, und sie äußere ihr Interesse am Mitmachen. Er wirkte angeregt, um nicht zu sagen entzückt. Wieder wollte ich etwas entgegnen, aber Margot erstaunte mich erneut.

»Wer ist sie? Eine Schauspielerin, sagst du?«, fragte sie.

Ich schaute ungläubig von ihr zu Tian.

»Midnight Ying«, sagte Tian.

Er nannte einige Namen von Filmen oder Serien oder Shows.

»Midnight Ying«, wiederholte Margot. »Kennst du ihren richtigen chinesischen Namen?«

Tian schüttelte den lockigen Kopf.

»Sie war auf einer Schauspielschule in Amerika?«, fragte Margot.

»Ich weiß nicht. Es kann sein. Das ist oft so bei Schauspielerinnen aus Asien. Sie lassen sich in den USA ausbilden. Oft natürlich aber auch nicht. Es gibt ja auch in Asien gute Schulen. In Hongkong …«

»Hast du ihr gesagt, dass sie noch den Fragebogen ausfüllen muss? Tian? Lian? Haben wir ihre Faxnummer? Die E-Mail-Adresse?«

Margot stand mit leicht hochgezogenen Schultern und angewinkelten Armen da. Tian sprach ins Handy.

»Augenblick«, sagte ich zu ihm und begann, meinen Text abzuspulen – falls Margot ihre eigenen Regeln vielleicht vergessen haben sollte: Es gebe da diese Schwierigkeit, dass *prominente Einzelpersonen* für Margot zu sehr *das Leben* verkörperten; Schönheit bei Margot sei immer in Bezug auf den Tod zu sehen; ihr einsames Spiel mit romantischen Motiven und ihre Entlarvung dieser Wünsche und Sehnsüchte in sterilen, dann wieder überwucherten Räumen setzt die Anonymität der Models voraus, keines darf über dem anderen stehen, auch wenn es manchmal ein Rätselraten gibt, ob nicht diese oder jene bekannte Schauspielerin oder das Top-Fotomodel dabei seien.

»Hat sie trotzdem Interesse?«, fragte Margot dazwischen. Inzwischen waren Lian und Wonge erschienen, weil draußen nichts passierte; und Tian machte ihnen ein Zeichen zu schweigen. Wonge sah mich an, ich zuckte die Schultern.

Tian sprach ins Telefon, lächelte dann süß und teilte mit, dass Midnight das wisse und dass niemand über ihre Teilnahme informiert werden müsse, vor allem nicht die Presse. Und dann habe sie noch eine Frage. Sie wisse, dass alle, die mitmachten, schwarze Strumpfhosen tragen sollten. Aber sie sei allergisch gegen manche Stoffe direkt am Körper und würde gerne eine eigene mitbringen.

Margot war für einen Moment perplex, fing sich aber schnell wieder: »Oh. Ich verstehe. Sag ihr bitte, dass es nicht ganz so einfach ist. Erklär ihr etwas, bitte, ja? Sag ihr, dass es um das richtige Schwarz geht. Schwarz ist nicht gleich Schwarz! Manche schwarzen Strumpfhosen haben einen bräunlichen Schimmer, der die Beine plump wirken lässt. Gräuliches Schwarz sieht nach älterer Dame aus, und ein Schwarz mit Stich ins Grünliche dürfen wirklich nur Helden in Strumpfhosenfilmen anhaben.«

Tian blinzelte, Lians kleiner Mund stand offen, und mir fiel ein, dass die Geschwister ihre Farbpredigt natürlich noch nicht kannten.

»Die Beinlinge müssen schwarz wie Rabenflügel aussehen, aber nicht so dünn sein, dass die Haut durchschimmert und man aussieht, als trauere man um seine Großmutter. Blickdicht ja, aber auch nicht so dick, als trüge man die Strumpfhose aus der Gymnastikstunde. Verboten sind schwarze Strumpfhosen mit Naht, außer man tanzt der Direktion des Berliner Friedrichstadtpalastes vor, um eine Rolle als Revuegirl zu ergattern. In die gleiche Kategorie fallen schwarze glänzende Strümpfe, die man ausschließlich an Bord des Raumschiffs Enterprise tragen darf.«

Margot nickte. Ja – jetzt durfte Tian alles in das Handy eingeben.

»Und Tian ...«

»Ja?«

»Lade diese Midnight für das Wochenende zu unserer Party ein.«

Tian lächelte und tat wie geheißen.

Die Episode schien Margot auf wundersame Weise wiederhergestellt zu haben, jedenfalls ging das Aussuchen auf einmal zügig vonstatten; sie gab mir eine Liste mit Namen, und ich durfte endlich die unangenehme Aufgabe übernehmen, die Bewerberinnen zu informieren, wer es »geschafft« hatte und wer nicht.

Drittes Kapitel

Wäre nicht der feine braune Staub, der von den Baustellen hereinwehte, Staub, der keine Grenze kannte, keine autofreie Zone und nicht den Unterschied zwischen, sagen wir, einer nagelneuen, mit Lageplänen von Coffeeshops und Designerläden beklebten Litfaßsäule und einem Haufen weggeworfener Lebensmittelverpackungen im Schutt der Abrissarbeiten – wäre dieser feine Staub nicht, ich hätte mich in einem sterilen Traum geglaubt. Aber er war da, auch in diesem aus dem Boden gestampften Vergnügungs- und Einkaufsviertel. In der Hitze verklebte er die Atemsysteme, er setzte sich in den Plastikteilen der Klimaanlagen ab, auf den limonengrünen, gelben und pinkfarbenen Sonnenschirmen vor dem Eissalon, ja, selbst auf den Rändern der leeren, nagelneu aussehenden Abfalleimer, die wie metallene Skulpturen in der Sonne glänzten.

Er drang in die Ritzen der Buden, wo junge Chinesinnen in nachgemachten Qipaos Teeservices, Kostümpüppchen und Fächer verkauften; er bedeckte ihre Gesichter und mischte sich mit dem dünnen Schweißfilm und dem Make-up darauf. Er fand Ritzen zwischen den grauen Backsteinen, aus denen die Wände der zu folkloristisch »enge Gassen« gruppierten Shikumen-Häuser bestanden, die Touristen anlocken sollten – Touristen, die sich vor der Hitze liebend gerne in die klimatisierten Läden im Innern dieser Häuser flüchteten. Der Staub war allgegenwärtig, eklig – und das einzig Echte in Xian Tian Di. Nur dem grünlichen Gesicht des Filmmonsters Hulk, das am Ende der Fußgängerzone vom überdimensionalen Plakat des Kinocenters glotzte, konnte er nichts anhaben.

Ich hatte mich an eine existenzielle Fremdheit in Shanghai gewöhnt, eine Fremdheit, die vor allem aus meinem Gefühl herrührte, in die Zukunft katapultiert worden zu sein. Aber diese Gegend war mir nicht fremder als die rekonstruierten Bauernhöfe im Schwarzwald in der Gegend, aus der ich kam, als die gusseisernen Töpfe in den engen dunklen Küchen und die rostigen, unhandlichen Pflüge in den Scheunen. Es war, als wäre der Gegensatz zwischen dem Eigenen und dem Fremden plötzlich aufgehoben, weil sich die Fremde in Kuschel-Folklore bei der eigenen Vergangenheit bediente und dabei zu gefallen suchte.

Als ich um die Ecke bog, stand Lian schon vor dem Restaurant, an dem wir uns verabredet hatten, ich war noch in einer Buchhandlung gewesen und hatte mir ein englischsprachiges Buch über chinesische Gärten gekauft – für umgerechnet vierzig Euro, wie mir im Nachhinein auffiel.

»Hallo«, sagte ich, »ist es schon sieben?«

»Zwei nach. Alleinerziehende Mütter sind immer pünktlich!«

Sie schien ausgesprochen zufrieden mit sich, gerade so, als liefe alles nach jenem geheimen Plan, den sie einmal für sich entworfen hatte.

»Schöne Gegend, nicht wahr?«

»Hm. Lass es mich so sagen: Ich habe mal eine Radiosendung gehört, da kam ein junger chinesischer Dichter zu Wort, mit seinem Gedicht *Die Imagination des Ostens*, das ging ungefähr so: »ein üppiges Zeitalter / Lädt seine Gäste zum Bankett / Bläser, ein guter Tropfen / Die Imagination des Ostens mit Bambusstuhl ...«

»Hm. War das Xiao Kaiyu?«

Ich zuckte die Achseln, und erst dann begriff sie und zog die Augenbrauen hoch. »Also, es gefällt dir hier nicht?«

»Es ist – pittoresk, und« – ich hob kurz meine Tüte vom Buchladen hoch – »auf jeden Fall habe ich was Neues zu lesen.«

Das Restaurant im ersten Stock des Einkaufszentrums kam ohne Fächer an den Wänden, ohne rote Lampen mit Goldtroddeln, Buddhas, Glückskatzen und sonstiges Dekor aus, es war schlicht wie eine Kantine. Die Gäste saßen an runden, weißen Tischen, es war brechend voll und sehr laut.

Wir wurden zu unseren reservierten Plätzen am Fenster geführt, Lian bestellte, und dann streckte sie einen schmalen langen Zeigefinger aus und deutete nach draußen, zu einem Laden mit Wohnaccessoires.

Dort, wo jetzt die kleine Gruppe aus Hongkong sitze, erzählte sie, habe man vor sechs Jahren um diese Zeit des

Jahres herum, also zur Shanghai-Biennale, tagtäglich den alten Maler Chen Yinfei treffen können.

»Du weißt schon, diese Ölgemälde von Shanghaier Schönheiten, gekleidet im Stil der Dreißiger, mit Musikinstrumenten und so, Bilder, die aussehen wie Fotos.« Ich nickte, obwohl ich mir nicht sicher war, wen sie meinte. Ich hatte mich zwar weit weniger gründlich als sonst auf die Kunstszene hier vorbereitet, aber daran lag es nicht mal, ich konnte mir einfach die Namen schwer merken.

»Nun, jedenfalls«, berichtete Lian weiter, »hier traf man ihn Hof haltend an, er war immer ausgezeichneter Stimmung, machte mit jedem Konversation, der sich dazusetzte, und ständig rief ihn jemand auf dem Mobiltelefon an und wollte Entscheidungen haben, die seine drei Lifestylemagazine betrafen, seine Modelagentur, seine neue Filmproduktionskompanie.

Ich musste lachen: »Ihr mit euren Künstler-Geschäftemachern.«

»Hier haben die Künstler diese völlig verkopfte Moderne übersprungen, die ihr hattet. Sie haben sofort mit postmodernen Spielereien begonnen und haben keine Schuldgefühle, zur obersten sozialen Schicht zu gehören. Auch ohne ihn zu kennen, halten sie es mit Warhol: Ein guter Geschäftsmann zu sein, ist die faszinierendste Art von Kunst.«

»Geld verdienen ist Kunst, und Arbeit ist Kunst, und ein gutes Geschäft ist die beste Kunst«, führte ich das Zitat weiter. »Wenn ein Künstler in den USA reich wird, dann kauft er sich ein Haus in den Hamptons, eine Stadtwohnung in New York und vielleicht noch ein tolles Auto. Was gönnt sich ein Chinese, Lian?«

»Nichts. Ein Chinese investiert. In eine Restaurantkette oder einen tollen Nachtclub, zum Beispiel. Das hat außerdem den Vorteil, dass er eine Menge Verwandte und Freunde in den Läden unterbringen kann.«

Sie machte eine Pause und fügte verschmitzt hinzu: »Ich kann da gar nichts dagegen einwenden«, und ich verstand erst nicht, aber dann fiel mir ein, dass sie natürlich auf die Investition ihres Onkels in Garage 2 anspielte.

»Woher«, fragte ich endlich, »kommt eigentlich dieser Name?«

»Garage 2? Ach, das ist irgendetwas aus dem *Großen Gatsby*, ein Autowerkstatt oder so etwas – ich kenne das Buch nicht. Tian ist einmal haarscharf an einer Rolle in einer Neuverfilmung vorbeigeschrammt, als wir alle noch dachten, er bekäme sie, hat Onkel Ze diesen Namen dem Drehbuch entnommen ...«

»Der *Große Gatsby* mit asiatischen Darstellern?«

Lian zuckte die Schultern, »Tian ist nicht mehr so wählerisch bei seinen Bewerbungen. Die Investition des großen Onkels lohnt sich jedenfalls. Wir machen Profit. Es ist nur ein wenig schade, dass mit dem Erfolg unserer Galerie die Werkstattatmosphäre so völlig verloren gegangen ist.«

»Dafür könnt ihr größere Schauen machen«, sagte ich.

Profit, klar, dachte ich. Die Preise für zeitgenössische chinesische Kunst waren seit 2001 um 780 Prozent gestiegen, chinesische Kunst lag damit als weltweit drittteuerste nur noch hinter Amerika und Großbritannien. Auch kleinere Häuser wie die Garage 2 wurden da mitgezogen. Und der Witz war, es hatte erst 2002 eine private Galerie in Beijing aufgemacht, das 798.

»Größere Schauen, ja, das ist richtig.«

Sie nickte und begann, von einer Ausstellung im letzten Jahr zu erzählen, die sehr erfolgreich gewesen sei: *In Their 40's. Works by 8 Shanghai Artists*. Diese Künstler seien allesamt kurz vor dem Beginn der Kulturrevolution geboren, also 1966 oder 1967.

Inzwischen war das Essen gekommen, und Lian machte mir ein Zeichen, dass es sie nicht störte, wenn ich mir ab und zu einen Bissen in den Mund schob, während sie sprach.

»Für die Kunstgeschichtsschreibung«, sagte sie, »wird das vermutlich einmal eine sehr wichtige Generation werden.«

Die Maler dieser Generation hätten, den Inhalten nach, eine restriktive, aber technisch sehr gute Ausbildung an der Kunstakademie erhalten; es sei ihnen gelungen, nach der Öffnung Chinas ihren eigenen Stil zu entwickeln.

An uns vorbei wurden ununterbrochen Speisen geschleppt und leere Teller zurückgetragen, der Geräuschpegel war unverändert hoch; verschiedene Gerüche wechselten sich ab, einmal war da ein dermaßen penetranter Gestank, dass ich Lian fragte, ob ich soeben meine erste Begegnung mit dem legendären stinkenden Tofu gehabt hätte, was sie mir gleich bestätigte. Nein, probieren mochte ich nicht.

Als wir gegessen hatten, besprachen wir noch die Willkommensparty für Margot, das heißt, Lian berichtete von ihren Vorbereitungen – es war eher so, dass sie mich informierte, als dass ich wirklich noch etwas hätte mitentscheiden können, aber gut. Sie hatte die charmante Idee, die Feier im M on the Bund abzuhalten, dem sehr bekannten, euroasiatischen Restaurant am sogenannten Bund, der Uferpromenade des Huangpu.

»Wirklich, Lian, was für eine grandiose Idee! Sie wird begeistert sein!«, rief ich.

Sie lächelte und beschrieb mir den jungen Performance-Künstler, der an dem Abend zu Margots Ehren auftreten werde; Garage 2 würde ihn bald vertreten, sie war ganz begeistert von ihm.

Sie verstummte, um gedankenverloren mit den Stäbchen auf ihren leeren Teller zu tippen: »Was fasziniert dich an ihr?«

Ich wusste sofort, wen sie meinte. »Vieles. Vor allem aber, dass sie so gut in dem ist, was sie macht. Es gibt eine Grenze, über die nur wenige Menschen hinauskommen, und sie gehört dazu.«

»Eine Grenze?«

»Ich glaube, das gilt für alle Berufe – hier, die Köche beispielsweise –, aber eben auch für Künstler, viele machen sich das nicht klar; sie denken, wenn man Künstler sei, habe man automatisch diese Grenze überschritten. Das ist nicht wahr.«

»Ich glaube, ich verstehe.«

Ich kam auf ein Telefonat zurück, kurz vor unserem

Abflug nach Shanghai, bei dem ich Lian am Telefon ziemlich knapp abgefertigt hatte, weil ich noch zu einer Ausstellungseröffnung wollte, bei der ich Chistopher vermutete – fälschlicherweise, wie sich herausstellte. Sie hatte etwas mehr Hintergründe über *Halcyon Sleep* erfahren wollen, und nun ging ich, mit deutlicher Verspätung, darauf ein.

Ich erzählte von den mitgebrachten Traumresten der Mädchen, davon, was sie sich aussuchten, um es mit in ihren langen Schlaf zu nehmen. Margot, sagte ich, nennt es übrigens nicht »langen Schlaf«, sondern »kurzen Testlauf für das süße Jenseits« – ich erzählte, dass es immer sentimentale Erinnerungen waren, die sie bei sich haben wollten, Briefe, Teddybären, Broschen, Fotos, der Warenwert gehe gegen null, aber das seien die Dinge.

»Oder, was sage ich: Dinge – Margot bezeichnet sie als Grabbeigaben …«

Lian hörte so konzentriert zu, als schriebe sie innerlich mit, und vermutlich tat sie es auch. Ich machte eine Pause.

Was immer ich da zum Nachtisch hatte – neben Obst noch kleine Brötchen mit irgendeiner süßen Füllung –, es schmeckte vorzüglich. Ich überlegte, noch mal Tee zu bestellen, einen anderen, verzichtete dann aber, weil Lian so wenig zu sich nahm und ich mir wie ein Wolf vorkam.

Lian sagte, es sei interessant, wie ich den Akzent setzte, wenn ich vom *Halcyon*-Projekt als einem *Projekt der Dinge* spräche, wo doch Margot eindeutig ihre Mädchen in den Vordergrund stelle; ich verstand zuerst nicht, dann erklärte sie mir in Doktorandendeutsch, sie sehe darin *die Verschiebung der Fetischisierung von der Person zum Objekt.*

Ich sah auf die Straße heraus zum Kino, wo sich eine Schlange für die nächste Vorstellung von *Hulk* gebildet hatte. Mit Christopher war ich immer gerne ins Kino gegangen, wenn sonntagnachmittags schlechtes Wetter war und wir beide nicht so viel zu tun hatten.

»Hast du noch Lust, ein paar Freunde von mir zu treffen?«, fragte Lian plötzlich.

Ich war angenehm überrascht, damit hatte ich nicht gerechnet.

»Gerne. Ja, sehr.«

Nachdem ich so bereitwillig zugesagt hatte, war sie auf einmal in höchster Eile. Ich musste ihr fast hinterher rennen, als sie eines der vor Xian Tian Di herumkurvenden Taxen anhielt und sogleich begann, mit dem Fahrer zu schäkern. Sie wirkte wie jemand, der die ganze Zeit Dinge getan hatte, die ihm zwar nicht unangenehm waren, aber auch nicht viel bedeuteten, und der jetzt endlich seine eigenen Ziele verfolgen konnte.

Wir fuhren über die South Huangpi Road, wie ich von Lian erfuhr, in ein Viertel, bei dem es sich um die ehemalige französische Konzession handelte. Es sah einladend aus mit all den Cafés, Obstständen, Modeläden und Weinhandlungen, und hier sah ich endlich Altbauten – echte Altbauten – mit großen Höfen und schmiedeeisernen Toren. Die ausladenden Straßen waren gesäumt von Platanen. Es war inzwischen dunkel geworden, aber immer noch so schwül, dass man meinte, es müsste jeden Moment ein Gewitter beginnen.

Lian ließ den Fahrer in einer ruhigen Geschäfts- und Wohnstraße halten. Sie führte mich über einen dunklen, tunnelartigen Gang in einen offenen Hinterhof, der hinterhältig finster war. Ein Geschäft, das alte Lampen und anderen Trödel verkaufte, war hell erleuchtet, aber offensichtlich geschlossen. Lian steuerte auf eine Tür zu und klingelte. Der Türsummer funktionierte zu meinem Erstaunen. Ich stolperte über eine alte Plastikmatte, die im Flur lag.

Vom Hof her fiel Licht durch die Fenster des Treppenhauses, als wir in den dritten Stock stiegen, wo wir an der Tür von einem kleinen Mann in Jeans und buntem Unterhemd erwartet wurden. Er überragte die winzige Lian nur um Zentimeter.

»Das ist Linfei«, stellte Lian mit bewegter Stimme vor.

Linfei hatte ein feines Gesicht und wirkte so zurückhaltend in seiner ganzen Art, dass er sogar beim Lächeln die Augen schloss und den Mund zu einem Strich zusammenpresste, als ob er seine Freude eigentlich für sich behalten wollte. Seine Augen huschten flink und unsicher umher, er streckte mir eine zarte Hand entgegen, die ich vorsichtig ergriff, um nichts zu zerbrechen.

Kaum hatte ich losgelassen, nutzte Lian ihre Chance und fiel ihm um den Hals, wo sie lange einfach so hängen blieb, er musste sich geradezu von ihr befreien, und mir kam der Gedanke, dass er vielleicht der Vater ihres Kindes war.

»Kommt rein«, sagte er, aber Lian schüttelte den Kopf: »Ich zeige ihr erst noch dein Atelier.« Ehe ich mich versah, öffnete Lian die Tür neben jener, in der ihr Freund stand, und ich schaute in einen riesigen Raum. An den hinteren Wänden hingen mittelgroße Formate bunter, ornamentaler Bilder, das Material konnte ich auf die Distanz nicht ausmachen. Der Raum war mindestens sechzig Quadratmeter groß und wirkte fabrikmäßig, die Bilder wie Prototypen. Die Stufen der Produktion konnte man an den vier aufgereihten Arbeitstischen verfolgen: Auf dem ersten Tisch fand ich die Entwürfe einzelner Ornament-Teile, anscheinend auch dreidimensionale – ich erkannte jetzt, dass es allesamt Markenlogos waren, mit denen da gearbeitet wurde –, auf dem zweiten lagen verschiedene bunte Materialien und Farben, auf dem dritten Schneidezeug und Klebematerial. Was in dem Durcheinander am vierten Tisch vor sich ging, zwischen Aschenbechern, Teetassen und leeren Coladosen, konnte ich nicht erkennen. Ich trat an einen Tisch und betrachtete die Skizze eines Emblems, das ich schon auf Handtaschen gesehen hatte.

»Er hat einen Assistenten?«

»Drei«, sagte Lian.

»Das ist beachtlich.«

»Ja, nicht wahr. Schau hierher.«

Sie deutete auf einen Baum, eine junge Buche in einem schweren Kübel, die ungefähr so groß war wie ich. Sie war über und über mit Papierstreifen behängt, diese Art von Papier, das an roten Bändern hängt wie in konfuzianischen Tempeln. Auf diesen Zetteln waren allerdings keine

Fürbitten geschrieben, sondern es standen Ziffern darauf – »Telefonnummern?«, fragte ich, und Lian nickte.

Ich wollte nach meinem Handy greifen, aber sie winkte ab.

»Nimm dir lieber einen Streifen mit nach Hause, du erreichst Tonbänder, die dir Geschichten vorlesen, zwanzig Minuten, manchmal länger …«

Ich ging einmal um den Kübel herum. Es war charmant. Verspielt. »Wie heißt die Installation? Sie ist für draußen, oder?«

»*Der Wunschbaum.* Sie ist eine Auftragsarbeit für den Wintergarten einer Bank, in dem sich die Mitarbeiterkantine befindet.«

»Und was sind das für Geschichten?«

Sie sagte, dass Märchen aus vielen Ländern erzählt würden. Ein deutsches sei auch dabei. *Das kalte Herz.* Ob ich es kenne?

»Ja, sicher«, sagte ich, »es stammt aus der Gegend, aus der ich ursprünglich komme, aus dem Schwarzwald.«

»Ich habe mir noch nicht alle Geschichten angehört«, gestand sie. »Ich wollte mir einfach etwas aufheben. Wenn Linfei mal wieder für längere Zeit unterwegs ist, höre ich dann seine Stimme. Seine Stimme mit einer neuen Geschichte. Er hat alles eingelesen, auf Englisch und Chinesisch.«

Aha, dachte ich, er *ist* der Vater ihres Kindes. Ich wollte etwas mehr erfahren von ihr, wusste aber nicht, wie ich es anstellen sollte, daher begann ich erst einmal, ihr das Märchen zu erzählen. Aber während ich dabei war – ich beschrieb das Glasmännchen, das im Wald beim Köhler Peter Munk auftauchte und ihm drei Wünsche freigab, einfach so, weil er Glück hatte und zu einem bestimmten Zeitpunkt geboren worden war –, drifteten meine Gedanken ab. Es war Christopher, der mir die Geschichte das erste Mal erzählt hatte, wir machten einen Ausflug zu meiner Familie. Das Glasmännchen, hatte er mir gesagt, habe er sich als Kind immer als einen völlig durchsichtigen kleinen Kerl vorgestellt, eine Figur, bei der man alle inneren Organe deutlich sehen konnte und die blinkten, wenn sie gerade arbeiteten, eine Art Technikspielzeug. Ich sah Christophers Gesicht vor mir, er war an diesem Tag so glücklich gewesen …

»Alles in Ordnung?«, fragte Lian plötzlich, und ich bemerkte, dass ich die Geschichte stark verkürzt hatte. »Ja, bestens.« Ich riss mich zusammen. »Es ist, wie du siehst, ein Märchen über romantische Sehnsucht. Die Folge der Sehnsucht ist die Selbstdestruktion – der Reichtum zerfällt zu Elend, aus Liebe wird Mord.«

Lian lachte: »Sehr sinnlich beschrieben. Aber Mord ist in meinen Augen keine Selbstzerstörung.«

»In diesem Fall kann man es aber so interpretieren. Er hat seine Liebste umgebracht als einen Teil von sich. Ein Analytiker würde das auf jeden Fall so sehen. Hör es dir an bei Gelegenheit.«

»Hm«, machte Lian, es klang nicht überzeugt.

Sie führte mich dann weiter im Studio herum. Der *Wunschbaum* schien eine Ausnahme gewesen zu sein, der Rest bewegte sich innerhalb eines strengen Konzepts, das nur variiert und wiederholt wurde: *Logomania*, und der Name sagte es eigentlich schon. Sämtliche Muster von Papierschnitten, Wandteppichen, ja sogar Schals und Decken waren aus kleinen Markennamen zusammengesetzt, Nike, Dolce & Gabbana, Puma, Adidas, Burberry, McDonald's.

»Der Wunschbaum hat mir besser gefallen«, sagte ich.

»Ich zeige dir noch die neueste Performance. Fünf Minuten.«

Und obwohl ich protestierte, schob sie mir einen Schreibtischstuhl in die Kniekehlen, öffnete den Laptop und drückte Tasten. Ein Schriftzug erschien: *Die letzte Mahlzeit*, dann liefen ein paar Hühner über einen leeren Hof, und es tauchte eine sommerlich gekleideter Linfei auf, der Getreide aus einem kleinen Sack auf den Boden streute, wobei er in der anderen Hand als Vorlage eine Zeichnung hielt. Es dauerte nicht lange, da begriff ich, dass es das Brustbild des Kentucky-Fried-Chicken-Mannes war, den er da am Boden entstehen ließ. Schnitt. Dann war in Nahaufnahme eine dicke rotbraune Henne zu sehen, die den Kentucky-Mann vom Kragen her aufzufressen begann. Andere Hühner pickten an den Haaren und am Brustkorb. Sie schafften es nicht, den Kerl bis zur Dämmerung aufzuessen. Auf dem Hof und dem Bildschirm dunkelte es. Dann kam wieder der Titel *Die letzte Mahlzeit*.

»Die Hühner sollten am nächsten Morgen geschlachtet werden«, erläuterte Lian.

Es gab eine Pause. Das war alles eher bescheiden, und das wusste sie auch. Die Frage war, was erwartete sie von mir?

Sie gab mir ein paar *Logomania*-Postkarten. Ich blieb immer noch still. Ich freute mich über ihre Offenheit, auch wenn ich nicht wusste, wie ich sie trösten sollte. Ich verzieh ihr auch die Führung durch ein Atelier, das ich gar nicht hatte sehen wollen – beim Zeigen hatte sie mir all ihre Schwierigkeiten mit Linfei geschildert. Kunst machte für eine Gruppe von Menschen das Leben erträglich, aber wie sollte man mit jemandem zusammenleben und ihn respektieren, wenn er schlechte Sachen produzierte? Nach kurzem Zögern umarmte ich sie einen Moment, und sie sah mich daraufhin so erleichtert an, dass ich verstand, mehr hatte sie gar nicht gewollt, sie brauchte eine Mitwisserin, eine Person, die etwas von alldem verstand und das ganze Dilemma nachvollziehen konnte.

Die Nachbarwohnung war völlig anders geschnitten, man gelangte zuerst in einen engen Flur, der noch dazu verstellt war von einem Weihnachtsbaum aus weißen, ineinandergesteckten Plastikteilen – natürlich ebenfalls *Logomania*-Elemente. Ich fragte mich, ob er eine sehr zeitige Fertigung für das nächste Fest war oder noch vom vorigen stammte. Lian schlängelte sich gekonnt vorbei, und ich folgte ihr in ein kahles Zimmer mit ungestrichenen Wänden, das durch ein plumpes Metallregal und einen hölzernen Paravent zweckmäßig unterteilt war. Im kleineren Teil, in dem wir uns befanden, standen nur ein Schrank und ein Tischchen, auf dem eine aufgeschlagene Zeitung lag. Obwohl ich keine Klimaanlage ausmachen konnte, war es ziemlich kühl hier drinnen. Hinter dem Paravent wurde geredet; und kleine Rauchsäulen stiegen auf, es sah aus, als ob der Raumteiler brenne. Dahinter saßen Linfei, Tian – mit fliederfarbener Thermoskanne – sowie ein mir unbekannter Chinese, der anscheinend sehr groß war, denn er saß wie zusammengeklappt neben Tian auf der zierlichen Sitzgelegenheit und sah nicht gerade aus, als hätte er es bequem da. Als er hochsah, trafen sich unsere Blicke, und der Ausdruck in seinen länglichen Augen war so überrascht und interessiert zugleich, dass ich verlegen zu Boden sah. Er war teuer gekleidet, dafür hatte ich einen Blick, und sah in dem Sommeranzug aus, als käme er direkt von einer anderen Verabredung. Als ich die elegante Kleidung der jungen Frau bemerkte, die neben ihm saß – sie thronte mit ausgestreckten Beinen in der Mitte des Sofas, eine *Logomania*-Decke war über ihre auf einen Schemel gestreckten Beine gebreitet – nahm ich an, sie wären ein Paar und kämen gerade von einem Essen oder einem Empfang. Wie immer in solchen Fällen – der Mann interessierte mich, aber er war nicht allein, stürzte ich mich sofort auf seine Begleiterin, um mich mit ihr anzufreunden und jeden Verdacht zu zerstreuen.

»Winona, hallo«, antwortete sie, nachdem ich mich vorgestellt hatte. »Und das ist Andrew.«

Ich nickte in Richtung des großen Chinesen. Er wollte etwas sagen, aber Tian zog ihn am Ärmel und redete weiter auf ihn ein. Tians Augen, so viel hatte ich gesehen, waren diesmal braun, also trug er heute keine Linsen.

»Tian braucht Tipps, weil er sich für eine Rolle in einer Arztserie bewerben will«, sagte Winona zu mir, ein Lachen unterdrückend. Da sie keine Anstalten machte, ein wenig zu rücken, nahm ich auf dem Sessel an ihrer Seite Platz.

Sie war noch sehr jung, ich schätzte sie auf sechzehn, aber nach meinen letzten Fehleinschätzungen, was Asiaten und ihr Alter betraf, wusste ich, dass sie wesentlich älter sein konnte – zu einem glänzenden schwarzen Seidenoberteil trug sie blaue Ohrringe, die herrlich leuchteten. Ihr schmales, langes Gesicht war so zart, dass sie fast ungesund aussah, aber sie war schön. Obwohl ich durch die Castings inzwischen eine ziemlich hohe Messlatte hatte, was hübsche Frauen anging, war sie eine auffallende Erscheinung. Das schwarze Haar ließ ihre Haut bläulich schimmern, und die Augen waren zwar schmal, verrieten aber durch ihre Größe einen europäischen Einschlag, der mir nicht herbeioperiert vorkam. Vermutlich war sie Halbasiatin.

»Willst du auch etwas trinken?«, fragte sie mich und nahm schon die in ihrer Reichweite stehende Weinflasche und ein Glas, um mir einzugießen, und mir fiel auf, dass an ihrem dünnen Arm ein beachtlicher Muskelstrang zum Vorschein kam. Ich schaute mich nach Linfei und Lian um, die jetzt hinter mir standen, anscheinend in eine hitzige Diskussion vertieft.

»Danke. Bist du auch in einer Galerie beschäftigt?«, fragte ich sie aufs Geratewohl, obwohl sie mir dafür noch etwas jung vorkam.

Sie schüttelte den Kopf. »Ich forsche zur Kunstgeschichte«, sagte sie. »Ich habe über Rost als Material für Werke des 20. Jahrhunderts promoviert.« Den letzten Satz sagte sie auf Deutsch, mit sehr starkem amerikanischen Akzent.

»Du sprichst Deutsch?«

»Ein bisschen leider nur. Meine Mutter ist Deutsche.«

Sie war wieder ins Englische gewechselt, und ich tat es ihr nach.

»Ach«, sagte ich, »was für ein Zufall!«

Sie zog die Augenbrauen hoch und lächelte. Ich wagte einen kurzen Blick zu ihrem Freund, eine unauffällige Drehung meines Kopfes, ein paar Grad nur, wie ich meinte – ich wollte ihn mir noch einmal ansehen –, und er musste im selben Moment die gleiche Idee gehabt haben: Wir starrten uns an und lachten beide gleichzeitig los. Winona hatte es gemerkt, ich war mir sicher, aber sie tat ganz souverän so, als wäre nichts vorgefallen. Ich nahm einen Schluck Wein, zählte innerlich ruhig bis zehn und sah dabei auf meine Hände. Wenn es bloß so etwas gewesen wäre, weswegen es mit Christopher zu Ende gegangen war. Etwas Besonderes, fast wie eine Naturgewalt. Ich sah zu Winona und fügte innerlich hinzu: etwas Unmögliches.

Ich räusperte mich. »Rost«, sagte ich dann, »viel Arbeit, oder? Als Material für Kunst ist er *dermaßen* wichtig für die zweite Hälfte des 20. Jahrhunderts.«

»Interessiert dich das wirklich? Ich meine, es ist meine Dissertation.« Sie klang kühl, aber überhaupt nicht unfreundlich.

»Ich hätte dich sonst nicht gefragt. Amerikanische Forscher haben übrigens neulich herausgefunden, dass Menschen, die weniger Smalltalk machen, glücklicher sind. Ich meine – du verstehst schon: Sie reden über was Richtiges, oder haben zumindest das Gefühl, und dabei fühlen sie sich einfach besser.«

»Ich verstehe schon. Aber glaubst du nicht, bei bestimmten Partys gehören die Themen von Doktorarbeiten auch zum Smalltalk?« Sie sah mich schelmisch an, winkte dann aber ab, als ich antworten wollte.

»Ich habe den Bedeutungswandel von Rost in den letzten vierzig Jahren untersucht. Was fällt dir zu Rost ein? Eisen, klar. Richard Serra, natürlich. Der ist ein wichtiges Kapitel. Ich habe mich dann rückwärts weiter gearbeitet zu de Chirico und Tinguely. Die üblichen Verdächtigen. Picasso hat 1912 mit seiner *Gitarre* einen Vorstoß gemacht. Das war *früh*. Ich arbeite die Hochphase des Materials von den siebziger bis neunziger Jahren des letzten Jahrhunderts heraus und gehe dabei insbesondere der Verbindung Eisen – Stahl – Blut – Rost nach. Da waren auch ein paar interessante Deutsche dabei. Im Moment bin ich dabei, die Dissertation zu erweitern; ich will über Material in der Kunst habilitieren.«

Wow, dachte ich, sie habilitiert sich schon. Kluges Kind. »In Deutschland«, überlegte ich laut, »arbeitet da jemand explizit mit Rost?«

Inzwischen hatten Linfei und Lian Tee gemacht und waren mit einem Tablett gekommen; ich nahm mir ein Glas, Winona lehnte ab, und die beiden zogen sich einen Sessel heran, auf dessen Lehne sich Linfei setzte wie ein eleganter Zwerg, während Lian darauf Platz nahm. Winona begann von einem Künstler namens Volker Kohlen zu erzählen, der Selbstportraits machte.

»Er fotografiert sich selbst in verschiedenen Gemütszuständen, von hysterisch lachend über nachdenklich bis todtraurig. Die Bilder projiziert er mit Hilfe eines fotochemischen Verfahrens auf Stahlplatten, fixiert sie mit einer hauchdünnen Schicht aus Klarlack und taucht anschließend alles für einige Zeit ins Wasserbad. Sobald sie trocknen, beginnen die Stahlplatten, an den unbehandelten Stellen zu rosten. Der Rost breitet sich immer weiter über die Platten aus. Das Verfahren der Verewigung dieser Gemütszustände in der Fotografie ist auf diese Weise quasi rückgängig gemacht, ad absurdum geführt.«

»Ich verstehe«, sagte ich. »Die Portraits als solche interessieren ihn gar nicht …«

»… sondern die Korrosion, die da stattfindet, die Umwandlung in andere Form- und Materialzustände. Genau.«

Winona nahm ein Blatt Papier und machte eine Skizze von einer Wanne, in der ein Segel schwamm. Wieder fiel mir die Muskulatur ihrer schmalen Arme auf.

»Du treibst viel Sport, oder?«

Sie stutzte einen Moment, und ich deutete auf ihren Oberarm; da lachte sie: »Ja, Yoga.« Sie runzelte die Stirn und sah auf ihre Zeichnung. »Hier, noch ein Beispiel, okay? Da gibt es den Künstler Horst Hellinger und seinen *Entwurf einer Seeschlacht*, Mitte der achtziger Jahre entstanden. Diese Arbeit besteht aus einer mit schmutzigem Wasser gefüllten Badewanne und einer zerteilten Stahlplatte. Eine Hälfte der Platte ist an die Wanne gelehnt, die andere liegt auf dem Boden. Die Stahlplatte ist ein altes Bootsblech – in Verbindung mit dem Wasser erinnert sie an ein zerborstenes Schiff. Die Splitter der Platte im Wasser und auf dem Grund der Wanne wiederum lassen an die Reste einer Seeschlacht denken.« Sie gab mir das Blatt Papier.

»Die mit Wasser gefüllte und von den beiden Hälften Schiffsblech flankierte Wanne wirkt wie ein Filmrequisit. Es ist hier eingesetzt, um eine Seeschlacht zu inszenieren – Hellinger hat auf diese Weise mit sparsamen Mitteln das Setting für eine Geschichte entworfen.«

Sie sah nachdenklich ihre Skizze an.

»Die Antike«, sagte ich, »hat sich um das Material des Kunstwerks nicht wirklich gekümmert.«

Sie nickte: »Sie lehrt, dass Material an sich keinen Stellenwert hat, sondern dazu dient, transformiert zu werden, ihm wird künstlerisch eine Form gegeben – eine zweite Schöpfung gewissermaßen …«

Sie seufzte, nahm die *Seeschlacht*-Skizze, knüllte sie zusammen und warf sie in den Papierkorb. Ich sah kurz auf die Decke, die sich dabei über ihren Beinen bewegte. Es machte mich verlegen; ich war keine zwei Stunden hier, und schon konnte ich diese Logos nicht mehr sehen.

Winona hatte mich beobachtet: »Wirklich gut ist ein Freund von ihm.«

Sie hob leicht das Kinn, um auf diese Weise auf Andrew zu zeigen. »Und ich meine *wirklich* gut.«

»Was macht er?«

»Willst du es sehen? Sein Atelier ist am anderen Ende des Gangs. Andrew hat den Schlüssel, er zeigt es dir sicher gerne.«

»Auf keinen Fall«, sagte ich rasch, »mein Bedarf an Kunst ist für heute gedeckt.«

»Ich habe mich falsch ausgedrückt. Du *musst* es sehen. Wirklich«, sagte sie einfach. »Du würdest dich sonst ärgern.«

Ich schwieg. Sie schien wirklich kein bisschen eifersüchtig. »Ist Andrew auch Künstler?«, fragte ich, um Zeit zu gewinnen.

Sie schüttelte den Kopf: »Medizinmann. Deshalb gibt er doch Tian Tipps für seine Arztrolle! He, Andrew. Luisa braucht eine Führung!«

Ich grinste schief, als Andrew gehorsam herüberkam. Er hatte sein Sakko ausgezogen, und ich starrte auf seine Oberarme. Vermutlich machte er auch Yoga. Er sah mich wieder so lange an, und mich irritierte, wie unverhohlen er mit mir flirtete. Oder war das meine Einbildung? War es vielleicht sogar ein Spiel zwischen den beiden?

»Ich wollte dein Gespräch mit Tian nicht unterbrechen«, entschuldigte ich mich.

»Ach was. Tian hat einfach verdammt viele Fragen.«

»Es sah gar nicht aus, als ob er etwas fragte.«

Er zeigte beim Lachen ein Gebiss, weiß wie eine unbedruckte Visitenkarte. Womöglich war er Zahnarzt.

»Nun ja. Er hat auch bereits viele Antworten. Komm …«

Wir setzten uns in Bewegung, und ich begann sofort, die Zeit zu nutzen, um ihn ebenfalls auszufragen.

»Du bist also Arzt?«, fragte ich.

»Ach. Das hat Winona schon erzählt.«

»Sie sagte: Medizinmann.«

Wir tappten durch den finsteren Flur; einmal stolperte ich, einmal streifte eine Spinnwebe mein Gesicht, es war wie in der Geisterbahn. Gleich würde ein grünes, dreiköpfiges Monster von oben auf uns herabspringen, und durch meinen hysterischen Sprung zur Seite träte ich aus Versehen auf ein Werwolfjunges, was dessen Mutter so sehr erbosen würde, dass sie mich anfiel … Ja, er *machte* mich nervös.

»Winona hasst Ärzte. In Wahrheit ist es wohl ihr meistgehasster Beruf. Hier geht es weiter. Es ist nur ein Ausweichatelier, das Gebäude in dem er vorher war, wird kurzfristig abgerissen. Hast du schon einmal etwas von Yang Zhichao gesehen?«

Ich schüttelte im Dunkeln den Kopf und fragte mich, ob er mich duzen würde, wenn wir Deutsch sprächen.

»Er ist heute nicht hier?«

»Nein, er ist gar nicht in der Stadt. Er ist viel in Nanking, er hat da seine Familie. Aber ich habe die offizielle Erlaubnis, ausgewählte Personen hereinzubitten. Da sind wir.«

Er schloss auf und machte Licht. Ich wollte ihn ansehen, aber er schaute schon nach vorne. Ich tat dasselbe, und dann vergaß ich Andrew, und mich.

Wäre es etwas Atmosphärisches gewesen, dem ich die Wirkung der Bilder hätte zuschreiben können, vielleicht dem Übergang vom Tag zur Nacht, dem Halbdunkel oder

der Stimmung zwischen Andrew und mir – aber die Stimmung war ungezwungen gewesen, bis eben –, es wäre mir leichter gefallen, das sonderbare Gefühl zu erklären, das die Fotos bei mir auslösten. Aber das Licht war hell, ruhige Luft, in der sich nichts bewegte, nicht einmal die Netzvorhänge in diesem geräumigen, eher steril anmutenden Raum – und dennoch war der Effekt unmittelbar und für einen winzigen, irrwitzigen Augenblick schockierend.

Es waren sehr große Fotos, zwei, drei Meter breit und fast ebenso lang, auf Karton aufgezogen, die einen Männerkörper zeigten, der sich im Freien, in einer Flusslandschaft, Operationen unterzog. Ich wurde intimer Zeuge von absurden Selbstversuchen am Körper.

Andrew ließ millimeterweise einen Finger über die Oberfläche des Bildes gleiten, er deutete auf eine Blutlache: »Yang Zhichaos erste Soloausstellung, Fotos der *Planting Grass Performance* von 2000.«

Ich blätterte die Abzüge durch, die an der Wand lehnten. Verbrannte Haut. Etwas Wiese auf dem Rücken. Ein Röntgenbild von zwei Oberschenkelknochen, zwischen denen ein länglicher Fleck schimmerte. Dann Großaufnahmen: ein Bauch, Bauchnabel, Haut, einige Haare. *Earth* – er hatte sich etwas Erde vom Flussufer in die Bauchdecke transplantieren lassen. Im Juli hatte ihm in Peking ein Arzt ein »Objekt« in den rechten Oberschenkel operiert. »Die Beschaffenheit des Objekts wird Yang und anderen nicht enthüllt«, stand darunter. Was der Arzt wohl ausgesucht hatte?

Ich zwang mich, den Blick von den Fotos zu nehmen:

Um uns herum standen Requisiten, die ich gerade eben auf den Fotos gesehen hatte, zwei Operationstische, ein Beistelltisch mit Besteck, einige Pappschachteln mit Aufschriften, sterile Handschuhe, Spritzen, ich blickte vom Foto ins Zimmer und zurück. Es war wie ein Übergang, ein Bild hatte sich geöffnet und diese Sachen, die wir hier vorfanden, herausgelassen. Wir befanden uns an einem Portal zwischen zwei Welten, der realen und jener der Kunst. Ich war Andrew dankbar dafür, dass er nichts sagte. Ich sah alles noch einmal an.

Der Ort, an dem die Operationen stattfanden, war auf seine seltsame Art richtig. Die Art, wie er fotografiert war, ebenfalls. Es griff alles ineinander.

»Es stimmt einfach«, sagte er nach einer Weile, leise und nachdenklich, aber direkt zu mir. »Die ganze Aussage, alles. Der Körper hat niemals weniger uns selbst gehört, als er es jetzt tut.«

»Genießt er das, ich meine – ?«

»Ja, er genießt es durchaus, Dinge in seinem Körper unterzubringen. Er macht es ohne Betäubung.«

»Ach, du bist der Arzt?« Ich begriff das wirklich erst jetzt.

Andrew bejahte. Stolz, wie mir schien.

»Es muss seltsam sein, etwas Unbekanntes in sich herumzuschleppen.«

Eine Flut an Assoziationen rauschte durch meinen Kopf. Was passierte da? Schmerz wurde als Mittel für politische und soziale Stellungnahme genutzt. Es war eine humanistische Botschaft, die sich nicht auf eine abstrakte

Ebene übersetzen ließ, das machte es so zwingend. Wir standen noch eine Weile einfach da. Mir ging alles Mögliche durch den Kopf.

»Ich würde gerne wissen, was du ihm eingepflanzt hast. Könnest du mir nicht …?«

Nein, konnte er nicht. Stolzes Bedauern. Er schloss das Studio sorgfältig wieder ab, und wir gingen zurück zu den anderen, und diesmal waren wir in ein angeregtes Gespräch vertieft. Ich genoss das, durch unseren kleinen Ausflug hatten wir eine Gemeinsamkeit geschaffen. Mit Yang Zhichao, erzählte Andrew, habe er sich an der Universität von Tsinghua angefreundet, bevor der 1989 nach Frankreich ging. Dort wechselte er vom Studium der Elektrotechnik zu einem Kunststudium, »praktisch über Nacht«, sagte Andrew, »es war sehr merkwürdig, das mitzuerleben – als hätte er eine Erleuchtung oder so was.«

»Vor sieben Jahren kehrte Zhichao nach China zurück und brachte es durch ein paar glückliche Zufälle innerhalb dieser kurzen Zeit zu einem ziemlich bekannten Performancekünstler.«

Ich schwieg nachdenklich. Draußen begann es zu donnern, und es ging der lang ersehnte Regenguss herunter, sintflutartig strömte jetzt Wasser vom Himmel, ich sah es durchs Fenster, aber ich kommentierte es nicht. Auch Andrew schwieg, als wir zu der Miniparty zurückkehrten. Ich fühlte mich auf einmal sehr leicht und sehr frei, und ich hatte das dringende Bedürfnis, mich bei Winona zu bedanken, die immer noch auf dem Sofa saß, sie hatte sich anscheinend keinen Millimeter bewegt.

Nur dass sie jetzt mit einer neu dazugestoßenen Person ins Gespräch vertieft war. Ich sah erst nur den Rücken, die Haarfarbe – ein leuchtendes Karottenrot – machte mich stutzig, dann drehte die Frau sich um.

»Anna«, sagte ich erstaunt. »Wie kommst du denn hierher?«

Sie flog mir lachend um den Hals, als hätten wir uns nicht wenige Wochen, sondern Jahre nicht gesehen.

»Ich habe das mit Chris gehört, es tut mir so leid«, flüsterte sie.

»Später«, flüsterte ich zurück.

Linfei, der wieder auf der Lehne von Lians Sessel saß, reichte Tian ein Feuerzeug und bot Anna, als er ihren Blick auffing, ebenfalls eine Marlboro Ultralight an.

»Nein, danke. Luisa, ich habe dich x-mal auf dem Handy angerufen. War aus.«

»Dann hat sie mich erreicht«, sagte Lian zufrieden.

»Ich habe es gerade noch vor dem Wolkenbruch geschafft, ein Taxi zu bekommen.« Anna warf ihr Haar zurück: »Ich habe gehört, du hast eine Sonderführung bekommen.«

»Ja«, sagte ich, »und es hat sich gelohnt.«

Das Gefühl, frei und leicht zu sein, war verschwunden; ich fühlte mich plötzlich müde. Das Regenprasseln war so laut, dass es die Musik übertönte. Ich musste auf einmal an die unzähligen Diskussionen denken, die ich mit Anna über das Reisen geführt hatte, über unsere Art, nomadenhaft zu leben, das Erleben dabei sofort umzuwandeln in Produktivität.

»Eigentlich findest du es doch auch toll«, hatte sie behauptet, und ich wusste, dass da, eigentlich, etwas dran war. Man konnte sich überall neu ausprobieren. Fehler leicht vergessen. Man musste sich nicht festlegen. Ich war meistens nicht da gewesen, wenn lästige Familienfeiern anstanden, im Haus das Gas abgelesen wurde, die Feiertage sich endlos hinzogen. Aber während ich vor etwas davonlief, war die Bewegung bei ihr umgekehrt: Anna wollte irgendwo hin. Sie suchte; sie war sich sicher, dass es irgendwo im Koordinatensystem der Welt, nur für sie, einen Punkt der Vollkommenheit gab.

»Diese eine Gelegenheit, wo Zeit und Ort im Einklang sind. Ich spüre das – das ist so, als glaubst du an Gott, weißt du? Und je mehr ich herumreise, desto wahrscheinlicher wird es, dass ich diesen einen bestimmten Punkt finde.«

»Und was würde dann passieren, wenn du an diesem Punkt bist?«, hatte ich mich erkundigt.

»Meine Träume erfüllen sich. Ich mache das Foto meines Lebens. Treffe den einzigen Mann. Finde den Ort, wo ich vielleicht sogar bleiben will.«

»Alles auf einmal?«

Sie nickte optimistisch: »Aber sicher.«

Ich gab mich nicht zufrieden: »Aber dieser Ort, könnte der nicht zuhause sein?«

»Du *willst* nicht verstehen, hm? Wie hoch ist die Wahrscheinlichkeit, dass dies ausgerechnet zuhause sein soll?«

Ich hatte an diesem Punkt aufgegeben. Natürlich verstand ich sie, und doch war ich anders, ich versuchte durchaus, meinen Tagesrhythmus dem fremden Ort überzustülpen. Gewohnheiten waren zwar Diener der Stumpfheit, aber ebenso Garanten der Sicherheit, und sie waren mir wichtig, ich war bestrebt, ein halbwegs kontinuierliches Leben mit Vorlieben und Abneigungen zu führen, überall, in jedem Land. Von jedem Land aus hatte ich nahezu täglich mit Christopher telefoniert.

»Das Fremde ist das Zukünftige«, hatte Anna gesagt, »das Unbekannte, das, was uns in der Zukunft erwartet.«

»Was ist dann das Jetzt?«

»Es ist schon vergangen ... es sind unsere Erinnerungen ... Gewohnheiten ... nichts Eigenes, das glauben wir nur ...«

Demnach, dachte ich, müde, in irgendeinem Shanghaier Atelier in irgendeinem dunklen Hinterhof, mit Leuten zusammen, die ich gerade erst kennen gelernt hatte, demnach sind wir als Reisende eher Wanderer durch die Zeit als Wanderer durch den Raum ...

Erst nach einer Weile schaffte ich es wieder, dem Gespräch zu folgen.

Es war merkwürdig, ich hatte sogar Andrews Anwesenheit vergessen, erst jetzt, als ich mich auf dem Sessel zurechtrückte und mir die Haare glattstrich, spürte ich wieder seinen Blick auf meiner Haut. Ich sah zu Winona herüber, die ihn ab und zu anlächelte; ich wurde aus ihrem Verhältnis nicht schlau.

»Ich glaube«, sagte Anna, »ich habe mir noch nie auch nur eine Folge einer Arztserie angeschaut. Oder doch? Ja, genau, die mit den Schönheitschirurgen in Los Angeles. Wie hieß sie noch gleich ...«

»*Nip/Tuck*«, sagte Tian.

Ah, sie waren also wieder bei diesem Thema. Ich schaute auf den Tisch vor uns, mein Glas war leer, und sofort schenkte Andrew mir nach. Er saß in ungefähr zwei Metern Abstand von mir, ich betrachtete sein Knie, und dann schwenkte mein Blick zu meinem eigenen, das in gebührendem Abstand platziert war, genauso untersuchte ich seine Hand am Glas und meine; ja, es gab eine Kluft zwischen uns. Und gleichzeitig wusste ich auf einmal, es könnte etwas geschehen. Ich war mir nur nicht sicher, ob ich nicht, nach der Trennung, zu weich wäre und überhaupt zu viel hineininterpretieren würde. Der kalifornische Surfertyp in L.A. – das war wirklich etwas anderes gewesen. Kein Einsatz, kein Verlust. Keine Nachnamen und keine Telefonnummern.

»Ich habe *Dr. House* gesehen«, sagte Lian. »Alle Staffeln.«

»Weil ich sie dir geschenkt habe«, bemerkte Tian. »Würde dich die Serie auch interessieren?« Er sah Winona mit einem funkelnden Interesse an, das mir erst jetzt auffiel, obwohl es gleichzeitig wirkte wie eine ihm selbst und allen anderen Anwesenden längst bekannte Leidenschaft, auch Winona nahm seinen Ausdruck ohne Aufregung auf.

»Tut mir leid, aber ich brauche Ärzte nicht noch im Fernsehen, es reicht mir, wenn ich sie aufsuchen muss«, bemerkte Winona.

Tian sah kleinlaut auf seine Schuhe.

»Und ich nehme an, das gilt auch für dich, Andrew?«, ergänzte Winona in entschuldigendem Ton.

»Man denkt immer, Ärzte würden sich keine Arztserien anschauen«, fuhr Tian dann plötzlich auf, indem er den Kopf hoch riß und die Stimme dramatisch hob. »Das ist ganz falsch.«

Andrew widersprach in sanftem Ton, als erkläre er einem wütenden Kind, es dürfte auch in seiner neuen Sporthose nicht einfach auf die Straße rennen, ohne nach rechts und links zu sehen: »Also bei mir trifft das eigentlich zu – tut mir leid, Tian«, sagte Andrew. »Aber meine Studenten lieben sie. Ich sehe das bei den Praktikanten von der Uni. Kaum einer pflegt nicht ab dem ersten Semester die Macken seines liebsten TV-Helden.«

»Gib mal ein Beispiel«, rief Anna und schüttelte die rote Mähne.

Aber Tian unterbrach sie; er war jetzt richtig böse: »Das mag für irgendwelche Blödmänner gelten. Aber nicht alle Serien sind Mist. Nehmt *Dr. House*, die habe ich Lian geschenkt. Es gibt Universitäten, da gehen sie in den Seminaren die Arbeit von ihm durch. Alles ist sehr realistisch. Zum Beispiel, die Folge, in der genau erklärt wird, welche Komplikationen sich durch eine Operation am Meniskus ergeben können. Dort hat ...«

Er verlor sich in medizinischen Fachausdrücken, bei denen Andrew zwei- oder dreimal zusammenzuckte.

»Ach, lasst uns das Thema wechseln. Ich will das gar nicht wissen, bevor ich ins Krankenhaus gehe!«, rief Anna in der Hoffnung, man würde ihr weiter widersprechen. Aber Linfei hatte auch genug, er drehte die Musik lauter und machte noch eine Flasche Wein auf, ich trank relativ schnell. Ich lehnte mich zurück und schloss die Augen. Das Stimmengewirr entfernte sich, ich döste vor mich hin.

»Es ist ein Unding, dass die Gesellschaft glaubt, jedes Problem ließe sich lösen«, hörte ich plötzlich Winonas Stimme. »Es gibt bestimmte Bereiche des Lebens, die man nicht therapieren kann. Das nennt man Schicksal. Es ist reine Zeitverschwendung zu glauben, da ließe sich daran herumdoktern. Man muss sich bewusst machen, dass es keine Patentrezepte gibt.«

Tian sah sie so gebannt an, als wäre in ihrer zarten Person das Orakel von Delphi wieder aktiv geworden, nachdem es Jahrtausende hindurch geschwiegen hatte. Oder eben sein chinesisches Pendant, wenn es das gab.

Ich fragte aus dem Halbdämmer heraus: »Worum geht es?«

»Ach, es geht sehr allgemein um Therapien – nach jeder Art von Krise«, erklärte Andrew, der sich zu freuen schien über die Tatsache, das ich wieder bei Bewusstsein war. Er hatte sich getäuscht, das nächste, was ich hörte, war, wie der Regen aufhörte und wieder Musik spielte – Klänge, nicht traurig, nicht fröhlich, nein, einfach so, als ob sie für diesen einen Abend gemacht wären, herausgefischt aus einem Meer von Tönen, und hier hatten sie ihren großen Auftritt. Im Text ging es irgendwie um die Liebe, natürlich, es geht immer um die Liebe, aber hier ging es auch um Dankbarkeit, und es kamen ein paar heftige Worte darin vor, die es um so ehrlicher machten. Die Strophen reimten sich sogar, für alle, die auf so was Wert legen. Ich ging zu Linfei und bat ihn, den Song noch einmal abzuspielen, die

CD, sagte er, hätte ihm Winona geschenkt, er spielte das Lied noch dreimal für mich, dann hatten die anderen genug. Ich trank noch ein Glas …

Irgendwann sagte Anna, jetzt müssten wir aber gehen, und das Nächste, woran ich mich später erinnerte, war die regenkühle Luft draußen, Annas Lachen, Andrews Abschiedslächeln, eine Notiz von Margot, an der Rezeption hinterlegt, die ich nur einsteckte, die zwei übermüdeten Frauen mit langen, zerzausten Haaren und blauschwarzen Augenringen, die Anna und mich im Aufzugsspiegel anschauten, dann an mein kühles Bett, die Uhr auf dem Nachttisch, die mir zweimal herunterfiel, als ich sie zu stellen versuchte, und ein Schlaf, durch den winzige *Logomania*-Männchen spazierten, die zuerst schrien, sie wollten nicht, dass ihnen fremde Objekte eingepflanzt würden, und dann immerzu diesen Song wiederholten, der mir nicht mehr aus dem Kopf ging … *If you find yourself caught in love* … und endlos so weiter.

Viertes Kapitel

Ich glaube, wir waren die Einzigen, die gestern Abend nicht mit jemandem verwandt oder verschwägert waren oder ein Kind mit ihm hatten«, sagte Anna, als wir am nächsten Nachmittag von unserem Besuch im Atelier von Vivienne Tam zurückkamen.

»Wie meinst du das?«, fragte ich und fächerte mir im Gehen Luft zu, wobei ich den Holzfächer benutzte, den ich seit wenigen Stunden besaß: Es handelte sich um ein altes Stück, prächtig geschnitzt und mit zarten Singvögeln in Rosa und Rot verziert. Der Fächer war für mich im Hotel abgegeben worden, laut der Umhüllung und einem kleinen Zertifikat war er ein Unikat vom Ende des 19. Jahrhunderts, einer Zeit, die ich mit dem strengen Antlitz der Konkubine Cixi in Verbindung brachte, die damals faktisch über China geherrscht haben soll – weiter reichten meine Geschichtskenntnisse nicht. In Anbetracht meiner wenigen Bekannten in Shanghai hatte ich als großzügigen Geber auf Andrew getippt, und mir war ganz warm geworden, bis Margot mich auf dem Zimmer anrief und fragte, wie mir mein Geschenk gefiele. Aber auch so – ich mochte den Fächer.

Die Luft, die ich mir zufächerte, war kaum kühl zu nennen, aber ich hielt nicht inne, ich fächerte wie eine Verrückte, weil ich so zumindest die Illusion hatte, dieser warmen, breiigen Atmosphäre, schmutzig von Abgasen und mit fragwürdigem Sauerstoffgehalt, etwas entgegenzusetzen. Ohne Anna, die mit der Hitze auf ihre persönliche Art und Weise umging, hätte ich längst im Taxi gesessen. Aber Anna akzeptierte das Klima nicht nur, sondern machte es zu einer geliebten sportlichen Herausforderung, sie schleuderte ihre Energie in die Straße, als bewegte sie sich in einem speziell auf sie zugeschnittenen Trainingsprogramm. Immerhin, ich musste zugeben, dass ihr Orientierungssinn enorm war und sie hübsche Straßen fand. Wir kamen an Geschäften mit Schreib- und Kalligrafiewaren, Cafés und Blumenläden vorbei.

»Tian und Lian, Andrew und Winona, Geschwister, Lian und Linfei ein Paar, oder zumindest ein Ex-Paar, ach, und außerdem wäre Tian gerne mit Winona zusammen … *Lian* heißt übrigens *biegsame Weide*, hübsch, nicht? Oha!«

Sie vergaß, was sie sagen wollte, und blieb an einer Baustellenmauer vor einem meterhohen Plakat stehen, auf dem eine bunte Kreidezeichnung zu sehen war, man schaute aus der Vogelperspektive auf eine Menschenmasse, alle streckten die Hände nach oben, um eine Chinesin im Sportdress hochzuheben, damit diese nach einer Medaille greifen konnte, und währenddessen war auf allen Gesichtern, so verschieden auch immer die Züge gezeichnet waren, eine erwartungsfrohe Anspannung sehen – als wäre diejenige, die da hochgestemmt wurde, nicht eine fremde Person, sondern ein Teil von ihnen. Darüber stand:

Beijing 2008 und etwas, das vermutlich nichts Anderes bedeutete, in chinesischen Schriftzeichen. Der Sponsor war Adidas.

»Du ahnst es nicht!«, sagte Anna, »macht Adidas jetzt auf sozialistischen Realismus?«

»Andrew und Winona sind verwandt, kein Paar?«, fragte ich und hörte auf zu fächern, weil mir der Arm wehtat: »Da habe ich gestern doch etwas verpasst!«

Anna lachte und setzte sich wieder in Bewegung: »Ja. Du hast dich in der Sofaecke zusammengerollt und bist eingeschlafen, während ich mich wirklich interessant mit Winona unterhalten habe – wir haben über *photoshop* geredet, weißt du, über Jeff Wall und Andreas Gursky und warum so viele Maler und Bildhauer an ihrem *Lowtech* festhalten ... Aber egal; sie kennt sich super aus, hat auch nicht diese Standardideen, wie man annehmen könnte ... Nein, also, sie ist wirklich eine interessante Frau. Jedenfalls, sie sind Halbgeschwister, deshalb spricht Winona ein bisschen Deutsch, wie ihre Mutter, er aber nicht. Haben sie alles erzählt. Lian hat ja auch eine irre Familiengeschichte.«

»Die kenne ich. Kommt sie dir nicht auch etwas unwahrscheinlich vor?«

»Wie meinst du das?«, fragte sie zurück.

»Naja, diese ganze Selbstmord-Geschichte aus Reue, das klingt mir wie aus einem Roman.«

»Wieso sollte das nicht wahr sein? Das ist keine ungewöhnliche Geschichte für die Zeit während und kurz nach der Kulturrevolution. Überleg dir, das war Ende der sechziger Jahre, das betraf die Elterngeneration der jüngeren Leute hier. Da sind die Familientragödien noch ganz präsent, nicht so wie bei uns der Zweite Weltkrieg.«

Und mit plötzlicher Großspurigkeit ergänzte sie: »Abgesehen davon – selbst wenn er nicht so edel war, sich selbst zu richten, sondern gerichtet wurde –, wenn Lian mit dieser Version der Geschichte gut leben kann, lass sie erzählen, was sie will. Darauf kommt es doch an.«

»Ach, Anna, immer ganz Diplomatentochter.«

Wir gingen eine Weile schweigend im Abstand von vielleicht einem Meter nebeneinander her, und für einen ohnmächtigen Moment in der Hitze verlor ich die Orientierung, hatte ich das Gefühl, ich wäre wieder ein kleines Mädchen, das mit ihrer Freundin auf dem gewohnten Schulweg nach Hause ging. Dann hob ich den Blick vom Pflaster und war wieder im Hier und Jetzt. Wir kamen gerade an einem Stand vorbei, an dem Mondkuchen verkauft wurden. Drei Frauen bildeten eine Schlange davor; die mittlere trug einen luftigen Schlafanzug mit Bärenmuster und sprach in ihr Handy, sie war so klein, das sich die Frauen eins und drei, obwohl sie ebenfalls keine Riesinnen waren, dennoch locker über ihren Kopf hinweg unterhalten konnten.

»Willst du was essen?«, fragte ich Anna, weil sie stehen geblieben war, während ich einfach automatisch weiter lief.

»Mondkuchen. Fetter Hefeteig mit Fleischfüllung. Absolut«, erklärte sie seufzend, »aber frag mich, ob ich übermorgen da noch hineinpassen will.«

Sie hob den Arm, an dem die große Papiertüte mit Vivienne Tams Namenszug baumelte. Die Designerin, die uns mit vollendeter Höflichkeit und dunkler, singender Stimme bezaubert hatte und ausgesprochen erfreut über unsere Anfrage gewesen war, hatte uns zwei Seidenkleider geschenkt, aufwändig mit Fabeltieren bestickt und so leicht, dass ich mehrfach in meine Papiertüte schauen musste, um mich zu vergewissern, dass der Wind mein Kleid nicht auf unerklärliche Weise herausgeweht hatte.

An einer Ecke saß ein alter Mann auf einem Stuhl direkt auf dem Bürgersteig, er hockte auf ziemlich akrobatische Art und Weise mit nackten Füßen auf der Sitzfläche, so dass die Fersen sein Hinterteil berührten. Als wir vorbeikamen, winkte er uns zu und zeigte lächelnd zwei schwarze Zahnstummel.

»Anna«, fragte ich aus einer plötzlichen Eingebung heraus, »findest du nicht, irgendetwas an dem Projekt hier ist merkwürdig? Dass Margot sich seltsam verhält?«

»Hm. Ich finde, M. ist wie immer. Vielleicht bist du im Moment nicht die Richtige, um Leute im Ausnahmezustand zu beurteilen?«

Ich zuckte die Achseln; plötzlich stürmte alles wieder auf mich ein, mein ganzes Versagen.

»Denk an die schlechten Momente mit Christopher. Es hat doch mit Sicherheit auch viele schlechte Momente gegeben.«

»Und was ist, wenn die vielen schlechten Momente mit Christopher einfach nur meine eigenen schlechten Momente waren?«

»Unwahrscheinlich.«

»Ach. Du weißt doch, was ich getan habe.«

»Ja, du hattest eine Affäre – nicht mehr und nicht weniger. Aber diese Selbstbeschuldigungen. Es reicht jetzt. Christopher braucht einfach etwas Abstand, es ist doch klar, dass er wütend ist. Ich sag dir – und ich kenne euch beide –, es ist noch nicht aller Tage Abend.«

Ich war nur allzu bereit, mich an einen letzten Rest Hoffnung zu klammern. Andererseits – Anna war nicht bei dem Streit im Schnee dabei gewesen, und sie kannte Christopher nicht so gut wie ich, nicht seine aufgestaute Frustration. Sie war einfach sehr jung und optimistisch. Ich schüttelte langsam den Kopf, aber sie insistierte: »Er weiß, was er an dir hat. Entspann dich jetzt ein paar Wochen – ich meine, vielleicht denkt er gerade in diesem Moment an dich und vermisst dich?«

Ich schwieg.

»Genieß deinen Alltag hier, so gut es eben geht. Schau, ich bin gerade erst angekommen, aber ich habe den Eindruck, das ist ein fabelhafter Ort, um sich abzulenken.«

»Du verstehst mich nicht!«

»Doch«, sagte Anna tröstend. »Ich versuche nur, praktisch zu sein.«

Ich erkannte die Straße, die zu unserem Hotel führte, und wechselte das Thema: »Wonge zieht sich noch mehr zurück als sonst, oder liege ich da auch falsch?«

»Nein, das ist leider richtig.« Sie seufzte schwer. »Sein Vater ist schwer krank; er wartet jeden Tag auf eine Nachricht … Es kann sein, dass er zurückfliegen muss.«

Es war typisch für mich, dass mein erster Gedanke war: Das wird Margot nicht gefallen. Aber ich sagte es nicht laut. Wonge hatte mir einmal einen Abend lang von seinem Vater erzählt, den er gleichzeitig bewunderte und verachtete. Es war anscheinend ein hochintelligenter Mann, der verschiedene Patente für die Autoindustrie vorbereitet hatte, aber von seinem Partner dabei mehrfach völlig über den Tisch gezogen wurde und nichts von dem Ruhm erntete, Wonge nahm ihm seine Ungeschicklichkeit übel, die er für Unachtsamkeit hielt – »er nimmt alles für selbstverständlich, weißt du. Er sitzt den lieben langen Tag da und wundert sich, wieso die Welt schlecht ist, wieso er so ein Pech hat. Ich finanziere ihn praktisch.«

Ich hatte nicht alles verstanden, wie konnte ein Dritter auch. Jetzt, mit Anna, hatte ich nach dem Thema Beziehungen nicht auch noch Lust, über Probleme mit Eltern zu reden.

»Ach, Anna, das tut mir leid – er hat doch so ein kompliziertes Verhältnis zu ihm«, sagte ich nur.

»Wer hat das nicht«, sagte Anna weise.

Margots Partys waren legendär, und sie wirkten immer völlig unangestrengt. Es gab nur telefonische oder E-Mail-Einladungen, man konnte hingehen oder es bleiben lassen, in Jeans kommen oder im Abendkleid. Unter den Eingeladenen befanden sich viele Berühmtheiten, aber trotzdem gingen alle respektvoll, vorurteilsfrei, neugierig miteinander um. Jonathan Meese kam mit seinem Gefolge, Neo Rauch war da, Partymuffel und Arbeitstiere, die an diesem speziellen Abend eine Ausnahme machten, Scharlatane, die einmal keine großen Töne spuckten, und schüchterne Genies, die zu Hochform aufliefen. Eine Weile gehörten die Londoner Clique um das *White Cube* und Damien Hirst zum Stammpublikum. Und dazu mischte Margot Leute, die sie von wasweißich her kannte und interessant fand und die mit Kunst überhaupt nichts am Hut hatten, darunter beispielsweise einen Konditor aus Stockholm, der damit angab, er würde jetzt schon die Hochzeitstorte planen, die Prinzessin Victoria einmal bei ihm bestellen würde, die Besitzerin eines Fünfsterne-Hundehotels, den Architekten vertikaler Gärten, Baumbesetzer und Parfümeure – all dies waren für sie, wie sie es nannte, *Träger sozialer Verheißungen*, und sie zu kennen habe unendliche Vorteile. Und warum auch immer sie dies glaubte: Es war reizvoll, sich mit diesen Menschen zu unterhalten, und für ausnahmslos alle war Margot die Meisterin, auch wenn sie niemals eine Performance von ihr gesehen hatten. Nur zwei Gruppen durften nicht dabei sein: Presseleute und Fans. Man wollte seine Ruhe haben.

Es tauchten die abenteuerlichsten Geschichten über diese Partys in der Presse auf; Handyfilme kursierten im Netz, der populärste war jener kleine, poetische über eine Berliner Feier, die Margot in einer Brauerei ausgerichtet hatte: Man sah alles aus der Perspektive eines Kakadus, den jemand mitgebracht hatte, der Vogel kreiste über den Tanzenden, trank zwischendurch Wasser am Büfett und badete in einer Kristallschale, zum Höhepunkt des Films landete er bei der Gastgeberin auf der Schulter, und Margot – geschlechtslos mit ihrem rasierten Nacken und wie immer bei solchen Anlässen weiß angezogen – teilte mit ihm einen Kaviartoast. Es war nicht nur mir völlig schleierhaft, wie das mit der Perspektive zu machen gewesen war.

Jedenfalls herrschte eine aufgeheizte, karnevaleske, kindische Stimmung, wenn Margot einlud, und das Gerücht ging um, die Hälfte aller Gäste hätten nach dem Fest Sex – die meisten bereits auf dem Heimweg. Und noch mehr Leute, hieß es, kämen bei den Unterhaltungen auf wunderbare Ideen. Marcy B. etwa sagte später, ihr sei die Idee zum *Return of the Realm*-Zyklus bei einer Party von Margot gekommen. Es galt eine Zeitlang als geflügeltes Wort für ungewöhnliche künstlerische, gesellschaftliche geschäftliche Beziehungen, wenn einer sagte: »Dass die zwei miteinander können, hätte keiner gedacht – aber sie haben sich bei Margot kennen gelernt.« Ich erinnere mich an einen Typen mit Buddy-Holly-Brille, von dem wirklich niemand wusste, wer er eigentlich war, der einmal auftauchte und dann nie wieder, nirgends. Er war ein enormer Erfolg gewesen, eine Nacht lang hatte er einen ganzen Tisch Leute mit seinen Thesen zur Kunst und Zeit in Atmen gehalten (»Kunst erschließt uns ein neues Verhältnis zur Zeit«, »Es geht um eine radikale Deutung von Welt. Wir sind von Kunst fasziniert, weil wir von anderen Menschen fasziniert sind.« So ungefähr, nur besser, ich kriege es nicht mehr zusammen), und ein junger, schwuler Pianist hatte sich so unsterblich in ihn verliebt, dass er überall Anzeigen schaltete – in all den Magazinen, über die der Mann mit der flotten Brille sich mehr oder minder lustig gemacht hatte. Aber der Pianist ging davon aus, dass der brillante Unbekannte diese Magazine gleichwohl las, und wenn auch nur, um ein detailliertes Bild vom Feind zu haben.

Ich machte mich, für meine Verhältnisse, immer sehr lange zurecht vor Margots Partys, es gehörte mit dazu – es wurden immer so viele Fotos gemacht.

Auch vor der Feier im M on the Bund – Margot war erwartungsgemäß begeistert gewesen vom Namen des Lokals – betrieb ich denselben Aufwand wie immer: Ich war bei der Maniküre und beim Frisör gewesen – Letzterer hatte meine Haare zu einem kompliziert geflochtenen Gebilde aufgetürmt, was mich zehn Zentimeter größer machte, außerdem trug ich mein neues Tam-Kleid aus hellgrauer Seide, ärmellos und lang, und als ich mit Margot im eleganten Foyer des Hochhauses auf den Aufzug wartete, hatte sie mich endlich lange genug betrachtet, um mir ein Kompliment zu machen, über das ich mich ehrlich freute. Dann konzentrierte sie sich sofort auf etwas Anderes. Sie starrte das Schild »Geschlossene Gesellschaft« an, das neben dem als Bar gekennzeichneten obersten Stock des Gebäudes prangte, zupfte an ihrem weißen, asymmetrisch geschnittenen Oberteil herum und zerstrubbelte ihre Frisur, indem sie mit zwei Fingern über den Ohren an der Kopfhaut herumfrottierte, was ihr das Aussehen eines Kobolds gab, der aus stürmischer Gegend hierher gekommen war: »Frag mich nicht, warum, meine Liebe, aber dieses Hochundrunter macht mich fertig. *Nichts* findet hier mal im Erdgeschoss statt.«

Zwei stark geschminkte Frauen, Europäerinnen oder Amerikanerinnen um die fünfzig, drängten sich mit uns in den Aufzug, die beiden hielten ihre kleinen, ledernen Handtaschen mit beringten Händen fest umklammert, als könnte ihnen jederzeit jemand, vielleicht sogar wir, die Portemonnaies mit sämtlichen Kreditkarten entreißen. In dieser Aufzugskabine leuchtete sie das Neonlicht brutal an und zeigte ihre allzu dicke Schminke über den Falten, was ihrem Aussehen etwas Übertriebenes, Operettenhaftes verlieh. Sie stiegen im zweiten Stock aus, einem Spa. Margot sah ihnen mitfühlend nach: »Alte Mädchen. Werden vorsichtig. Meine Güte, habe ich vielleicht Kopfschmerzen.«

»Soll ich dir –«

»Ach was!«

Im obersten Stock empfingen uns großzügige Restauranträume, zu denen, wie man durch die Glasschiebefront sah, eine riesige Dachterrasse gehörte, Kellner mit Tabletts voller Gläser schwebten zu seltsam sphärischer Musik anmutig durch den Raum.

Sobald der erste Margot bemerkt hatte, drängten sich alle möglichen Leute um uns und wollten Margot begrüßen; Lian, Tian, Wonge und Anna kamen auf uns zu, und zu fünft schirmten wir Margot auf dem Weg zur Glastür ab, wo auf Hochtouren laufende Ventilatoren ihren aussichtslosen Kampf mit der Hitze austrugen. Lian, wie immer sehr geschäftsmäßig angezogen, trug ein winziges Kostüm mit einer kurzen Bluse, Tian einen azurblauen Seidenanzug, der ihm wie angegossen passte, seine Fingernägel waren blau lackiert. Anna hatte wie ich ihr Tam-Kleid an, mit einem Gürtel um die Taille, und das Violett sah phantastisch aus zu ihren roten Haaren.

Genau wie Margot es gewünscht hatte, wurde nur ein Toast auf sie ausgebracht, dann waren die Förmlichkeiten zu Ende. Ich beschloss, ein paar Runden zu drehen und Margot Lian zu überlassen. Ich kam sofort mit einer ungewöhnlich großen, korpulenten Asiatin ins Gespräch; sie erzählte, sie bereite gerade die nächste AAF, *Affordable Art Fair*, vor, wobei affordable, wie sich heraus stellte, eine durchaus relative Angelegenheit war. Als dann ihr Handy klingelte, unterhielt ich mich weiter mit der Engländerin, die sich zu uns gestellt hatte.

»Affordable – was ist denn das für ein Kriterium? Der Gegensatz zur *Expensive Art Fair?*«, meckerte sie, sobald die Asiatin uns nicht mehr hörte. Ich hielt dagegen, dass es für Studenten beispielsweise doch eine feine Sache sein könnte; indem man die Hemmschwellen für sie senkte, könnte man sie jung ans Sammeln heranführen etc., aber das Thema erschöpfte sich schnell, und außerdem missfiel mir ihre Art, an allem herumzunörgeln, selbst der Champagner hier war ihr nicht gut genug. Sie hieß Fiona Watts oder Tatts oder so ähnlich, erzählte, sie würde ab dem nächsten Monat in Berlin leben, warum, wurde mir nicht völlig klar aus ihren Andeutungen, anscheinend hatte sie da eine wichtige Affäre mit einem bedeutenden Mann. Sie gab mir noch ein paar Tipps für Shanghaier Galerien, wobei sie nicht vergaß, auch alle Nachteile, die sie dort festgestellt hatte, mit aufzuzählen, dann reichte sie mich endlich an eine elegante ältere Amerikanerin weiter. Es war eine richtige Dame, ich lobte ihr Kleid, einen Qipao aus Seide, der eng anlag und ihr bis zu den Knöcheln reichte. Ärmellos, mit dem kleinen Stehkragen und den Knöpfen an den Schultern erinnerte er an jene Modelle des ursprünglich vom Reitervolk der Mandschuren entworfenen Gewands, wie sie in den zwanziger Jahren des letzten Jahrhunderts in allen chinesischen Großstädten in Mode waren – Vivienne Tam hatte Anna und mir einen kurzen Abriss der Qipao-Geschichte gegeben, die sie als äußerst inspirierend empfand. Die Amerikanerin freute sich sehr über mein Lob und kam ohne Umschweife auf das alte Shanghai zu sprechen und wie die Stadt während des Krieges gewesen sei. Ich wollte sie nicht fragen, aber dem Alter nach war sie mittendrin gewesen: »Exotisch – das Wort ist heute nicht mehr gebräuchlich, es passt auch nicht mehr, aber damals passte es genau. Es war so *exotisch* …«

Sie schüttelte voller Gram den Kopf, und ich versuchte, ein paar tröstende Worte zu finden. Als ich mich umdrehte, um ihr noch ein Glas Champagner zu reichen, stand Tian plötzlich vor mir; seine Augen funkelten in frischem Grün.

»Na, wie war dein Vorsprechen?«, fragte ich, wobei mir im selben Moment einfiel, dass die Arztserie erst in einem Monat besetzt wurde; zumindest hatte er das bei Linfei gesagt. Aber er hatte anscheinend noch eines gehabt.

»Das gestern? Es ging daneben. Gehst du zum Trost mal mit mir aus?«

»Ich bin zu alt für dich, mein Junge.«

Er grinste: »Das müsste ich dich ja nicht spüren lassen.«

Ich versprach, darüber nachzudenken, und dann ließ ich mich weitertreiben, ich stibitzte hier ein Glas Champagner, dort einen Mangosaft, es gefiel mir, so zu tun, als sei ich ein zufälliger Gast ohne besondere Rechte und Pflichten. Es gab einen kleinen Menschenauflauf, als Pierce Brosnan mit seiner Ehefrau erschien.

Aber obwohl alles schick war wie immer und alle sich amüsierten, kam ich selbst doch nicht richtig in Stimmung. Ich war wirklich nicht mehr so jung, das war mir bewusst. Ich musste an die Zeit denken, als ich in Rom Kunstgeschichte studierte, ich hatte mich schon nach wenigen Monaten zur Spezialistin für Vernissagen mit Wein und Büfett entwickelt und mich auf lange, komplizierte Diskussionen mit Fremden eingelassen, die ich nie im Leben wiedersehen würde, die sich aber an diesem Abend gevierteilt hätten, um mir ihre Sicht der Dinge nicht nur verständlich zu machen, sondern mich zu ihr zu bekehren. Nie zuvor war ich einer dermaßen engagierten, internationalen Gemeinde gläubiger Menschen begegnet, gläubig tatsächlich im religiösen Sinn: Nichts war wichtiger als die Kunst; selbst das gesellschaftliche Umfeld wurde als etwas Nebensächliches, geradezu Schmutziges abgewertet, obwohl jeder, wirklich jeder, gleichzeitig unendlichen Wert darauf legte, möglichst unauffällig seinen Status zu demonstrieren.

Um mich herum wurde es unruhig, gleich musste die Performance beginnen, die Lian organisiert hatte.

Ich passte kaum noch auf die Terrasse, so viele Gäste

hatten sich schon vor dem großen Bildschirm versammelt. Lian sprach ein paar einführende Worte in ein Mikrofon – der Künstler Soundso werde in diesem Moment in einer Kiste zu unserer Party getragen. Er befinde sich seit zwei Tagen darin, mit einem Fäkalienbeutel, einigen Chipstüten, einer Wasserflasche und seiner Kamera. Es gehe Soundso, wieder verstand ich den Namen nicht, um Mobilität und Nomadentum. Kein Wort davon, dass es sich um eine Hommage an Margot handelte, nein, sie sprach über ihren Künstler. Klatschen, Lian trat ab, ich sah Vivienne, Margot und Anna nebeneinander stehen – letztere jetzt ohne den Gürtel, vermutlich hatte jemand Einwände gehabt –, und ich winkte, Vivienne hob den Daumen hoch und deutete auf mich, sie meinte anscheinend mein beziehungsweise ihr Kleid; ich nickte. Dann ging der Bildschirm an. Man sah auf der Leinwand das verwackelte Innere einer Kiste, etwas kleiner als ein Sarg und aus hellem Holz gefertigt, mehr wie ein Ding, in dem Bücher oder Ähnliches verschifft wurden.

Mit einem Raunen teilte sich die Menge, als zwei Chinesen in schwarzer Kleidung mit der Kiste hereintraten. Ich sah zwischen der Kiste und der Leinwand hin und her, dann war die echte Kiste durch die Rücken von Menschen verdeckt, und ich war auf die Videoleinwand angewiesen, wo jetzt die Handkamera auf eine Fläche gerichtet war. Eine Nahaufnahme von Holz, anscheinend der Deckel der Truhe. Etwas Licht. Ein Spalt, der größer wurde, Bewegung. Dann ein gänzlich anderes Material: Haut. Ein Arm. Der Künstler richtete sich langsam auf, ihm war anscheinend schwindlig, die Handkamera wischte hin und her und zeigte die Gesichter einiger Zuschauer. Dann stand der Künstler endlich auf beiden Beinen, die Handkamera war in Augenhöhe auf sein Publikum gerichtet. Applaus.

Ich fand, dass es ein guter Kommentar zu Margots Werk war. Sie setzte sich nicht aus. Sie versteckte ihren eigenen Körper – auch wenn ich das legitim fand, man konnte das anzweifeln. Lian hatte eine vernünftige Arbeit ausgesucht, nichts, dass den Rahmen von Margots Party sprengte, aber eine gute, kritische, eigene Sache.

»Da bist du ja«, sagte Anna, die urplötzlich neben mir auftauchte. »Margot sucht dich. Diese Midnight ist im Anmarsch, sie kann aber aus irgendwelchen Gründen nur ein paar Minuten bleiben, das heißt, sie unterhalten sich jetzt gleich.«

»Sofort«, sagte ich und beobachtete weiter den Künstler. Es gab jetzt eine kleine Unruhe um ihn herum. Für Sekunden konnte ich sein Gesicht sehen, er war blass und lehnte anscheinend gerade ein Getränk ab.

»Das gibt's nicht«, sagte ich belustigt, »er will zurück in seine Kiste.«

»So schlecht ist die Party doch gar nicht«, rief jemand, und die Spannung entlud sich im Gelächter.

»Ja. Er wird auch wieder herausgetragen, hast du das nicht gewusst?«

Die Kiste schloss sich, die Kamera zeigte wieder die Innenseite und Dunkel. Wie ein Sarg.

»Dann viel Spaß da drin«, rief jemand.

»Was ist?«, drängelte Anna.

»Nicht schlecht«, sagte ich und folgte ihr endlich.

Gerade rechtzeitig, sonst hätten wir Midnights Auftritt verpasst. *Dass* sie gerade kam, war allerdings nicht zu übersehen. Links und rechts eskortierten sie Bodyguards, Typen wie aus dem Lehrbuch mit bulliger Gestalt, schwarzen Jeans, schwarzen T-Shirts und in die ölig glänzenden Haare geschobenen Sonnenbrillen, sie bewegten sich mit einer tänzelnd-behäbigen Anmut. Fast bedauerte ich es, sie nicht als Beschützer in Aktion zu sehen.

Midnight in ihrer Mitte war eine hübsche junge Frau in einem teuer aussehenden, glitzernden Hosenanzug, die ebenso strahlend wie unpersönlich lächelte, ein Lächeln, das sie mit dem leichten Drehen des Kopfes einmal durch die Runde schickte, ohne dass es sich einen Millimeter veränderte. Sie hatte ein fleischiges, weiches Gesicht und runde Arme und Beine, eine sehr sanfte, kalkulierte Gestik. Nichts an ihr wirkte spontan, alles war Auftritt und Hof halten.

Margot trat dicht an sie heran, anscheinend, um unter vier Augen mit ihr zu sprechen; so wie es aussah, stellte sie eine Menge Fragen. Midnight nahm Zuflucht zu einer Reihe einstudierter Verhaltensweisen, ruckte das Kinn vor, strich sich über die nicht ganz so zierlichen Hüften, trat von einem Bein auf das andere. Sie spielte die Verlegene lässig, wie mit halber Kraft, während ihre Bodyguards mit ihren trainierten Armen begannen, nach Orangensaftgläsern zu greifen, und eins nach dem anderen wegspülten. Diese ganze kleine Gruppe strotzte vor Energie und Gesundheit und Effizienz, und ich fragte mich unwillkürlich, ob ich und Anna neben Margot auch nur entfernt ein so eindrucksvolles Trio abgaben.

Dann, auf einmal, konnte ich sehen, wie Margots Lächeln erlosch wie eine Kerze im Regenguss. Es gab noch eine kurze, kaum höflich zu nennende Verabschiedung durch Margot, und Midnight zog mit ihrer Entourage wieder ab.

Hinter mir hörte ich Anna scherzen: »Sie heißt Midnight, weil sie um Mitternacht im Bett sein muss«, aber nur eine paar Mutige lachten, der Rest stand noch unter dem Bann der Begegnung.

Ich drängelte mich zu Lian: »Was war los?«

»Keine Ahnung. Margot hat Midnight gefragt, in welches Hotel sie sich hier in der Stadt eingemietet hat – sie dreht gerade –, und Midnight antwortete, in Shanghai wohnt sie immer bei ihren Eltern, sie versteht sich gut mit ihnen, sie kommt aus einer ganz alten Schauspielerfamilie.«

Ich versuchte, einen Blick mit Anna zu wechseln, um ihr somit zu verstehen zu geben: Das ist es, was ich meinte, Margot verhält sich einfach merkwürdig – aber ich kam nicht dazu, denn Margot flüsterte mir ins Ohr, sie wolle gehen. Jetzt, augenblicklich.

Wieder flatterten Lians Augen, als ob sie sich über irgendetwas bei der ganzen Geschichte in Wahrheit amüsierte, als ob sie ein Puzzleteilchen kannte, das mir kein Begriff war. Ich sagte mir selbst, das sei meine Einbildung.

Mir blieb nichts anderes übrig, als mit Margot zum Aufzug zu gehen, möglichst ganz nebenbei. *Don't explain, don't excuse* – wir verzogen uns einfach.

»Also«, sagte ich, »wenn es dich nicht zu sehr belästigt, würde ich gerne wissen, was zum Teufel eben los war. Was stört dich daran, dass sie bei ihren Eltern übernachtet?«

»Sagen wir einfach, ich habe Midnight mit einer anderen Person verwechselt.«

»Mit wem denn, um Himmels willen? Margot?«

»Mit einer Person, die ich gerne getroffen hätte.«

Mehr war ihr nicht zu entlocken, und ich beließ es dabei.

»Du solltest noch bleiben, meine Liebe. Ich lasse mir unten an der Rezeption ein Taxi kommen.«

»Wenn du meinst …«

Ich hatte wirklich noch keine Lust aufzubrechen. Ich fühlte eine Art überscharfe Wachheit, eine Versöhnungsbereitschaft mit den Dingen und Umständen, die ich nicht so einfach im Schlaf wieder verlieren wollte.

Der Aufzug kam, und Margot stieg ein. Ich wartete zwei Fuhren ab, weil ich mir nicht sicher war, ob sie vielleicht zurückkäme, aber ich sah nur immer neue Gäste. Langsam ging ich zurück ins Restaurant, in dem sich in den Ecken Grüppchen gebildet hatten. Eine Chinesin mit Pfauenfedernhut segelte quer durch den Raum auf eine Frau skandinavischen Typs zu und fiel ihr um den Hals. Ich lief zur Terrasse. Die Videoleinwand war nun wieder weiß, und wo sich vorhin eine Menschenmenge gedrängt hatte, um den Kisten-Künstler zu sehen, zeugten jetzt nur noch einige leere Gläser und zusammengeknüllte Flyer von dem Ereignis. Mit Ziersträuchern bepflanzte Betonwannen teilten einige schwerer einsehbare Nischen ab, in denen sonst vermutlich Zweiertische platziert waren. Ich sah kurz eine Silhouette hinter den Büschen aufleuchten und gleich wieder verschwinden, und mir fiel auf, dass jemand eine blutrote Packung Zigaretten in prekärem Gleichgewicht auf dem Geländer drapiert hatte. Ich lehnte mich ein Stück mit dem Oberkörper über die Brüstung, aber es war so hoch, das mir sofort schwindlig wurde. Täuschte ich mich, oder bekam ich langsam Höhenangst? Ich fragte mich, ob es eine Beschränkung gab, wie hoch Balkone gebaut werden und Dachterrassen offen sein durften. Das Wasser des Flusses war dunkel und an den Stellen, an denen die neonbeleuchteteten Hochhäuser sich spiegelten, grün, rosa und gelb eingefärbt. Nach einer Weile stellte sich ein Pärchen neben mich, das völlig mit sich beschäftigt war. Sie hatte ein flaches, herzförmiges Gesicht, zu Stacheln hochgegelte Haare und trug Leggings und lange Wildlederstiefel mit sommerlichem Lochmuster zu einem weiten, gegürteten Hemd. Sie sah aus wie ein bezaubernder kleiner Igel. Ihr Begleiter steckte in einem Anzug aus leichtem Tuch und hatte blondierte, ebenfalls hochgestellte Haare. Als sie sich zu küssen begannen, wandte ich mich ab; ich spürte Neid in der Brust, ebenso leicht lokalisierbar wie der Stich einer Wespe. Unschlüssig darüber, ob ich noch ein wenig hier stehen und still weiter leiden oder lieber auch Gesellschaft suchen sollte, drehte ich mich in Richtung der

Party, die jetzt eine unüberschaubare und für mich kaum mehr zugängliche Einheit zu bilden schien, nicht unähnlich der Adidas-Menschenmenge, die ich erst vor kurzem auf dem Plakat mit Anna gesehen hatte, einem geschlossenen Club, dem ich nicht angehörte. Irgendwo zwischen ihnen sah ich ein Blitzlicht, Anna hatte begonnen zu fotografieren.

Mein Blick ruhte auf dem Huangpu, der wie ein tiefblaues, fast schwarzes Glitzerband unter mir lag. Zwei Ausflugsboote, hell angeleuchtet, fuhren vorüber, und ich meinte Personen auf Deck zu sehen, die an der Reling standen und auf die westliche Uferstraße schauten. Die alte Dame fiel mir ein, die vom vergangenen Shanghai gesprochen hatte. Die Kolonialbauten, Banken, Hotels, Bars und Tanzlokale wirkten inmitten der Neubauten wie putzige Relikte, und ich fragte mich einmal mehr, wie es sich anfühlte, wenn die Zeit, die man schon auf diesem Planeten verbracht hatte, sich dermaßen brutal entschied, neue Verhältnisse einzuführen, und höchstens noch widerwillig akzeptierte, was ehemals Pracht und Größe bedeutet hatte. Glas, Stahl und Beton dahinter würden sie vermutlich bald ablösen, Denkmalschutz hin oder her. In der Dunkelheit der Nacht war es unmöglich, so etwas wie Horizont auszumachen, aber ich bezweifelte, ob ich hier selbst bei Tageslicht und bei schönem, klaren Wetter jemals einen zu sehen bekommen würde. Hinter der Bebauung war immer noch mehr Bebauung, und nur nach oben hin endete Shanghai in unterschiedlicher, mit einem grell bunten Licht gekrönter Höhe, um dann vom Smog oder

der Nacht verschlungen zu werden. Der stumme Kampf war eindrucksvoll; man konnte ihm zusehen wie einem Spielfilm.

Plötzlich fühlte ich mich beobachtet und sah zur Seite. Aus einem der Ziersträucher heraus streckte sich eine schmale Hand und langte nach der Packung Zigaretten. Ein Feuerzeug beleuchtete kurz den unteren Teil eines Gesichts. Eines Männergesichts. Andrews Gesicht.

»Hallo«, brachte ich heraus.

»Hallo. Schön, dich zu sehen. Störe ich dich beim Nachdenken?«

»Oh, ich war gerade fertig.«

Das war witzig gemeint gewesen, aber ich hatte es herausgepresst, als ob ich in Wirklichkeit das Gegenteil meinte. Ich überlegte krampfhaft, was ich hinterherschicken könnte, ich sah mich um, es gab tausend Anknüpfungspunkte. Aber mir kam keine Idee. Ich wollte in meinen Rocktaschen nach Kaugummis suchen, einem Taschentuch, Zigaretten, irgendetwas, dann bemerkte ich, dass ich das taschenlose Kleid von Vivienne trug.

Er hielt mir die Schachtel hin, und ich nahm nach kurzem Zögern eine Zigarette: »Danke ... ähm ... Ist Winona auch da?«

Er schüttelte den Kopf, und zuerst sah es so aus, als wollte er noch etwas hinzufügen, aber aus irgendeinem Grund ließ er es bleiben. Gut, dachte ich, wenn er sich nicht überschlägt, ein Gesprächsthema zu finden, dann halte ich eben auch den Mund. Wir rauchten und sahen hinunter auf die Stadt. Es war schwül, im Laufe der Nacht würde Regen fallen. Die Ziersträucher filterten das Mondlicht, und Andrews Gesicht wurde von Schatten bemalt.

»Was wollte Midnight denn von Margot?«, fragte er schließlich.

Ich zuckte die Achseln: »Mitmachen. Aber klappt wohl nicht. Kennst du Midnight?«

»Man sieht sie öfters im Fernsehen; und manchmal grinst sie auch aus irgendeinem Magazin.« Er schwieg für einen Moment. »Es wundert mich, dass sie sich für eure Kunst interessiert, sie steht nicht gerade für *High Art*. Ich glaube, ich habe sie noch nie so vollständig bekleidet gesehen.«

»Tatsächlich? Ja, sie wollte mitmachen, und erst war Margot sehr angetan von der Idee. Aber diese kurze Liebesgeschichte ist schon wieder zu Ende. Weiß der Teufel, was das war. Aber so ist Margot.«

Täuschte ich mich, oder hatte er beim Wort »Liebesgeschichte« mit der Zigarette gezittert? Er drückte sie jetzt, kaum angeraucht, aus und legte beide Hände nebeneinander auf die Brüstung. »Margot kann sich nicht länger für eine Person interessieren?«, fragte er in neutralem Ton. Ich fand es etwas schade, dass uns kein anderes Thema einfiel, aber gut, man kannte einige wenige Leute miteinander, es war klar, dass man sich über die austauschte.

»Nein, das meinte ich nicht so allgemein – auch wenn es vielleicht stimmt. Aber wir arbeiten normalerweise nicht mit Prominenten zusammen, weißt du, das lenkt nur die Aufmerksamkeit in die falsche Richtung; daher verstehe ich nicht, weshalb sie sie überhaupt hatte treffen wollen.«

Ich versuchte zu lächeln, aber es gelang mir nicht.

»Margot ist vielleicht etwas überspannt, meinst du?«

»Ja, völlig.«

»Aber müssen nicht alle Künstler so sein?«, fragte er weiter.

Ich registrierte, wie er die Hände bewegte, die Augen, und wie er ständig mit dem rechten Zeigefinger auf etwas herumtrommelte.

Ich paffte ein bisschen mit der Zigarette herum, bevor ich antwortete: »Kann sein. Oder – ich weiß nicht, nein. Es gibt auch andere. Das eben mit Midnight. Es wäre eine Verwechslung gewesen, hat sie gesagt. Ehrlich gesagt, weiß ich wirklich nicht, mit wem; mit ihrer Vorstellung von ihr, nehme ich an – es fehlt ihr vermutlich irgendeine Inspiration, die sie für die Performance braucht. Margot ist manchmal seltsam. Im Moment eigentlich andauernd. Aber ich bin seit einer Weile auch nicht in Höchstform, deshalb weiß ich nie, ob es mir nicht nur so vorkommt. Ich hoffe nur, Lian nimmt ihr Gehen nicht allzu persönlich; sie hat sich hier schließlich Mühe gegeben.«

Er sah mich perplex an, mein plötzlicher Ausbruch war ihm nicht ganz geheuer. Aber ich war noch nicht fertig: »Wie ich das hier ohne Lian hinbekommen hätte, ist mir sowieso schleierhaft. Ich sage dir, ich habe dermaßen wenig zu den Vorbereitungen beigetragen bisher, es ist fast peinlich.«

Andrew sah mich jetzt konzentriert und verständnisvoll an, die langen geschwungenen Augenbrauen leicht hochgezogen. Er gab mir das Gefühl, ich spräche mit jemandem, den ich schon lange kannte und nur vergessen hatte. Ich fürchtete, zu viel von mir zu erzählen, gleichzeitig tat es mir gut, weil es mir so vorkam, als ob ich es in dem Moment, indem ich es aussprach, auch niederzwang und bekämpfte und alles, was ich sagte, gar nicht mehr real war – es war, als spräche ich über etwas längst Vergangenes. Und Andrew hörte einfach zu. Wenn er als Arzt auch manchmal in die Rolle des Beichtvaters schlüpfte, dann musste er darin eine Wucht sein.

»Ich frage mich: Wieso merkt das eigentlich keiner? Normalerweise reiße ich mir die Beine raus, und nun stehe ich einfach hier und …«

Ich paffte die Zigarette und redete dabei ohne Punkt und Komma. Es musste an der Höhe liegen. Oder am Nikotin. Schon seit langer Zeit hatte ich nicht mehr geraucht, und daher wirkte es auf mich vielleicht wie ein Wahrheitsserum. Jedenfalls sprach ich Dinge aus, die ich mir selbst gar nicht bewusst gemacht hatte bisher, und das Merkwürdige war, Andrew schien zu verstehen. Ich bin mir nicht sicher, was ich noch alles preisgegeben hätte, von mir und meinen Ansichten und überhaupt, aber wir wurden unterbrochen, als mich jemand von hinten antippte. Ich erfuhr, dass ein Herr Guan mich gerne kennen lernen wollte. Er sei sehr enttäuscht, dass er Frau Winkraft verpasst hätte, wollte aber wenigstens ihre Assistentin begrüßen dürfen. Mir schwante, dass es sich um Guan Yi handelt könnte, den ehemaligen Werbeunternehmer und Sohn eines Chemieindustriellen, der einer der ganz großen Sammler war. Seit 2001 kaufte er ganze Ausstellungen auf.

Er unterhielt fünf – oder waren es sechs? – Lager in Beijing sowie eine große Ausstellungshalle. Es hieß, er plane zurzeit ein Museum, ähnlich dem Beacon im Staat New York, ein Haus, das speziell um die Inhalte herum gebaut werden sollte.

»Ich warte«, sagte Andrew leise.

Als ich zurückkam – ich hatte die vollkommen begeisterte Lian mit dem einflussreichen Mann bekannt gemacht, und die beiden unterhielten sich angeregt –, hatte Andrew Gesellschaft von zwei Frauen bekommen, eben jene, die mit Margot und mir im Aufzug hochgefahren waren.

»Hallo! Sie gehören zu Frau Willkraft! Wir haben Sie vorhin nicht erkannt!«

Ihr Englisch hatte einen Akzent, den ich nicht gleich zuordnen konnte. »Winkraft«, sagte ich, »nicht Willkraft. Sie ist schon gegangen.«

»Wer war denn der reiche Chinese?«, fragte die eine und verdrehte den Kopf, und obwohl ich ihre Frage unhöflich fand, antwortete ich: »Das war Guan Yi, ein Sammler. Kennt jemand das Beacon Museum? Es gibt einen beispiellosen Raum für Serras monumentale Eisenskulpturen darin, Winona war sicher schon dort.«

»Ein Sammler, hm.«

»Was ist? Du schaust so komisch, hast du etwas gegen Sammler?«

»Nun ja, wie soll ich sagen …«

Eine der Frauen unterbrach uns: »Oh! Wir haben uns noch gar nicht vorgestellt!«

Richtig, dachte ich.

Sie hießen Wanda und Penelope, stammten aus Kanada und lebten bereits mythische sieben Jahre in Shanghai, in Begleitung ihrer Ehemänner, die beide in der Wirtschaft tätig waren.

»Penelope – das ist originell«, sagte ich.

»Ich nenne mich nur so«, erklärte Penelope.

»Wenn sich hier alle Asiatinnen einen Namen zulegen dürfen, wieso nicht auch sie?«, ergänzte Wanda. Sie nahm zwei Gläser Champagner vom Tablett des Kellners, der gerade vorbeikam, und ohne Penelope zu fragen, drückte sie ihr eines davon in die Hand. Sie kennen sich, dachte ich, sie kennen sich verdammt gut. Es ist eine dieser uralten Freundschaften, wie sie nur Jahrzehnte gemeinsam erlebter Hoffnungen, Freuden und Enttäuschungen entstehen lassen. Ausgerechnet in diesem Moment winkte mir Anna, und sie machte ein Zeichen – es bedeutete, alles im Griff –, das war nichts Besonderes, aber im selben Augenblick, in dem ich es verstanden hatte, empfand ich ein äußerst merkwürdiges, intensives Gefühl von Zuneigung zu ihr, und gleichzeitig hoffte ich, nie würde uns jemand so alleine und so traurig zusammen sehen, wie ich Wanda und Penelope gerade sah, als Reisende ohne Glück und ohne Wurzeln.

»Bitte erzählen Sie doch das Märchen weiter«, sagte Wanda, an Andrew gewandt. Und dann zu mir: »Entschuldigen Sie, aber Ihr Freund hatte uns gerade das Märchen von der Entstehung des Westsees erzählt. Uns fehlt nur noch der Schluss.«

»Natürlich«, sagte ich, stellte mich aufrecht hin und

kreuzte die Arme vor der Brust, um zu zeigen, dass ich willens war, mich unterhalten zu lassen.

Andrew überlegte: »Wo war ich stehengeblieben?«

»Die Perle war Drache und Phönix gestohlen worden«, rief Penelope.

»Genau. Sie war ihnen gestohlen worden, sie wussten nicht, von wem, und die beiden waren zutiefst erschrocken, als sie beim Erwachen den Verlust bemerkten. Verzweifelt flogen sie alle Teile der Erde und des Himmels ab«, ergänzte ihre Freundin.

»… doch nirgends konnten sie ihre Perle finden«, fuhr Andrew fort.

So wie die beiden dastanden und wie kleine Kinder das zuletzt Gehörte nachplapperten, kamen sie mir vor wie fröhliche kleine Mädchen. Ich war gerührt, aber ich ärgerte mich auch über dieses Gefühl: Weshalb war ich auf einmal so sentimental? Ich sollte es mit dem Champagner gut sein lassen.

»Denn Xi Wanmu hatte die Perle«, nahm Andrew den Faden wieder auf. »Xi Wanmu, die Uralte, die alljährlich zu ihrer Geburtstagsfeier die Unsterblichen zu einem köstlichen Mahl mit Pfirsichen einlädt. Und sie konnte am Höhepunkt des Festes der Versuchung nicht widerstehen, mit ihrem neuen Schatz zu prahlen. Mit neun verschiedenen Schlüsseln schloss sie die neun schweren, eisernen Türen ihrer Schatzkammer auf, und kaum war die letzte Tür geöffnet, da überstrahlte der Glanz der Perle alles andere, was es an Kostbarkeiten im Palast gab. Auf einem goldenen Tablett trug Xi Wangmu die Perle herein, aber …«

»Ja?«, fragte Wanda schaudernd.

»Aber sie hielt das Tablett schief – die Perle rollte herab und fiel und fiel. Phönix und Drache flogen sofort ihrer Perle nach, umtanzten sie und dämpften mit ihren Körpern den Aufprall; doch in dem Moment, in dem die Perle die Erde der Provinz Zhejiang berührte, wurde daraus der Westsee bei Hangzhou.«

Wanda und Penelope seufzten laut auf, und wir mussten alle auf den Westsee bei Hangzhou anstoßen. Es gab dann eine kurze Pause, und ich dachte, dass ich mich eigentlich gern mit Andrew alleine weiter unterhalten hätte.

»Und Sie kennen also Margot Winkraft?«, fragte ich die beiden Frauen ein wenig boshaft, denn ich war mir sicher, sie hatten nach dem Spa nichts als einen Drink gewollt und waren deshalb hier hereingeschneit. Vielleicht, so war mein Hintergedanke, waren sie empfindlich und ließen sich vergraulen.

Aber Penelope blieb souverän: »Was heißt, kennen?«, parierte sie. »Ich kenne, was die zeitgenössische Kunstszene angeht, überhaupt nur einige Namen. Und mit chinesischer Kunst verbinde ich große, verzerrte Fratzen, Maos und Pandabären.«

»Das haben Sie gar nicht schlecht zusammengefasst«, bemerkte ich und beschloss kurzerhand, dass ich sie doch nicht loswerden wollte.

Sie sah mich ermutigt an: »Ich denke mir, ich lebe jetzt und heute hier in China, da müsste ich doch auch die Kunst verstehen.«

»Nun …«

»Ja«, mischte Wanda sich ein, »alle sprechen darüber, alle kaufen, alle kennen sich aus – hat man zumindest das Gefühl. Man kommt nicht mehr drumherum. Warum, Luisa, ist bildende Kunst auf einmal so populär?«

Dass ich ausführlich antwortete, mir Mühe gab, lag vor allem an Andrews interessiertem Blick. Während ich sprach, leerte Wanda ein Glas und nahm sich noch eines; ich dachte, dass sie die intelligentere von den beiden war, aber auch die größere Trinkerin.

»Gut«, fasste Wanda dann zusammen, »Sie sagen, wir wären gebildeter als je zuvor und hätten einen gesteigerten Appetit auf kulturell komplexere Güter entwickelt. Sie sagen, im Idealfall rege Kunst zum Nachdenken an; sie kann ausgelaugte, konventionelle Sicht- und Denkweisen in Frage stellen. Ja, das kann ich alles nachvollziehen. Aber sehen Sie sich hier um: Wozu braucht es diese seltsamen Zusammenkünfte, diese Art, eine Gemeinde zu bilden?«

»Was ist daran schlimm? Es ist nicht anders als, nun sagen wir, in einer Kirche. Bei einer rituellen Zusammenkunft. Haben sie vorhin die Performance gesehen, diese Kistensache? Die Leute sprechen immer noch darüber. Sie unterhalten sich über ein gemeinsames Erlebnis, über ihre Wahrnehmung. Das ist der schöne Unterschied zu Büchern. Lesen ist einsam, es ist langwierig. Da ist bildende Kunst anders. Sie fördert Gemeinschaftsbildung.«

»Aber diese Gemeinschaft grenzt aus. Sie spricht in einer absolut eigenen Sprache. Ein System aus cleveren Anspielungen und Verweisen auf Wasweißich. Unverständlich und ablehnend gegenüber anderen. Und glauben Sie mir, ich kenne ablehnende Angebergrüppchen.«

Wanda hatte sich in Rage geredet, ihre Augen funkelten, und sie schüttelte immer wieder temperamentvoll den Kopf. Sogar ihr Glas hatte sie abgestellt. Ich war überrascht von der Leidenschaft, mit der sie mir, einer völlig Fremden, ihre Gefühle zu erklären versuchte.

»Ich gebe zu, es gibt da eine gewisse Selbstzufriedenheit«, sagte ich.

Ich hatte keine Lust, eine Szene zu verteidigen, deren Schattenseiten ich natürlich ebenfalls längst kannte. Sie hatte ja Recht, zu einem großen Teil jedenfalls. Viele Mitglieder dieser internationalen, schicken und ach-so-superindividuellen Welt machten sich nicht klar, wie abhängig sie letztlich eben doch vom Konsens waren. Sie beteten zwar das Unkonventionelle an, aber sie verließen sich dann doch aufs Gewohnte. Künstler schufen Werke, die aussahen – na ja, wie Kunst. Das gesamte Auftreten dieser Maler, Skulpturenmacher und Performer war durchdacht, es war dazu angetan, die stereotypen Vorstellungen zu stärken, dass es sich bei ihnen um nichts anderes handelte als um Künstler. Und es war so: Es gab Menschen, die deren Arbeiten brauchten, um das Leben zu lieben. Die das zumindest glaubten. Und sie suchten und suchten nach dieser Kunst, und sie ernährten dabei viele Scharlatane.

Doch bevor ich mehr dazu sagen konnte, unterbrach uns Penelope, indem sie eine Hand an ihr Ohr legte: »Psst. Was für ein schönes Lied. Wollen Sie?«

Und schon hatte sie sich Andrew geschnappt. Gemeinsam mit Wanda sah ich den beiden zu. Penelope tanzte ausgezeichnet, im Gegensatz zu Andrew, der dafür gut aussah. Zu den beiden gesellten sich schnell immer mehr Paare, und vor allem die ganz jungen, aufgestylten beherrschten den Gesellschaftstanz perfekt. Die Musik wechselte, und Andrew machte einen Versuch, zu uns zurückzukehren, doch Penelope gab ihn nicht frei. Ich sah mich suchend nach einer Sitzgelegenheit um, fand aber keine. Der Mond war höher gestiegen und überscharf sichtbar, und dort, wo die künstlichen Lichter aufblitzten, mischten sich die Pink- und Grüntöne der angestrahlten Wolkenkratzer in sein Licht.

Immer wenn Penelope und Andrew vorübertanzten, hörte ich Gesprächsfetzen.

»Jetzt, wo Sie es sagen, fällt mir auf, dass Sie ansonsten gar nichts Chinesisches haben. Aber das ist ja klar, wenn sie immer in den USA waren«, sagte Penelope gerade.

»Oh, ich bin *sehr* chinesisch«, sagte er. »Wie wollen Sie das beurteilen? Sie meinen, weil ich nicht vom Mah Jong schwärme und lieber Foxtrott tanze, anstatt hier schnell ein paar Tai-Chi-Übungen einzulegen?«

»Sie haben Recht,« hörte ich noch Penelopes Stimme, dann tanzten sie wieder weg.

Ich wiegte mich leise im Takt und lächelte Wanda an. Eines der Mädchen vom Casting signalisierte mir, ich solle herkommen, aber ich schüttelte den Kopf. Sie sah so glücklich aus, wie sie sie sich eine Zigarette anzündete und in den Nachthimmel blickte. Ihre dünnen, braun gefärbten Nackenhaare wurden von den Leuchtern hinten angestrahlt, und der Heizlüfter wirbelte eine einzelne Strähne hoch und ließ sie golden aussehen. Plötzlich verspürte ich diesen tiefen Frieden, wie man ihn vielleicht nur fühlt, wenn man im obersten Stock eines Shanghaier Wolkenkratzers steht und nicht mehr viel zu verlieren hat.

War es nicht doch möglich für mich, dieses Projekt hier und den ganzen Aufenthalt einfach nur phantastisch zu finden, ja meinen Einsatz für Margot überhaupt, an dem ich in letzter Zeit manchmal leise gezweifelt hatte, gezweifelt vor allem, weil Christopher mich eine Assistentin im Leben geschimpft hatte? Wieso ließ ich mir alles schlecht machen? Man erlebt so viel. Als Penelope und Andrew erneut vorbeitanzten, hatte Penelope zu meiner großen Überraschung begonnen, mit erstaunlich tiefer und melodischer Stimme zu singen. Es war ein Song aus den Zwanzigern:

»*Me no worry, me no care. Me going to marry a millionaire. And if he die, me no cry. Me going to marry another guy.*«

Ich bemerkte, dass Wanda mich ansah.

»Sie sprechen vermutlich fließend Chinesisch nach sieben Jahren im Land?«, nahm ich die Konversation wieder auf.

Wanda sagte: »Ach was. Das ist eine entsetzlich schwere Sprache, und es ist so entmutigend zu wissen, dass man ja doch nicht lernt, sie jemals richtig zu schreiben. Und es gibt überall billige Dolmetscher –« Sie räusperte sich, in ihrem Wesen gab es eine Veränderung, die Stärke von eben war verschwunden; sie begann, mit dem linken Schuh auf den Boden zu klopfen, fest und ruhelos, als wollte sie ihr Herz antreiben, auch in dieser grässlichen Welt weiter rhythmisch mitzuschlagen.

»Mein Mann ist nie ohne seine Dolmetscherin unterwegs ...«

Ich räusperte mich, doch sie schüttelte den Kopf zum Zeichen, dass ich sie nicht unterbrechen solle.

»Wenn ich Taxi fahre, und der Fahrer spricht ein wenig Englisch, behaupte ich immer, ich sei erst seit wenigen Monaten in Shanghai. Es ist mir peinlich zu sagen, dass ich immer noch kein bisschen Chinesisch spreche. Ich habe es versucht, aber es ist mir einfach nicht gelungen.«

Der Kummer veredelte ihr Gesicht, und ich konnte mir vorstellen, wie sie vor zwanzig, fünfundzwanzig Jahren ausgesehen hatte, als sie zu ihrem neuen Leben in ein ihr unbekanntes Land aufgebrochen war. Damals wäre sie nicht ohne ihren Mann auf diese Party gegangen. Damals wäre sie überhaupt nicht auf eine Party gegangen, zu der sie nicht eingeladen war.

Sie sagte leise: »Sie müssen denken: Ziemlich peinlich, diese Auslandskanadier. Ich müsste mich wohl entschuldigen, aber wenn ich damit mal anfange, finde ich kein Ende ...«

Dann brach sie ab, weil Penelope und Andrew neben uns zum Stehen gekommen waren.

»Worüber redet ihr?«, fragte Penelope.

»Nichts Besonderes«, sagte Wanda schnell.

»Über das Leben im Ausland«, sagte ich. »Es ist schwierig – aber schön.«

Wanda nickte mir dankbar zu.

Andrew betrachtete uns und sagte dann: »Es ist wirklich nicht leicht, zu dieser Zeit in China zu sein. Für niemanden. Auch nicht für einen Chinesen, der nach langen Jahren wiederkommt, glauben Sie mir.«

Wanda dachte erst, er mache Spaß, und zog ironisch die Augenbrauen hoch: »Nein?«

Aber Andrew blieb ernst; sein Gespür für Stimmungen sagte ihm, dass sie Trost nötiger hatte als alles andere: »Wenn du im Ausland aufgewachsen bist, und dann nach Hause kommst, kannst du dich hier sehr leicht unbeliebt machen. Ich habe eine Weile gebraucht, um das zu verstehen. Es sind Kleinigkeiten, wie zum Beispiel englische Ausdrücke zu verwenden. Das ist tabu. Selbst wenn sie passender sind. Blöd ist natürlich, wenn dir der chinesische Begriff nicht mehr einfällt, aber selbst dann ist Umschreiben besser. Du darfst deine Geschichten auch nicht mit dem Satz beginnen, »als ich noch in den Staaten war«, sie mögen das nicht, denken, du tust das nur, um dich wichtig zu machen und um ihnen deine Erfahrungen und deine Ausbildung im Westen unter die Nase zu reiben.«

Sein Ton war zuerst sachlich gewesen, aber dann klang er leidenschaftlich, persönlich verletzt. Wanda und Penelope sahen ihn mit ehrlich interessierten, ja sogar mitleidigen Mienen an; sie waren es gewohnt, die Klagen eines Mannes anzuhören und sie ernst zu nehmen, so viel war klar. Ich fragte mich, ob sie Geliebte hatten, so wie ihre Männer Dolmetscherinnen, aber ich hatte keine Lust mehr, das herauszufinden. Langsam fand ich, ich sollte mich zu den anderen Gästen gesellen. Ich sah mich um: In kleinen Gruppen standen die Leute zusammen, plauderten und lachten. Vivienne war auch noch da, sie saß mit Tian und ein paar anderen Asiaten in einer Sitzgruppe in der Ecke. Anna, Wonge und Lian konnte ich nicht sehen.

»Ich würde dir gerne einen kleinen Ausflug zu meinem Haus anbieten«, sagte Andrew auf einmal, wobei er sich direkt an mich wandte. »Das heißt, es ist nicht mein Haus, es ist das Haus, in dem ich aufgewachsen bin. Nur für einen Drink.«

»Ein Ausflug?«

»Ja, genau.«

Ich zögerte; ich sah sein Lächeln. »Das ist hier ein Arbeitstreffen für mich. Ich muss noch mit ein paar Leuten reden.«

»Quatsch, es wäre viel zu unhöflich, dich zu dieser späten Stunde noch mit Geschäftlichem zu belästigen.«

Wenn er vorwurfsvoll geklungen hätte, hätte er mich verärgert, weil ich es nicht leiden kann, bedrängt zu werden. So schaffte er es, dass ich mir albern vorkam. Ich sah noch einmal dahin, wo Sterne hätten sein sollen, und auf die drei letzten Paare, die auf der Terrasse tanzten. Der Himmel war schwarz, ein einziger Stern entpuppte sich als Flugzeug und war schnell verschwunden. Mein Leben fühlte sich komplett leergeräumt an auf einmal, so leer, dass es wehtat, aber doch auf eine Art und Weise, dass man, noch mitten im Schmerz, glauben konnte, es müsse so sein, genau so, um Platz für etwas Neues zu schaffen.

»Komm«, sagte er und seine braunen Augen glänzten erwartungsvoll. »Komm. Es ist auch kühler im Wagen.«

Ich sah auf Wanda und Penelope, die schwiegen; ich stellte mir vor, dass es eine ganze Weile her gewesen war, dass eine von ihnen so ein Angebot bekommen hatte. Die beiden Frauen kannten meine Antwort übrigens und reagierten schon darauf, ohne dass ich sie ausgesprochen hätte – indem sie sich ansahen. Jetzt hatten sie für den Rest dieses Abends nur noch einander.

Das Auto war keine Limousine, zumindest war es nicht schwarz, sondern blau, und es hatte auch keine verdunkelten Scheiben. Aber es war überdimensional groß, und es kam mir vor, als befände ich mich in einem fahrenden Raum. Es war innen vollständig leer. Keine Zeitung, kein Stäubchen, nichts. Als ob es gerade aus der Fabrik käme, nicht einmal ein Päckchen Kaugummi lag zwischen den Vordersitzen.

»Ein Mietwagen?«

»Er gehört meinem Ziehvater. Ich darf ihn benutzen, wann immer ich will, die Auflage ist, dass ich keine Spuren hinterlasse.«

»Das ist dir gelungen. Falls er ebenfalls Arzt ist, kann er hier drinnen operieren.«

»Er hat tatsächlich als Arzt praktiziert, als Schönheitschirurg.«

Andrew lachte und fuhr an. Es herrschte immer noch reger Verkehr. Ein paar Straßen weiter war es im Wageninnern eiskalt, und obwohl ich mich auf die Klimaanlage gefreut hatte, sehnte ich mich nach der warmen Luft von vorhin zurück. Es kam mir vor, als ob er zu schnell fahren würde. Ich überlegte, ob er etwas getrunken hatte, es war mir nicht aufgefallen, dabei umklammerte ich meine Oberschenkel und machte mir noch einmal klar, woher ich diesen Chinesen eigentlich kannte: Er war der Halbbruder einer Freundin von Lian. Mit anderen Worten: Ich saß bei einem völlig Fremden im Wagen. Ich hatte niemandem gesagt, wo ich hinwollte und mit wem, außer zwei Kanadierinnen, von denen ich nur die Vornamen kannte, von denen einer erfunden war. Ich hatte keinen Pass und umgerechnet vielleicht fünfzig Euro bei mir. Was für ein Schaf war ich eigentlich? Einmal hatte es einen Verrückten gegeben, der Margot auf der Straße gefolgt war und ihr Briefe schrieb, sie anrief; er war eigentlich nicht gefährlich gewesen, nur unangenehm. Wäre es möglich, dass dieser Andrew nicht der war, der er zu sein behauptete, sondern nur ein guter Schauspieler? Er könnte sich in Lians Freundeskreis eingeschlichen haben, in Wahrheit ein abgelehnter Künstler, von Margot oder Lian in irgendeiner Sache abgewiesen, und jetzt plante er einen perversen kleinen Rachefeldzug.

Andrews sanfte Stimme riss mich aus meinen dunklen Phantasien: »Alles okay mit dir? Bisschen kalt?«

»Wie weit ist es?«, fragte ich aufgeregt.

»Der Westsee? Etwa zwei Stunden, höchstens. Es wird viel schneller gehen, wenn wir aus der Stadt draußen sind. Schlaf ein bisschen.«

Ich sah ihn von der Seite an. Er grinste; er sah toll aus.

Vermutlich war er nicht müde, weil er als Arzt Nachtschichten gewohnt war. Ich beschloss, es darauf ankommen zu lassen. Es sogar spannend zu finden.

Andrew kramte in der Innentasche seines Jacketts, ohne den Blick von der Straße zu nehmen.

»Hier«, sagte er und gab mir ein Handy und einen roten Streifen Papier.

»Was ist das?«

»Den Zettel hattest du bei Linfei vergessen – vom Wunschbaum, erinnerst du dich? Das Märchen unter dieser Nummer handelt, wenn ich mich nicht vertan habe, von der Entstehung des Westsees. Du hast doch eben den Anfang verpasst.«

Ich schwieg verdutzt, meine Entführungsgeschichte kam mir albern vor – Entführer gaben ihrem Opfer kein Handy, sie entrissen es ihm –, und ich sah ihn von der Seite an, aber er hatte weiterhin nur Augen für die Fahrbahn.

Ich tippte die Nummer und hielt mir das Handy ans Ohr. Ein Band sprang an, ich legte meinen Kopf nach hinten an das Polster und schloss die Augen. Eine Geige begann in der vollkommenen Stille zu spielen, es war, als entstünde erst mit ihrer Melodie die Fahrbahn vor uns, die durch die Nacht führte, und wir könnten nur wegen dieser Melodie fahren. Dann wurde die Musik leiser, brach ab, und während Shanghai an uns vorbeirauschte, lauschte ich den Abenteuern von Drache und Phönix.

»Drache und Phönix trafen sich einmal auf einer einsamen Insel im Milchstraßenfluss, und fast im gleichen Moment entdeckten beide einen wunderschönen, großen

Jadestein. Sie betrachteten ihn lange. ›Phönix‹, sagte auf einmal der Drache, ›wollen wir nicht versuchen, eine Perle daraus zu machen?‹ Der goldene Phönix fand diesen Gedanken gut, und so trafen sie sich von diesem Tag an regelmäßig und polierten und polierten gemeinsam den Stein – von morgens bis abends arbeiteten sie unermüdlich …«

Undeutlich hörte ich, dass Andrew das Radio anschaltete, aber ganz leise, so dass ich die Stimme, die mir ein Märchen erzählte, weiterhin hören konnte.

Fünftes Kapitel

Als ich aufwachte, glitten wir eine lange, leicht ansteigende Auffahrt hinauf; sie wurde von akkurat in Zylinderform geschnittenen Büschen gesäumt, die das Nachtlicht schluckten wie schwarze Schwämme. Der Eingang des prächtigen Hauses trug ein Pagodendach, dessen Spitze in den Himmel auslief, eine feine Silhouette, wie auf Porzellan gemalt. Den See sah ich nicht, aber die gesamte Szenerie war so unwirklich und bei aller Unwirklichkeit so vielversprechend, dass ich mir, noch im kühlen, klimatisierten Auto sitzend, bereits einbildete, ich könnte das Wasser riechen.

Der Kies knirschte, als Andrew auf dem Parkplatz bremste, auf dem schon ein Wagen stand. Ein kurvenreicher Weg aus Natursteinen, den beiderseits graue Löwen bewachten, führte zum Haus, am Rand des Pfads hielten weitere phantasievolle Tiere Wache. Ihre Köpfe – angestrahlt von einzelnen im Garten aufgestellten Fackeln – wirkten lebendig. Ein stilisiertes Schwein, ein Büffel, eine Schlange, ein Drache, ein Hahn.

»Die Tierkreiszeichen der früheren Bewohner. Glückssymbole«, sagte Andrew.

Als er die Tür aufschloss, ging automatisch die Lichtanlage im Gelände an; ich musste an die Gemälde in den Seitenschiffen römischer Kirchen denken, die eindrucksvoll zu leuchten beginnen, wenn man ein Fünfzigcentstück in den Kasten steckt.

»Komm.«

Im schmalen, langen Flur zogen wir die Schuhe aus, und er öffnete die Tür zu einem Raum, der das gesamte Erdgeschoss auszumachen schien. Die hintere Wand war aus Glas und gab den Blick frei auf das dunkle Grundstück.

Ich sah mich um: Möbel aus edlem Holz, Lampen in neuestem Design. Braune Regale mit Büchern, Sofas, ein Klavier. Es gab freie Flächen und dann wieder, im Kontrast dazu, kleine, kunstvoll arrangierte Nischen, die Einladung, einen Ausschnitt des Arrangements näher in Augenschein zu nehmen. Eine alte Registrierkasse, die kniehohe Standfigur eines Reiters, Kerzenleuchter, zwei unterarmgroße Buddhas aus Metall. In einer rundum gläsernen Vitrine waren Pfeifen ausgestellt, in einer anderen Ton- und Jadefiguren. Jemand in diesem Haushalt musste ein leidenschaftlicher Sammler sein – mir war nur nicht klar, von was genau. Rechts war der Raum dunkel.

Ich stand ohne jede Regung da, als ob ich erwartete, die Gegenstände würden nun gleich zu mir sprechen. Ich spürte Andrews Körper ganz deutlich, sehr nahe an meinem. Obwohl er diesen Ort ja kannte, war er augenblicklich genauso gefangen von der Schönheit wie ich.

Auf seine Art war dieses Haus perfekt.

»Wie schön«, sagte ich.

Andrew hatte neben mir gewartet: »Mhm, ja. Was willst du trinken?«

»Irgendwas. Tee.«

Andrew verschwand wieder in den schmalen Flur. Ich sah mich um; in einer Vitrine stand zerbrechliches Porzellan, Teebecher und -dosen, nach einem Prinzip angeordnet, das mir nicht geläufig war, vielleicht nach ihrem Alter. In der Luft hing der Geruch von frischen Gräsern, ich bemerkte erst jetzt die fast unhörbare Musik. Es war eine Platte, die ich kannte, sie passte nicht hierhin: *Beautiful Freak* von den Eels.

Ich sah mich nach der Quelle um, dabei blieb mein Blick an der seitlichen Wand hängen, die mit Zeichnungen in verschiedenen Formaten dekoriert war. Affen. Pflanzen. Schwäne. Chrysanthemen, Orchideen.

»Tusche. Die knochenlose Malerei«, sagte eine helle Stimme von rechts aus dem Dunkel. Ich bemerkte überrascht, dass das Letzte, womit ich gerechnet hatte, eine Frau war.

Automatisch fragte ich zurück: »Wieso knochenlos?«

»Weil der Künstler die farbigen Tuschen hauchzart auf Papier oder Seide malt, ohne dass vorher eine Kontur gegeben wurde. Das gibt es seit der Song-Dynastie, also der Schwelle zur ersten Jahrtausendwende. Gartengestalter versuchen heute noch, ihre Lieblingsgemälde in die Realität zu kopieren. Sie arrangieren Gehölze nach dem Vorbild dieser Bilder, sie kopieren die Farben. Sie malen sie in die Wirklichkeit hinein.«

Ich erkannte ihre Stimme. »Was machst du hier, Winona?«

Eine Lampe am schwarzen Ende des Raums wurde wie

ein Rettungszeichen aus- und wieder angeknipst. Sie musste mich von ihrem Tisch in der dunklen Ecke her die ganze Zeit beobachtet haben. Ich ging auf sie zu.

Sie regte sich nicht hinter dem antiken Monster von einem Schreibtisch. Ihre starren, kindlichen Züge strahlten eine totemhafte Beständigkeit aus. Ich sah nichts als ihr Gesicht: Der schwarze Pullover verschmolz mit dem Hintergrund, und ihr Körper wurde von dem schweren Möbelstück verborgen, dessen merkwürdiges, goldfarbenes Tischtuch über die Arbeitsplatte bis auf den Boden herabhing. Das Tuch flatterte kurz, ich dachte zuerst, sie hätte ihre Beine bewegt, aber dann sah ich ein Stück weißes Fell, offenbar von einem Tier. Ja, da saß ein Hund.

Der Sänger der Eels war deutlich zu hören – es war mit Sicherheit ihre, Winonas, Musik.

Plötzlich schoss sie auf mich zu. Mit »schoss« meine ich aber nicht, dass sie ging. Sie fuhr. Ihr Rollstuhl stoppte nur knapp vor meinen Füßen; ich sah auf ihre Haare herunter. Dann bemerkte ich die ausgestreckte Hand, ergriff und schüttelte sie.

»Hat er dich also abschleppen können.«

Es klang gar nicht einmal spöttisch. Ich nickte sachlich und sah die Pflanzen links und rechts auf dem Schreibtisch an. Es waren Schalen mit dickblättrigem Gras.

Winona sagte: »Schlangenbart. Dieses Gras durfte im alten China auf dem Schreibtisch keines Gelehrten fehlen. Ich habe es Papa geschenkt. Er mag es, wenn ich mich für chinesische Tradition interessiere.«

Sie hielt inne; ihr Ton wurde angriffslustig: »Sag mal:

Bis du nervös? Oder wieso schaust du mich nicht richtig an?«

»Tu ich doch. Da – da unten ist ein Hund.«

»Ja, ein Hund – schau mich an!«

So auf Befehl konnte ich das gar nicht.

»Hast du etwa *Mitleid*? Das brauchst du nicht, mein Rollstuhl ist herrlich. Aus Aluminium, Sonderanfertigung, wiegt viereinhalb Kilo, entspricht bis auf fünf Millimeter genau meinen Körpermaßen. Mein Vater hat an nichts gespart. Schau.«

Sie vollführte eine Reihe anmutiger Kreise im Raum, die immer größer wurden, und zwang mich auf diese Weise, dicht an die Wand zu treten. Der Hund musste die Choreografie schon kennen, er war immer dort, wo er gerade nicht überfahren werden konnte, und wedelte mit dem Schwanz, der lang und buschig war, aber dennoch geringelt wie der eines Ferkels. Er sah überhaupt merkwürdig aus, langhaarig, mit einem großen Kopf und einem dicken Hals wie ein Löwe, und wenn er saß, ähnelte er dem steinernen Löwen, der die Eingangspforte des Anwesens bewachte.

»Auch eine Performance, nicht wahr? Und wenn ich der Räder überdrüssig bin, kann ich sie abdecken. Dann ist es, als hätte ich eine Strumpfhose an, *nicht wahr, meine Liebe*?«

Ich versteinerte.

Sie keuchte ein wenig, wirbelte jetzt um die eigene Achse, ein böser, bedrohlicher Tanz, der seine eigene Eleganz besaß, weil Stuhl und Körper zu einem Mischwesen gerieten. Mir wurde schwindlig, doch sie hörte, einmal in Bewegung gekommen, nicht mehr mit dem Drehen auf und schwirrte herum wie eine verrückte kleine Elfe in ihrem neuen Spielmobil. Mein erster Impuls war, sie anzuhalten, aber mit dem Ding war sie vermutlich stärker als ich. Sie war nicht mal außer Atem, als sie sagte: »Ich habe ein Auto, in das ich selber rein und raus kann. Ich kann mich völlig selbstständig in Shanghai bewegen. Nun ja, fast. Kennst du dich ein bisschen aus? Mit Rollis, meine ich? Sportliche Rollstuhlfahrer mit Oberkörperstabilität fahren in der Regel einen Leichtrahmen-Rollstuhl. Ich lade ihn selbst ins Auto ein. Dazu setze ich mich auf den Fahrersitz um, stecke die Hinterräder ab und lege sie auf die Rückbank. Ich habe zum Glück keinen so hohen Grad der Lähmung, ich habe noch Bauchmuskulatur …«

»Verdammt noch mal, hör auf!«

Als ob mein Geschrei das verabredete Signal gewesen wäre, stand auf einmal Andrew wieder im Raum, in der Hand eine gläserne Teekanne. Im dampfenden Wasser schwammen grüne Blätter, die gelblich-grüne Schlieren produzierten.

»Was wollt ihr von mir?«, fragte ich.

Andrew sah mich an wie ein Verräter, der um Verzeihung bat. Er durchquerte das Zimmer, um die Kanne auf den niedrigen Tisch an der anderen Seite zu stellen. Es war plötzlich still im Raum. Die CD war zu Ende. Wir versammelten uns wie zu einer Konferenz alle um den Tisch. Andrew und ich setzten uns mit gekreuzten Beinen auf den

Boden, Winona ließ sich vom Rollstuhl gleiten, zog sich an der Platte hin und drapierte die Beine mit den Händen zum Schneidersitz. Der Hund legte sich neben sie. Nun stellte sie ihn mir endlich vor: »Das ist Tong.«

»Was ist das für eine merkwürdige Rasse?«

»Ein chinesischer Glückshund, die gibt es seit 2000 Jahren. Er gehört Daddy, aber der ist gerade in Japan.«

»Schöner Hund, wirklich.«

Sie saß nun aufrecht und lächelte. Tong sah sie bewundernd an und setzte sich neben sie, eine Pfote legte er auf ihren bestrumpften Fuß. Ich fragte mich, ob sie dort etwas spürte.

»Winona ist Margots Tochter«, sagte Andrew, als das Schweigen unerträglich geworden war.

Ich starrte ihn an: »*Was?*«

»Sie ist …«

»Scht«, machte Winona, und er verstummte.

Sie begann, in klaren, überlegten Worten eine Geschichte zu erzählen, die ich nicht sofort mit der mir bekannten Realität, den Personen, die ich kannte oder zu kennen geglaubt hatte, in Verbindung bringen konnte. Andrew sagte kein Wort mehr, auch wenn sie lange Pausen machte. Sie wollte reden, das war *ihr* Text, gerade noch hatte sie verhindern können, dass er ihr weggenommen wurde.

»Ich verstehe«, sagte ich mehrmals und wollte eine Frage stellen, aber Winona hob die Hand, damit ich sie nicht unterbräche. Sie wollte jetzt die Kontrolle über ihre Geschichte haben, endlich, nachdem sie so viele Jahre lang nur eine Figur darin gewesen war. Sie sprach so sachlich wie über Rost in der Kunst.

Ich weiß noch, wie ich die ganze Zeit auf die sich allmähliche leerende Teekanne starrte, in meinem Kopf die Fakten durcheinanderpurzelten. Margot. Ein Kind. Ein chinesischer Vater.

Zwischendurch musste ich aufstehen und auf die Toilette, ich ging wie in Trance und sah mein blasses Gesicht, den zerlaufenen Kajal, der zu Augenringen geworden war, die aufgelösten Flechten im Spiegel. Ohne irgendetwas daran zu richten, wusch ich mir die Hände, und sobald ich wieder am Tisch saß, sprach Winona weiter.

Winona erzählte Folgendes: Margot hatte Wei Xiangjan, so hieß Winonas Vater, in den achtziger Jahren in den USA kennen gelernt. Er gehörte zu jenen Chinesen, die davon profitierten, dass in den siebziger Jahren Deng Xiaoping an die Macht kam und die Gesetze gelockert wurden. Wei Xiangjan verließ mit seiner jungen Frau Mei das Land, um nach Amerika zu gehen, nach Boston. Er meldete sich dort für einen Sprachkurs für Erwachsene an und lieh sich zehntausend Dollar, um sein chinesisches Arztstudium mit den erforderlichen amerikanischen Abschlüssen zu krönen. Er schaffte es durch enormen Fleiß. Wei Xiangjan und seine Frau führten ein typisches Immigrantenleben. Festlandchinesen traf man damals noch selten in den Staaten, und es gelang ihm, durch sein psychologisches Einfühlungsvermögen, gepaart mit im Westen erworbenem Know-how, in den achtziger Jahren, als die Schönheitschirurgie ihren Siegeszug antrat, einen beachtlichen Kundenstamm aufzubauen.

Der wirre Glaube einiger gut situierter amerikanischer Hausfrauen an die Heilkräfte chinesischer Chirurgenhände half dabei. (»Er hatte diese Ausstrahlung«, sagte Winona, »magisch, sie hätten ihn am offenen Herzen operieren lassen.«)

Margot meldete sich auf eine Empfehlung hin bei ihm. Als Jugendliche hatte ein Hund sie in den Oberschenkel gebissen, und eine auffällige Narbe war zurückgeblieben, die sie sich entfernen lassen wollte. Das tat sie dann auch, aber nicht in den USA, sondern später in Deutschland, bei einem Kollegen Wei Xiangjans. Aber Margot und Wei Xiangjan begannen nach dem ersten Gespräch, sich regelmäßig zu treffen.

»Die beiden ließen ihre Liebe nur zögernd zu«, sagte Winona.

Ich konnte mir Margot weder als junge Frau noch als europäische Geliebte vorstellen und schon gar nicht als jemanden, der eine Liebe, und dann auch noch zu einem verheirateten Mann, zuließ, nicht einmal zögernd. Dann fiel mir der ältere Herr ein, den Margot in der Hotelbar getroffen und der sich so abwehrend verhalten hatte: »Ist er älter als sie?«

Andrew sah mich überrascht an.

»Nur, weil das zu ihr passen würde«, ergänzte ich schnell.

»Er ist siebzehn Jahre älter als sie, ja.«

Das konnte hinkommen. Ich überlegte. Er hatte so

schlecht ausgesehen, es war schwer, ihn mit dem charismatischen Mann in Verbindung zu bringen, den Winona mir geschildert hatte. Aber dass Margot Schicksale zerstören konnte, das glaubte ich auf Anhieb.

»Sie taugt so gar nicht zur Zweitfrau …«, sagte ich dann.

»Scht. Die Geschichte fängt erst an.«

Wei Xiangjan und seine Frau hatten sich in Amerika auseinandergelebt. Xiangjan war abends müde und stritt sich oft mit ihr um Kleinigkeiten. Er wollte, dass sie selbstständiger wurde. Sie sollte zum Beispiel unbedingt den Führerschein machen, er bezahlte ihr monatelang Fahrunterricht, aber sie sagte die Prüfungstermine immer wieder ab. Sie war in Boston völlig auf ihn angewiesen, und er brachte es nicht übers Herz, seine Frau zurück nach China zu schicken. Die wusste übrigens inzwischen von Margot.

»Sie tolerierte sie?«

»Was sollte sie anderes machen? Das Ganze ging eine Weile gut, Margot ging auf die Kunsthochschule, Mama – ich nenne Mei Mama – lernte halbherzig Englisch und schrieb Briefe nach China, die enthusiastisch klangen. Sie schilderte, wie es gewesen sein könnte, wenn es gut gelaufen wäre. Das begann ihr richtig Spaß zu machen, als ob sie beim Schreiben vergessen könnte, dass es gar nicht stimmte, was sie da behauptete. Aber dann wurde Margot schwanger …«

»Und?«, fragte ich und traute mich endlich, Tong zu streicheln, der sich sofort auf den Rücken warf und begeistert mit den Beinen ruderte.

»Sie fühlte sich zu jung für ein Kind, und sie wollte schon gar kein uneheliches. Sie sagte zu Papa, sie gehöre zur ersten Generation Frauen, für die es gesellschaftlich akzeptiert sei, wenn sie kein Kind großziehen.«

Diesen Text kannte ich; so ungefähr hatte sie einmal eine Interviewfrage beantwortet. Winona räusperte sich. Tong bellte einmal.

»Ich denke auch, dass sie zu der Zeit schon anstrebte, mal eine große Nummer in der Kunstwelt zu werden, und da hat sie eben Prioritäten gesetzt. Die drei fanden einvernehmlich diese Lösung – Mama war es sogar, die den Vorschlag machte: Sie wollte das Kind mit Xiangjan großziehen, Bedingung war, dass Margot ihre Beziehung zu ihm beendete. Sie wollte Xiangjan halten. Sie wusste inzwischen, dass sie vermutlich selbst keine Kinder haben konnte, und sah darin die Chance, doch noch zu so etwas wie einer normalen Familie zu kommen.«

Sie machte eine Pause und trank einen Schluck Tee. Ihre Stimme klang ruhig, fast gelassen, aber ihre Hand zitterte, als sie die Tasse absetzte.

»Warum meine leibliche Mutter darauf einging, weiß ich nicht. Ich denke fast, sie wollte einfach den ganzen Spuk hinter sich lassen und wieder zurück nach Europa. Papa meinte, Margot habe etwas wiedergutmachen wollen, eine Familie zusammenfügen.«

Ich nickte und dachte dabei: »Nein.«

Winona lachte auf: »Vermutlich hat der Schreck, beinahe zur Vollzeitmutter zu werden, sie sogar angetrieben. Jedenfalls, so war es nun. Mama war überglücklich;

sie hatte eine Aufgabe. Vor Margot hatte sie inzwischen keinerlei Respekt mehr, sie nannte sie die Rabenmutter. Ich wäre nie darauf gekommen, dass Mei nicht meine wirkliche Mutter war. Papa betäubte sich mit Arbeit – zugleich zweifelte er nie daran, dass es genau so richtig war. Er hat Mama geliebt, nur eben – anders. Und mich sowieso.«

Andrew verzog das Gesicht, murmelte etwas von Gleich-Wiederkommen und verschwand.

»Seit wann weißt du, dass Mei nicht deine richtige Mutter ist?«

»Sie sagte es mir schon als kleines Mädchen. Man sah es ja auch. Ich fand mich dadurch nur umso spannender. Ich war fünfzehn, als ich richtig anfing, mich für meine leibliche Mutter zu interessieren. Ich beschloss aber, noch zu warten, bis ich Margot treffen wollte. Dann hatte ich den Unfall.«

»Was war das für ein Unfall?«

»Ich war selber schuld. Ich hatte was getrunken und bin mit meinem nagelneuen Auto – ich hatte es gerade zum Geburtstag bekommen – aus der Kurve geschleudert worden. Zu schnell gefahren. Nach der Disko. Furchtbar, nicht wahr, ein Klischee, wie es im Buch steht. Da war ich siebzehn.«

»Meine Güte.«

Wir schwiegen eine Weile. Andrew kam herein und goss frisches Wasser in die Kanne.

Mein Blick fiel in eine Ecke des Raums, in der ein kleiner Schrein aufgebaut war. Fotos, Blumen, kleine Buddhastatuen. Das Bild einer Frau mit breitem Gesicht, Ponyfrisur und strahlenden Augen. Ich fragte mich, ob es in den USA aufgenommen worden war. Ich konnte den Hintergrund nicht erkennen.

»Woran ist Mei eigentlich gestorben?«, wagte ich vorsichtig zu fragen.

»Oh, sie hatte Magenkrebs.« Sie kicherte, und das Kichern jagte mir einen Schauer über die Haut: »Sie hat das amerikanische Essen dafür verantwortlich gemacht.«

»Und seit du fünfzehn bist, willst du deine richtige Mutter kennen lernen«, kam ich dann wieder auf ihren Bericht zu sprechen. »Du hast das mit Lian aber erst relativ spät eingefädelt.«

Winona nickte. Sie wirkte erschöpft, während ich hellwach war. Es musste vier oder fünf Uhr morgens sein inzwischen.

»Es war jetzt der richtige Zeitpunkt«, sagte sie schlicht.

»Aber – sie *auf diese Weise* herzulocken? Über das Angebot, ein Kunstprojekt mit Lian zu machen? Ist das nicht etwas riskant?«

Abgesehen davon, dachte ich, dass es ein komplizierter Weg ist. Andererseits leuchtete mir das ein. Sie wollte es in Stufen erreichen, ihr Treffen mit Margot. Es in die Länge ziehen, nach so vielen Jahren.

Winona lächelte zum ersten Mal. »Wir haben es so gedreht, dass, kurz nachdem Lian ihr von allem erzählt und Margot Bedenkzeit erbeten hatte, Garage 2 schon wieder einen Rückzieher machte. Lian gab verschwommene Gründe an, weshalb das Projekt sich doch nicht realisieren ließe. Und Margot, die zuerst gezögert hatte, wollte es daraufhin unbedingt.«

Ich musste lachen. Das hörte sich in der Tat nach ihr an. Margot liebte Widerstände.

»Hast du die E-Mails für Lian formuliert?«

Ich stellte mir vor, wie aufregend es für Winona gewesen sein musste, unter falschem Namen mit ihrer Mutter zu korrespondieren.

»Klar.«

Margot, dachte ich, *musste* angenommen haben, ihrer Tochter dort auf einem Casting zu begegnen, und anscheinend hatte sie sie auch treffen wollen. Vermutlich aus Neugierde?

»Sie wird älter. Sie *bereut*«, sagte Winona.

Ich überlegte. »Hat sie deinem Vater irgendwann in den ganzen Jahren geschrieben und gefragt, wie es dir geht? Oder gesagt, dass sie dich sehen will?«

»Phh, Margot doch nicht.«

»Woher weißt du es dann – dass sie bereut, meine ich?«

»Ich weiß es einfach«, sagte sie. »Sie ist meine Mutter.«

»Hm«, machte ich, es war untypisch für die Winona, die ich bisher kennen gelernt hatte, dass sie irrational wurde. Dann fiel mir etwas ein: »Moment mal. Sie weiß gar nicht, dass du – einen Unfall hattest?«

Winona schüttelte den Kopf.

Andrew murmelte etwas von »Essen holen gehen« und verschwand erneut. Keine Ahnung, was er sich davon versprach, mich dauernd mit Winona alleine zu lassen. Ein Gespräch unter Frauen? Oder war ihm seine Rolle in der

Geschichte peinlich? Das wäre allerdings verständlich gewesen.

Ich dachte, dass Margot immerhin keine behinderte Tochter im Stich gelassen hatte. Aber hatte das irgendeine Bedeutung?

»So, nun weiß ich das alles. Was soll ich denn nun mit meinem Wissen anfangen?«

»Sag ihr schöne Grüße, dass du mich kennen gelernt hast, und frag sie, ob wir mal einen Kaffee trinken gehen. Das wäre nett.«

Ich sah sie verblüfft an: »Sonst nichts? Dazu brauchtest du mich so dringend?«

»Ich war auch einfach neugierig. Nun ja, du tauchst in ganz schön vielen Artikeln über Margot auf. Du kennst sie, du bist immer um sie herum ...«

Ich schüttelte den Kopf: »Ich glaub's nicht. Der ganze Aufwand. Wieso habt ihr mich nicht zuerst angerufen und um ein Gespräch gebeten, anstatt diese Tour hierher zu inszenieren? Und auch schon das Treffen bei Linfei! Das ist doch völlig verrückt.«

Winona zuckte die Schultern: »Ich wollte, dass du mich zuerst einfach so kennen lernst. Bei Linfei, da haben wir uns gut unterhalten. Es sollte zufällig sein, es durfte nicht so aussehen, als ob ich gleich etwas von dir wollte. Du solltest mich *mögen.* So, wie ich bin. Umgekehrt wollte ich wissen, mit welchen Leuten Margot sich umgibt. Das klappte, und als Nächstes wollte ich dir das Haus meines Vaters zeigen.«

Sie lächelte zufrieden, als Andrew mit einer Schüssel Chips hereinkam.

»Ich kapiere trotzdem nicht, wieso ihr mich hier zwischenschaltet. Margot und ich haben ein durchaus distanziertes Verhältnis. Absolut kein Mutter-und-Tochter-Ding.«

Ich verschwieg die Tatsache, dass ich mir Margot in so einem Verhältnis auch nur schwer vorstellen konnte. Abgesehen davon, war es kurz vor einem neuen Projekt die idiotischste Zeit dazu; sie pendelte fortwährend in einem Zustand zwischen Egozentrik und Depression; sie war unausstehlich.

Winona zuckte die Schultern und nahm sich ein paar Chips.

»Wieso hast du zuerst deine Behinderung verschwiegen? Was sollte diese Überraschungsnummer eben? Soll das *ehrliches Kennenlernen* sein?«

Winona antwortete barsch: »Ich wollte kein Mitleid. Oder lass es mich so formulieren: Bindest du jedem Interessenten gleich auf die Nase, dass dein linkes Bein ein Stückchen kürzer ist als das rechte?«

Ich fuhr zusammen. Der Unterschied war so minimal, dass ich es manchmal selber vergaß. Ich brauchte auch keine speziellen Schuhe. Dann dachte ich wütend: Das ist ja wohl kein Vergleich. Und merkwürdigerweise war es mir vor Andrew peinlich.

»Ich kenne mich mit dem Gang von Menschen aus. Ich analysiere die Fehler darin. Reine Kompensation«, sagte Winona selbstgefällig. Vermutlich amüsierte sie sich über meine Eitelkeit.

Ich begann ebenfalls, Chips zu essen, und bemerkte bei

der Gelegenheit, wie hungrig ich war. »Habt ihr etwas anderes zu trinken da? Außer Tee?«

Schon wieder wollte Andrew aufstehen, aber sie fuhr ihn an: »Lass mich doch mal.«

Und sie hievte sich auf ihren Rollstuhl, schneller als manche Leute auf die Beine kamen, und fuhr aus dem Zimmer. Tong folgte ihr.

»Aber dann seid ihr eigentlich nicht miteinander verwandt?«, wollte ich wissen, während ich ihr hinterhersah; meine Verwirrung entlud sich in der Verachtung in meiner Stimme. Wieso hatte er sich zu einem dummen Köder gemacht?

»Halbgeschwister – wir sagen das der Einfachheit halber, damit nicht alle uns dauernd für ein Paar halten. Mei hat mich auf die Bitte ihrer älteren Schwester aufgenommen, damit ich eine gute Schule in Amerika besuchen konnte, und die Universität.«

Winona rollte mit zwei großzügig gefüllten Gläsern heran: »Es ist leider nur Whiskey da, aber wirklich guter, magst du?«

Tong setzte sich wieder unter den Tisch.

Ich fragte gar nicht erst, was für ein Whiskey das war, sondern nahm ihr einfach ein Glas ab. Sie rollte wieder raus, ich nahm an, dass sie ihr eigenes Glas holte.

Zu Andrew sagte ich: »Ich würde dann gleich auf der Couch schlafen. Oder habt ihr ein Gästezimmer?«

Er suchte meinen Blick, aber ich beachtete ihn nicht weiter.

»Das ist mehr eine Kammer. Die Couch ist bequemer.«

Er stockt: »Es tut mir leid, dass es so gelaufen ist.«

»Was meinst du?« Ich sah ihn mit großen Augen an.

»Ach, komm, das weißt du genau.«

»Nein, ich habe keine Ahnung, und mir wäre es lieber, wir beließen es dabei. Ich habe für heute Nacht genug Neuigkeiten erfahren.«

»In Ordnung. Aber du musst verstehen, dass ich an Winona hänge. Sie hatte es schwer, und nun hat sie diese Sache so geplant – über Umwege wollte sie sich ihrer Mutter nähern. Es ist ihr wichtig. Es ist zu einer Art Obsession geworden. Das hat nichts damit zu tun, dass ich selbst dich nicht gern hierher eingeladen hätte.«

Ich nickte kühl.

Das Gespräch versandete. Ich nahm an, dass wir auf Winona warteten. In meinem Kopf arbeitete die Geschichte.

»Wann genau ist Winona geboren?«

»Im Juni 1984«, sagte er. »Margot und Xiangjan lernten sich knapp zwei Jahre vorher kennen.«

»Hör mal, ich bin mir nicht sicher, ob das gut ist – dieses Treffen, die Versöhnung oder was immer sie sich vorstellt«, sagte ich. »Weißt du, Margot könnte eine ziemliche Enttäuschung für sie sein.«

»Eine größere, als sie bisher war?«

Ich überlegte: »Womöglich ja.«

»Du unterschätzt Winona. Natürlich hat sie es schwer. Aber sie hat, zumindest untergründig, die Gabe zum Glück«, sagte er.

»Trotz des Unfalls, willst du das damit sagen?«

»Nein, ich meine es viel allgemeiner. Unglücklich sein

kann jeder. Die meisten Menschen fühlen sich sicherer, wenn sie Schwierigkeiten oder Probleme haben. Die einen brauchen das als Antrieb, die anderen als Rechtfertigung. Glücklichsein dagegen ist unbequem, unanständig.«

Er nahm sein Glas, nippte, lächelte.

»Glücklich, wer ist schon glücklich? Man könnte ja so leicht für einen Idioten gehalten werden. Und es stimmt ja auch, nur wenige sind nicht aus Dummheit oder im Suff glücklich, sondern vom Kopf her. Dazu braucht man nicht den Verstand, dafür braucht man auch Talent, um zu erkennen, was für ein wunderbares und im Grunde zufälliges Geschenk das Leben ist. Jedes Leben, auch das des allerletzten Penners. Und der schlimm Behinderten. So ungefähr sieht sie es.«

Das Licht der Lampen ließ den Inhalt seines Glases golden schimmern; seine Stimme war rau vor Müdigkeit.

»Das ist eine reife Auffassung.«

Die junge Frau, die ich eben kennen gelernt hatte, die so verkrampft festhielt an ihrem Plan, die sich hinter ihren vielen Vorträgen und der aufgesetzten Schlauheit versteckte, war mir allerdings weniger reif vorgekommen als vielmehr vernachlässigt, übersensibel und überintelligent. Apropos – wo war sie eigentlich?

Mir dämmerte, dass Winona längst schlafen gegangen war; es sah ihr ähnlich: *Don't explain, don't excuse*, genau wie Margot.

Andrew stand auf, um die Whiskeyflasche zu holen. Ich war unschlüssig. Einerseits herrschte jetzt, wo Winona weg war, eine angenehmere Spannung zwischen uns, und nichts fiel mir leichter, als mir einzubilden, Andrew hätte mich aus freien Stücken eingeladen, wir hätten uns die ganze Zeit über unsere Arbeit, die Hobbys, Shanghai und Frankfurt, Boston und Berlin unterhalten, Winona gäbe es nicht, und der Name Margot wäre auch nicht gefallen; wir hätten uns einfach so in einer Ausstellung, einer Bar, unter Freunden, kennen gelernt und wären miteinander hierher gekommen, ohne Erklärungen und Anschuldigungen, einfach um Zeit miteinander zu verbringen, eine gegenseitige, völlig natürliche Neugier zu stillen.

Und andererseits widerte es mich an. *Ich* widerte mich an.

»Willst du noch?«

Ich schüttelte den Kopf, aber ich zögerte es hinaus, gute Nacht zu sagen. Ich dachte an Christopher. Im Geiste war unsere Trennung nicht vollzogen. Sie war mir abstrakt bewusst, aber nichts, was ich fühlte. Andrew bemerkte, dass ich abwesend war, und verhielt sich abwartend. Ließ mich in Ruhe und sah in den Garten hinaus.

Wenn ich an meine vorigen One-Night-Stands dachte, sah ich eine Parade verschwommener Gesichter, Körper, Städte. Nie kam mir meine Liebe zu Christopher tiefer und echter vor, als kurz bevor ich einen anderen küsste. Christophers Existenz, seine Zugehörigkeit zu mir, war der sichere Schutz – für alles. Ich sah Andrew von der Seite an, stellte mir vor, wie ich mich ihm zuwandte. Er würde beginnen, mich zu küssen, drängend, und dann – nein.

Es war unmöglich. Dieser Betrug wäre niemals wie alle bisherigen Affären, Flirts und One-Night-Stands, weil mir ohne Christopher der gesamte Grund und Boden fehlte, der die Geschichte zur Marginalie machte, zum Spiel. Wenn ich mich darauf einließe, würde ich ohne Netz balancieren.

Ich hustete ausführlich, dann fragte ich: »Wie ist es, sammelst du in deiner Wohnung moderne Kunst? Besitzt du ein Foto von deinem Freund Zhichao oder andere Objekte?«

Andrew verstand, dass meine Entscheidung gefallen war, und er reagierte ziemlich souverän: »Sowohl als auch. Ich habe über Zhichao auch verschiedene andere Künstler kennen gelernt, von denen mir einige gefallen. So seltsam es klingt, man kann es fast eine kleine Sammlung nennen.« Auf einmal klang seine Stimme aggressiv. Oder täuschte ich mich? Ich murmelte: »Kunstwerke sind Resonanzräume für die Seele.«

Er wiederholte eine Spur zu laut: »Seele!«

»Hast du was gegen das Wort?«

»Nein, ich dachte nur, Winona sagte, es käme so oft auf der Homepage von Margot vor. Die schreibst doch vermutlich du? Ist es dein Lieblingswort oder Margots?«

Ja, ich hatte mich nicht getäuscht, er war wirklich wütend. Auf sich oder mich? Womöglich war er doch tiefer enttäuscht, als ich geglaubt hatte. Gefiel mir das? Hatte es überhaupt noch eine Bedeutung?

»Keine Ahnung«, sagte ich.

Ich drehte in dem Moment meinen Kopf zur schwarzen Fensterfront und sah, dass sie sich in einen Spiegel verwandelt hatte, die Laternen draußen waren ausgegangen und auf dem glatten schwarzen Glas sah man den Widerschein der Festbeleuchtung innen, das Sofa und zwei Körper, nebeneinander und anscheinend miteinander vertraut. Es war ein leicht verschwommenes Bild, unmöglich zu erkennen, ob es sich um eine Freundschaft handelte oder ein altes Ehepaar, man konnte nicht sagen, was der Grund für unser Wachbleiben war, ob wir das Zusammensein genossen oder einfach niemand als Erster wagte, gute Nacht zu sagen. Spiegel waren nicht ehrlich und nicht eindeutig, im Gegenteil.

Ich räusperte mich: »Ich würde mich gern noch mal hinlegen für ein, zwei Stunden. Meinst du, das ist okay?«

»Sicher.« Andrew begann, die Rückenteile des Sofas abzubauen. »Ich fahre dich morgen zurück. Ich hole dir eine Decke.«

»Kannst du mir auch ein T-Shirt leihen?«

»Klar. Ich bin gleich wieder da.«

Ich nahm noch einen letzten Schluck Whiskey und einen Schluck Wasser, dann rollte ich mich auf dem Sofa ein, um auf ihn zu warten.

Ich musste kurz eingeschlafen sein, denn als ich aufwachte, lag ich bereits mit einer dünnen Decke da; mein Kopf war auf ein Kissen gebettet worden, und dort, wo mein leeres Whiskeyglas gewesen war, stand jetzt eine Flasche Wasser. Neben mir schnarchte es sanft: Der Hund lag zusammengerollt auf dem Boden vor dem Sofa. Seine Pfoten zuckten im Traum. Ich musste lächeln. Neben ihm lagen ein zusammengefaltetes T-Shirt, eine beige Leinenhose und Unterwäsche. Ich schälte mich aus dem zerknitterten Partykleid und zog die Sachen über. Ob sie Winona gehörten? Ich stand auf und ging barfuß zur Vitrine mit den Teeschalen.

Diese herrlichen Porzellanstücke – ich war mir sicher, dass ich mich hier vor einer Sammlung großen Werts befand. Ich betrachtete die zarten Ränder, die filigranen Vögel und blühenden Büsche auf den Schalen, ging weiter, vorbei an verschieden geformten Steinen. Es war erbärmlich, wie wenig ich mich mit Porzellan auskannte.

Lange Zeit hatte ich geglaubt, Sammeln hätte nur etwas damit zu tun, ob man Geld hatte; wie viele andere Menschen hatte ich die Leistung von Sammlern gering geschätzt, hatte geglaubt, ein Sammler tue selbst eigentlich nichts, bewerte und beurteile bloß nach irgendwelchen modischen oder auch verrückten oder anlagetechnischen Gesichtspunkten. Erst vor wenigen Jahren, als eine Bekannte von mir, Ydessa, ihre erste Ausstellung machte, in der sie Teile ihres Besitzes zeigte, *Partners*, hatten sich mir die Augen geöffnet. *Partners* war der Moment, in dem ich verstanden hatte, worum es ging; ich begann, Sammler ernst zu nehmen und ihr Tun zu bewundern. Ydessa hatte zwei Räume mit über 3000 Fotografien von Kindern und ihren Teddybären dekoriert. Irgendwo mittendrin waren zwei Fotos von ihr als kleines Mädchen, einer polnischen Jüdin, deren Eltern im Warschauer Ghetto umgekommen waren und die mehrmals im Leben durch Schicksalsschläge ihren gesamten Besitz verloren hatte. Sammeln hatte immer etwas mit Verlust zu tun. Magische, fetischisierte Objekte, Dinge die wir lieben, dienten als Schutzwall gegen das Gefühl der Verwundbarkeit. Indem sie sie erwerben, besitzen und über sie verfügen, geben die Sammler sich der Illusion der Kontrolle über das, von dem wir meist zu Recht befürchten, dass es sich ihrer Kontrolle entzieht. Wirkliche Sammlungen orientieren sich an komplexen privaten Systemen. Es gibt ein unsichtbares Zentrum, um das die Existenz des wahren Sammlers kreist.

Ich öffnete vorsichtig eine Glastür der Vitrine und nahm eine Gebäckschale heraus. Wie dick meine Finger wirkten, wenn ich sie hielt! Wer war dieser Mann, Margots Geliebter, Winonas Vater, Andrews Ziehvater – was war er für ein Mensch? Ich dachte immerzu an den Alten, den ich nachts mit Margot in der Hotelbar gesehen hatte.

Ich sah auf die Schale. In stunden-, vermutlich tagelanger Arbeit hatte eine Hand vor Jahrhunderten eine dunkle Landschaft darauf gemalt, in Braun und Grau und Violett, eigentlich zu düster, um als Dekoration für eine Teegesellschaft herzuhalten – es sei denn eine höchst melancholische Teezeremonie. Aber gerade das machte dieses Stück so ansprechend. Walter Benjamin hatte einmal gesagt, es sei nicht so, dass die Dinge für den Sammler lebendig wären – vielmehr *wohne* er in ihnen. Für den Sammler wird der Besitz zur Behausung des Ich, zum privaten Universum, dessen alleiniger Herrscher er ist. Dies war eine finstere Behausung.

Als ich nach einer ganzen Weile wieder zurückging zur Couch und mich noch einmal hinlegte, war ich mir sicher, dass dieser Wei Xiangjan ein phantastischer, sensibler Mensch war und es ein Fehler von Margot gewesen sein musste, ihn zu verlassen.

Als ich aufwachte, war es strahlend hell, und ich hatte eine atemberaubende Sicht auf den Garten hinter der Glaswand. Ich lauschte, aber im Haus war kein Geräusch zu hören, also stand ich auf, zog die Hose über, strich das T-Shirt glatt und schob die Tür auf. In der Mittagshitze wirkte die Landschaft betäubt. Der Westsee war weiter weg, als ich geglaubt hatte. Genau genommen, war dies kein Grundstück »am« See, auch wenn man ihn sehen konnte. Davor breitete sich ein wunderbares Gelände aus, mit Wegen, Bänken, hohen Kiefern, Wacholder und einer eigenen kleinen Wasserfläche, einem Teich, dessen Ufer felsig gestaltet war. Die Luft flirrte, sobald ich den Blick auf eine Stelle fixierte.

Ich spazierte unter dem dichten, gelbgrünen Laub junger Bäume vorbei, an Weiden mit korkenzieherartig verdrehten Ästen, deren kurze, an den Rändern knorpelige Blätter ich leicht mit den Fingern berührte. Die Hitze und die Erinnerung an die Stadt bewirkten, dass mir alles hyperreal vorkam, unecht, als wäre ich in eine Matrix gelaufen. Die Kiefern brachten Standfestigkeit in den Garten, zäh standen sie in der Glut, immergrün und aromatisch duftend, mit langen, gebündelt geordneten Nadeln. Ich erkannte Chrysanthemen und Kamelien. Aber viele Zierpflanzen, etwa jene mit den großen, üppigen Blüten an einem kurzem Stiel, die aussahen, als ob sie zu schwer wären für die Zweige, an denen sie hingen, hatte ich noch nie zuvor gesehen.

Am Teich blieb ich stehen, kniete mich hin, um die Fingerspitzen in das grüne, vielleicht kühle Wasser zu versenken, aber es schnappten Goldfische mit ihren Mäulern an der Oberfläche herum. Es waren dicke, weißlich-orangefarbene, seltsam amorph wirkende Fische; ich ekelte mich vor ihnen. Ich stellte mir die Konsistenz ihres Fleisches vor, dehnbar, aber fest, wenn ich die Haut antippen würde.

In der Hitze roch der Tümpel faulig. Hinter mir gab es ein leises Geräusch, aber ich drehte mich nicht um; ich wusste, wer es war. Der Teich war so angelegt, dass ein Bambusfeld ein Stück verdeckte, die schlanken, holzigen Halme bildeten eng und verworren, wie sie standen, ein Dickicht. Ich betrachtete mein Spiegelbild, eine gruselige Fratze, die immer wieder an einzelnen Stellen von den dicken Fisch-Hybriden zerstört wurde und sich neu bildete, sobald das Wasser an der Stelle wieder klar geworden war. So lange sah ich zerfressen aus, böse.

»Scheußlich was?«, hörte ich hinter mir eine Stimme. »Aber Fische sind hier unverzichtbar für Gartengestalter – genauso wie die Wasserfläche selbst. Sie ist ein Zeichen, dieser Spiegel des Himmels, als ein sichtbar gewordenes Herniedersteigen des Himmels zu den Menschen …«

»Guten Morgen, Winona.«

Ich kam aus der knienden Position hoch und klopfte mir etwas Gras von der Hose.

Sie sah frisch aus in ihren weiten, weißen Leinensachen.

»Hast du gut geschlafen?«, wollte sie wissen. Ich sah ihr in die Augen, aber da war nichts Zweideutiges.

»Ja, ich habe wirklich gut geschlafen. Obwohl es so kurz war. Ich bin wieder völlig fit.«

Sie lächelte: »Mein Vater würde jetzt sagen, das liegt an der guten Ausrichtung des Hauses.« Sie deutete nacheinander in verschiedene Himmelsrichtungen: »Am günstigsten ist es, einen Berg im Norden des Hauses zu haben und von der Südterrasse aus Ausblick zu einem Fluss oder See. Ist kein Berg vorhanden, der die schädlichen nördlichen Einflüsse abwehrt, so braucht man einen künstlichen Ersatz, zum Beispiel, indem man einen Felsstein hinsetzt oder schnell wachsende Bäume anpflanzt. Es ist wichtig, im Einklang, in Harmonie mit dem Kosmos zu sein – und so seltsam es klingt, auch die riesigen Wolkenkratzer werden von Feng-Shui-Meistern begutachtet. Das Qi, die Energie, muss fließen.«

Ich betrachtete sie von der Seite; ihre Augen leuchteten. So, wie Winona die Welt sah, mit all ihrem Wissen, wurde sie nuancenreicher, farbiger – und paradoxerweise auch geheimnisvoller, weil all ihre Erklärungen weitere Fragen nach sich zogen und auf neue Rätsel aufmerksam machten. Ich begriff nun, was Andrew gemeint hatte, als er ihr die »Fähigkeit zum Glück« zugesprochen hatte.

Wir bewegten uns zu dem kleinen Pavillon auf dem Hügel, in dem gerade mal zwei Leute Platz hatten. Von dort hatte man eine sagenhafte Sicht auf den Westsee. Ich dachte an das Märchen von seiner Entstehung, das ich am

Vorabend gehört hatte. Es schien mir unendlich lange her zu sein.

»Direkt am Ufer sind Privatgrundstücke verboten«, sagte Winona.

»Es fühlt sich an, als liefe man in einem Gemälde umher.«

Ich sah wie sie ins Weite. Dann blickte ich kurz auf die Uhr.

»Andrew fährt mich gleich zurück, und ich werde dann Margot ansprechen wegen eures Treffens.«

Winona war plötzlich verlegen. Sie rollte einen halben Meter auf mich zu.

Sie ist so jung, dachte ich. Und war ihr Wesen wirklich schon ähnlich wie Margots? Die war stark, während es mir bei Winona seit dem vorigen Abend so vorkam, als spielte sie Unverletzlichkeit nur einem ausgewählten Publikum vor. Ich sah zurück auf den See. Er wirkte unendlich, verschwamm mit dem Himmel.

»Es ist so unwirklich schön hier.«

»Du musst einmal für längere Zeit hier bleiben. Ein paar Tage.«

Auf halbem Weg zurück zum Haus trafen wir auf Tong, der schwanzwedelnd durch das Gras pflügte.

Die Rückfahrt mit Andrew verlief praktisch schweigend, weil ich sagte, ich sei sehr müde und wolle versuchen, noch eine Weile zu schlafen. Zum Abschied bedankte ich mich für den Ausflug und sagte, ich werde von mir hören lassen, sobald ich mit Margot gesprochen hätte. Andrew gab mir eine Visitenkarte: »Melde dich unabhängig von dieser Geschichte bei mir«, sagte er, worauf ich nichts erwiderte. Zum Schluss umarmten wir uns kameradschaftlich – wie es Menschen tun, die ein Geheimnis teilen. Die Anziehung zwischen uns war nicht mehr so stark spürbar. Möglich, dachte ich, dass sie wiederkommt.

Sechstes Kapitel

Ich kam an jenem Tag gegen vier Uhr nachmittags ins Hotel zurück und versuchte sofort, Margot zu erreichen, aber sie war ausgegangen, wie man mir an der Rezeption mitteilte. Also hinterließ ich ihr eine Nachricht auf dem Handy, mit der Bitte, zurückzurufen, und traf mich mit Anna, um ihr brühwarm die ganze Geschichte zu erzählen.

»Ich fasse es nicht«, sagte sie immer wieder, und dann setzten wir uns beide ins Foyer, um auf unsere Chefin zu warten – die aber nicht auftauchte. Nach einer knappen Stunde hatte Anna es satt und bedrängte mich, mit ihr in die Pekingoper zu gehen, und so kam es, dass ich kurz darauf zwischen gebannt dreinblickenden, aufmerksam lauschenden Chinesen auf hölzernen Klappsitzen in der siebzehnten Reihe des Theaters an der Fuzhou Lu saß und mir die chinesische Version von *Hamlet* ansah, den *Prinzen Zinji*. An die weiten Ärmel der Kostüme waren noch zusätzliche weiße Stoffstücke geheftet. »Das nennt sich *Wasserärmel*«; flüsterte Anna mir zu, »ist es nicht eine komische Idee, Gefühle und die Handlung ausgerechnet durch *Ärmel* auszudrücken?« Ich weiß noch, dass ich, während wir den überkippenden, hohen Stimmen lauschten und die elastischen Sprünge der Darsteller in den pfauenfedergeschmückten Helmen und den prachtvollen Kostümen bewunderten, dachte, dass die Sache zwischen Margot und Winona, die ich gerade miterlebte, mindestens ebenso spannend war. Und später war ich es, die Wonge dazu anregte, das Video von Winonas Sturz oder Fall oder wie immer man es nennen mochte, mit den schrillen Tönen aus dieser Oper zu unterlegen.

Als Anna und ich zurück ins Hotel kamen, war Margot immer noch nicht da, und während Anna sich noch mit Wonge zu einem Abendessen verabredete, beschloss ich, früh schlafen zu gehen.

Als ich schon im Bett lag, fiel mein Blick auf das zerknitterte Tam-Kleid, das ich achtlos auf einen Stuhl geworfen hatte, und ich musste an die vergangene Nacht denken und daran, wie leicht meine Erregung in sich zusammengefallen war – eine falsche Erregung, die vor allem von dem Umstand genährt wurde, dass ich allein war auf einem fremden Kontinent und alles so aussah wie ein Neuanfang. Wie rasch war dafür die Scham gekommen, und ich hatte auf eine wuchtige, hinterhältige, niederschmetternde und mich verändernde Weise empfunden, dass ich allein war. Ja, wirklich, ich schämte mich dafür, dass ich für dieses kindische Spiel unserer Beziehung immer wieder Schrammen, Narben zugefügt hatte. Und trotzdem, so dumm und gemein es auch war – ein Teil von mir bedauerte, etwas verpasst zu haben. Andrews Visitenkarte hatte ich nicht weggeworfen, sondern auf meinen Schreibtisch gelegt. Ich stand noch einmal auf, nahm das Kleid und warf es im Badezimmer ins Waschbecken. Es war besser, es nicht zu sehen. Die Entscheidung war noch nicht gefallen. Kam es jetzt eigentlich darauf an? Für wen entsagte ich einem sicheren Vergnügen? Christopher hatte mich verlassen.

Am nächsten Morgen klingelte um sieben Uhr früh das Zimmertelefon.

»Ich habe gestern Abend *stundenlang* überlegt«, sagte Margot gebieterisch. »Meine Liebe, ich muss dringend mit dir sprechen.«

»Das trifft sich gut«, erklärte ich und rieb mir die Augen, ich war noch todmüde, »das muss ich auch.«

»In einer halben Stunde am Bund, Höhe der Fußgängerunterführung, okay? Wir machen einen Spaziergang.« Und sie hatte aufgelegt.

Die Luft war schwüler, als ich es je zuvor um diese frühe Uhrzeit erlebt hatte, und die Vorahnung des Unwetters, das in der Nacht nicht gekommen war, hing über den apokalyptisch dunklen Straßen. Am Bund, der Flusspromenade am Huangpu, herrschte dennoch reger Verkehr. Touristen, Einheimische und sogar ein paar unverbesserliche Jogger bevölkerten die breite, graue Fußgängerzone mit ihren seltsam antiquierten Straßenlaternen und der Grünanlage zur sechsspurigen Straße hin, an der prächtige Kolonialbauten von vergangenen großen Zeiten kündeten. Auf der anderen Seite, zum Fluss hin, gab es eine Balustrade, an die gelehnt man auf das Wasser und hinüber nach Pudong sehen konnte.

Ich hatte mir mehrere Versionen zurechtgelegt, wie ich

Margot von meinem Besuch am Westsee erzählen könnte, und mich dann für eine Kurzfassung entschieden, die möglichst überspielte, dass ich eigentlich mitgefahren war, um mich auf ein Abenteuer mit Andrew einzulassen. Als Margot dann auftauchte – in einem gelben, mit Reihern bestickten Seidenkleid und mit flachen Ballerinas –, kam ich aber erst einmal gar nicht zu Wort.

»Pass auf, meine Liebe. Es gibt ein Problem«, begann sie und eilte so rasch voran, dass ich kaum mitkam. Während sie sprach, kaute sie nervös auf einem Kaugummi herum, was ihren Sätzen einen militärisches Stakkato verlieh: »Ich komme gedanklich nicht voran. Mir fehlt etwas Entscheidendes für diese Performance, etwas, ohne das es einfach nicht funktionieren wird. Es wird eine Farce sonst, eine Wiederholung von Sachen, die ich schon gemacht habe. Es wäre meine künstlerische Bankrotterklärung.«

»Oh.« Ich zögerte. Lag ihre Frustration nicht vielmehr daran, dass sie ihre Tochter nicht fand? Würde sich ihre Gemütsverfassung ändern, wenn ich ihr gleich erzählte, was ich wusste? Aber sie sprach nur von der Arbeit.

»Was hältst du davon, dass wir länger bleiben. Wir verschieben die Performance. Um, sagen wir, sechs Wochen?«

»Sechs Wochen? Himmel!«, rief ich.

»Warum? Könntest du sechs Wochen länger in Shanghai bleiben, meine Liebe?«

Sie blieb abrupt stehen, spuckte den Kaugummi aus: »Ich habe mit Lian gesprochen. Sie könnte uns zwei übereinanderliegende Wohnungen in der Französischen Konzession mieten für die Zeit. Du hast praktisch einen Monat bezahlten Urlaub, weil ja fast alles organisiert ist, Lian kümmert sich um das Verschieben. Überfalle ich dich sehr?«

Ich war verwirrt – gab es eine Verbindung zwischen dem, was ich schon wusste, und dieser Verschiebung?

»Ich habe eben gerade kurz mit Lian und Anna telefoniert. Fühle dich nicht hintergangen. Für Lian ist alles in Ordnung. Und Anna würde die Zeit gerne nutzen, um auch noch nach Beijing und Nanking und wasweißich wohin zu fahren. Südchina? Ich hab's vergessen. Wonge muss heim, wegen einer Familiensache.«

Sie sprach schnell, bombardierte mich mit Neuigkeiten. Ich wusste nichts zu sagen. Sie eilte wieder weiter, ich spurtete nebenher.

»Was du jedoch auch tun könntest, meine Liebe, wäre zurückfliegen und wieder herkommen. Fragt sich nur, ob das nicht noch mehr Stress bedeutet.«

»Mensch Margot, zerbrich dir nicht den Kopf über mich!«

Ich schwieg einen Moment lang ärgerlich, aber dann siegte meine Neugier: »Was sind das für Wohnungen?«

»Lass dich überraschen!«

»Ich bin schon überrascht«, sagte ich und suchte in meinem Gedächtnis nach meinen zurechtgelegten Sätzen von vorhin.

»Und da ist noch etwas«, fuhr sie fort und blieb wieder stehen, diesmal, um den Gürtel ihres Kleides neu zu binden. »Ich habe in den Vereinigten Staaten studiert.«

»In New York und Boston«, bestätigte ich, inzwischen komplett verwirrt. Konnte es sein, dass sie von sich aus auf die Geschichte zu sprechen kommen wollte? Es sah tatsächlich so aus, und während sie sprach, bestätigte sich mein Verdacht.

Sie setzte sich wieder in Trab, schien nur noch ein letztes Mal zu zögern, ob sie mit ihrer Geschichte herausrücken sollte, gab sich dann aber einen Ruck: »Ich hatte dort einen Freund. Er war, ist, Chinese, und wir haben eine kleine Tochter.«

Sie sah mich jetzt aufmerksam an, mit ihren hellen, schönen Augen. Ich war geschmeichelt, sehr geschmeichelt, ihre Mitwisserin zu werden, und abrupt wurde mir wieder klar, wie viel sie mir bedeutete.

»Ich weiß«, sagte ich. »Winona. So klein ist sie gar nicht mehr.«

Weil Margot mich anstarrte, ergänzte ich: »Ich hab sie gestern Abend besucht.«

Margot gab einen Quietscher von sich. Sie hätte nicht überraschter sein können, wenn ich soeben über das Geländer gesprungen und eine Runde im Huangpu geschwommen wäre. Sie sah sich um, vermutlich wollte sie sich hinsetzen, aber es gab hier nirgends Bänke. Also lehnte sie sich an die Brüstung zum Fluss.

Ich wiederholte langsam: »Ich komme gerade von ihr. Sie ist sehr nett.«

Sie schüttelte ungläubig den Kopf: »Wie bitte?«

Ich erklärte alles, und weil sie den Kopf schüttelte, erklärte ich alles noch einmal.

»Sie war wohl zu schüchtern, um sich gleich direkt bei dir zu melden. Ich soll dich fragen, ob du einen Kaffee mit ihr trinken gehen willst.«

»Was?«

»Einen Kaffee, sie möchte wohl mit dir …«

Sie fegte meinen Satz mit großer Geste weg: »Ich habe das schon verstanden. Aber, Luisa, meine Güte, wie ist sie?«

»Nett. Klug. Sehr hübsch.«

Das befriedigte sie nicht.

»Sie hat auch einen sehr netten Hund. Margot, ich …«

Mir wurde langsam schlecht in der schwülen Luft, und ich wollte sie bitten, dass wir wieder zurückgingen. Es war nur schwer, zu ihr durchzudringen.

»Ach! Was für einen Hund denn?«

»Chinese Foo heißt die Rasse. Ein chinesischer Glückshund. Er sieht aus wie ein großes, sehr gepflegtes Schaf.«

Aber sie sah schon wieder ungeduldig aus, klar, Margot interessierte sich keinen Deut für Hunde. »Und was macht sie?«

»Sie ist Kunsthistorikerin. Margot, ich …« Inzwischen brach mir kalter Schweiß aus, kein gutes Zeichen. Ich hatte auch in dieser Nacht zu wenig geschlafen.

»Kunsthistorikerin?«

Sie sah mich an, als hätte ich gesagt, dass Winona ihr Geld damit verdiente, dass sie Maultrommel spielend am Äquatorrand entlangzog.

»Wirklich? Mein Gott! Wo hat sie studiert? In Amerika? Und hat sie schwarze Haare? Sieht sie mir ähnlich?

Wie ist ihre Stimme? Ist sie eher laut oder eher leise, als Person? Wirkt sie glücklich?«

Ich versuchte, ihr die Fragen nach bestem Wissen zu beantworten, aber Margot sah nach jeder Antwort verstörter aus, und langsam schien ihr Interesse zu versiegen. Es war ihr vollkommen gleichgültig, wie wunderschön das Haus am Westsee war.

Längst waren wir mitten auf der Uferpromenade stehen geblieben, wir waren ziemlich weit weg vom Hotel. Der Himmel war verhangen, und es war düster; es sah alles nach einem reinigenden Gewitter aus, mir war es recht. Wenn es nur bald käme.

Sie betrachtete mich mit zusammengekniffenen Augen, als ob sie doch noch versuchte, mir einen Teil der Schuld daran zuzuschieben, dass die Ereignisse nicht so abliefen, wie sie sich das vorgestellt hatte. Ich dachte wieder, wie froh ich doch war, dass sie von sich aus mit mir hatte reden wollen. Dass sie, in ihrer Not, dieses gigantische Geheimnis hatte teilen wollen. Und auf einmal dachte ich auch, dass es schön wäre, wenn wir zwei übereinanderliegende Apartments hätten; dadurch würden wir weniger wie Angestellte und Chefin sein, sondern eher wie zwei Frauen, die sich gemeinsam in einer aufregenden Stadt einquartiert hatten.

»Als ich diesen Brief von Lian bekam, dachte ich gleich, es müsste etwas mit ihr zu tun haben. Ich glaubte nur, dass sie …«

»Du glaubtest, du würdest deine Tochter hier bei dem Casting erkennen«, resümierte ich.

Tat sie mir leid, dass sie das jetzt alles so verkraften musste? Nein, eigentlich nicht. Bei all ihrer Verwirrung war es doch Winona, die den schwierigeren Part des Geschehens meistern musste.

Sie durchsuchte ihre Handtasche nach neuen Kaugummis und wurde fündig. Die Malmerei ging wieder los. Ich wiederholte, dass ich jetzt dringend, sehr dringend in die Nähe einer Klimaanlage müsste. Ich sah über den Fluss nach Pudong. Die Skyline war durch den Smog nur bruchstückhaft zu erkennen, und ich nahm eine diffuse Bedrohung wahr. Aber der Regen kam und kam nicht. Mir reichte es langsam. Ich hätte mich gerne im kühlen Zimmer unter mein dünnes Bettlaken verkrochen und auf das Gewitter gewartet.

»Natürlich«, sagte Margot erschrocken, »du bist ja ganz weiß im Gesicht.«

So viel Fürsorge war ich gar nicht gewohnt, und ich spürte ein schwaches Glühen jener Leidenschaft, die ich als Doktorandin für sie empfunden und die sich irgendwo zwischen Frankfurt und Paris oder Sydney und London abgeschwächt hatte. Margot war, das konnte man drehen und wenden, wie man wollte, und ich wusste es bei aller Verehrung für ihr Werk, ihre Stilsicherheit und ihren Witz – sie war vor allem eine Frau, die gnadenlos ihre eigenen Interessen verfolgte.

Wir waren gerade ein paar Meter gegangen, da verfinsterte sich der Himmel noch mehr. Es donnerte, als ob mehrere Wolkenkratzer in sich zusammenstürzten, und es begann zu schütten. Die dicken Tropfen durchnässten uns bis auf die Haut, ehe wir überhaupt nach einem Unterstand Ausschau halten konnten. Um uns herum brach Hektik aus, alle verließen die Promenade in Richtung der Häuser, um erst einmal bei den luxuriösen Eingängen der Edelboutiquen Schutz zu suchen. Als ob sie mit dem Wasser von den Wolken heruntergefallen wären, tauchten plötzlich überall Händler auf, die Regenschirme anboten.

Auf der sechsspurigen Straße trieb in kurzer Zeit das Wasser, die Autos fuhren langsam und schalteten die Lichter ein. Wo die Straße uneben war, standen zentimeterhohe Pfützen. Mein Rock und meine Bluse klebten am Körper, traurig sah ich meine Beine hinunter zu den ruinierten Sandalen.

»Es fühlt sich an wie das Ende aller Tage«, sagte meine Chefin zufrieden, die meinem Blick gefolgt war.

»Nur ist es vermutlich wärmer«, erwiderte ich.

»Da drüben, das Schild, siehst du: ein Coffee Shop! Also los.«

Und ehe ich mich versah, war sie losgesprintet und rannte voraus zur Kreuzung, auf der die Autos weder voran noch zurückkamen.

In dem Café herrschte Trubel und eine ausgelassene Stimmung wie auf einer überfüllten Arche. Die Leute erzählten einander ihre abenteuerlichen Erlebnisse während des Regens oder brüllten in ihre Handys. Margot und ich fanden zwei freie Polstersessel, und kaum saßen wir, breiteten sich auf den Sitzflächen große, nasse Flecken aus.

Es war ein Selbstbedienungsladen, also stand ich auf, um uns Kaffee zu holen. Als ich mit den Bechern zurückkam, beäugte Margot sich gerade ausführlich in einem Taschenspiegel.

»Warst du eigentlich schon früher einmal in China?«, fragte ich Margot.

Sie packte seufzend den Spiegel weg.

»Ja, vor einer Ewigkeit. Drei Wochen, in Peking.«

Sie nahm einen Schluck Kaffee. Ich schaute nach draußen auf die Straße, wo zwei Kosmetikerinnen in weißen Kitteln versuchten, für eine Kundin ein Taxi zu finden, doch die Wagen, die da standen, waren bereits besetzt. Der Wind war stärker geworden. Frauen mit über den Kopf gezogenen Plastiktüten hasteten vorbei, ich sah Schirme, die von Regenböen zur Seite weggeschlagen wurden; auf dem überschwemmten Pflaster trieb ein rosa Sonnenhut. Eine durchnässte junge Frau zog noch einen Ständer mit durchweichten Zeitungen zurück in den Laden.

»Und? Was hast du dort gemacht?«

»Wir haben seine riesige Familie besucht. Ich kam mir vor wie ein Zirkuspferd. Weißt du, das China Anfang der achtziger Jahre und heute, das kannst du gar nicht vergleichen. An sich war es gut. Das ganze Land befand sich in Aufbruchstimmung, seit Deng Xiaoping an der Macht war. Die Menschen hatten hohe Erwartungen an die Zukunft, und sie waren neugierig auf die vielen Fremden, die ins Land kamen. China öffnete sich zum ersten Mal seit vielen Jahren der Welt des Westens.« Sie schob ein feuchtes, beängstigend weißes Gesicht an mich heran. »Aber ich fühlte mich verdammt unwohl. Du konntest kein Schild lesen, niemand, wirklich niemand, verstand auch nur ein Wort Englisch. Ich habe ein bisschen Chinesisch gelernt, ja. Es machte eine Riesenfreude, das Theater und die Begeisterung mitzuerleben, wenn ich zum siebenhundertachtzigsten Mal jemanden mit *ni hao* begrüßte. Ich konnte alleine kein Shampoo kaufen gehen, nein, anders, ich konnte nicht einmal erkennen, was in den Flaschen war.«

»Ich stelle es mir aber auch als ein Abenteuer vor«, sagte ich, aber mir war natürlich klar, worum es ihr ging. Die autonome Margot. Sie hatte es *gehasst.* Viel mehr gab es dazu nicht zu sagen. Ich streckte meine Beine aus, es tat verdammt gut, hier zu sitzen.

Margot seufzte.

»Also, Luisa. Warum ist Winona nicht zu einem der Castings gekommen, wenn sie hübsch ist?«

Verblüfft sah ich sie an. Sie hatte instinktiv gespürt, wo der Haken an der Geschichte war.

Ich setzte langsam meine Tasse ab, hielt den Kopf noch ein paar Sekunden gesenkt, bis ich ihr in die Augen sah, die sich zu nervösen Schlitzen verengt hatten. Es hatte keinen Sinn, darum herumzureden.

»Weil sie im Rollstuhl sitzt.«

Ich fühlte mich wie der Bote im griechischen Drama, der das Unheil verkünden muss.

Margots Augen flackerten, während sie einige Schrecksekunden völlig steif dasaß. Ich beschloss, ihr etwas Zeit zu lassen, und blieb einfach ruhig sitzen. Dann begann ich, ihr noch einmal von meinen Zusammentreffen mit Winona zu erzählen, nur dass ich diesmal den Rollstuhl nicht ausließ – ich erwähnte sogar die technischen Details, an die ich mich erinnerte, wie leicht er war, zum Beispiel. Wie der Unfall passiert war, konnte ich nur umreißen, ich erzählte von dem neuen Auto, dem Alkohol und der Diskothek.

Margot stand auf. »Ich muss kurz zur Toilette«, sagte sie, und ich nickte. Ich wartete ziemlich lange, zwischendurch holte ich mir einen Muffin, weil ich noch keinen Bissen gefrühstückt hatte.

»Es ist alles meine Schuld«, sagte Margot, als sie zurückkam.

»Blödsinn«, entfuhr es mir. »Was soll daran denn deine Schuld sein? Du wärst, selbst wenn du sie aufgezogen hättest, nicht permanent an ihrer Seite gewesen, um sie zu beschützen.«

Ich dachte, sie bezöge sich auf die Tatsache, dass sie als Mutter nicht zur Stelle gewesen wäre. Nie wäre ich auf einen anderen Gedanken gekommen. Dass Margot vielleicht etwas damit zu tun hatte, dass Winona überhaupt einen Wagen besaß.

Wir blieben nicht mehr lange in dem Café, nachdem das Wetter aufgeklart hatte, und weil Margot noch mal am Bund spazieren gehen wollte, ging ich allein zurück zum Hotel. Noch von unterwegs rief ich Winona an und sagte, Margot brenne darauf, sie kennen zu lernen, und wir legten Zeit und Ort für den übernächsten Tag fest. Ich dachte auf dem Heimweg daran, dass ich nun also bald ein eigenes

Apartment in der Stadt hätte, und irgendwie gefiel mir der Gedanke. Ich könnte, dachte ich, auch schon ein paar Vorräte einkaufen; ich wollte sowieso einige chinesische Lebensmittel probieren.

Ich ging in den nächstbesten Alldays. Die Kette erinnerte mich vom Angebot und Design her an eine Nachttankstelle. Eine misstrauische Frau in Schürzenkleid und Badeschlappen folgte mir in zwei Metern Abstand, während ich durch die Reihen ging, Produkte in die Hand nahm und wieder weglegte. Sie nickte jedes Mal streng, wenn ich einen Gegenstand, Instant-Kaffee, Tee, eine Zahnbürste oder einen Bleistift in den Tragekorb fallen ließ, blieb, je nachdem, wie ich mich bewegte, stehen oder schlurfte weiter, um die Distanz zu mir gleich zu halten. Als noch ein westlich aussehender Kunde den Laden betrat, schien sie plötzlich überfordert, ging dann aber, tatsächlich rückwärts und ohne uns aus den Augen zu lassen, zur Kasse, und ich marschierte mit meinen Sachen zu ihr.

Bis eben war meine Stimmung gar nicht schlecht gewesen, aber plötzlich veränderte sich das. Ich kann nicht genau sagen, woran es lag, aber es war etwas in der Art, wie der andere westlich aussehende Kunde meinen Einkauf musterte, den ich zum Bezahlen ausbreitete. Was hatte ich da noch: meine blaue Niveadose mit dem chinesischen Schriftzeichen darauf, die Chips sowie die Weinflasche der Marke *Great Dragon* – mit anderen Worten, ich hatte exakt die Dinge eingekauft, die ich auch zu Hause in Frankfurt im Laden um die Ecke geholt hätte, um mich auf einen Abend allein zu Hause vorzubereiten. Auf einmal widerte mich meine Phantasielosigkeit an. Ausgerechnet hier, in dieser Hyper-Metropole, fiel mir nichts anderes ein, als meine ewiggleichen Vorlieben und Abneigungen zu bedienen. Wie hilflos war ich eigentlich meinen Ritualen ausgeliefert, dass mir nichts anderes in den Sinn kam, als eine raubkopierte, amerikanische DVD einzulegen oder mich hinter einem Buch zu verschanzen und bei Chips und Weißwein meine üblichen Gewohnheiten weiter zu pflegen. Anstatt die Gelegenheit zu nutzen, meinen Geist zu erweitern, hielt ich ihn in seinen Grenzen – als ob es mir möglich wäre, eine unübersichtliche Welt dadurch wieder halbwegs in Ordnung zu bringen, dass ich mich wie ein Automat benahm. Mein Selbstekel war so groß, dass nicht viel gefehlt hätte, und ich hätte die Tüte irgendwo stehen lassen.

Kaum war ich im Hotel, verstaute ich die Sachen in meinem Koffer, damit ich sie nicht mehr sehen müsste, und nahm Andrews Visitenkarte vom Tisch. Eine dreizehnstellige Telefonnummer, mit Ländercode 86 für China, den ich bei meinem deutschen Handy brauchte; ich erreichte ihn sofort, er verhehlte nicht, wie sehr er sich freute, und fünf Minuten später hatte ich für diesen Abend eine Einladung in Room 21A, Block 5, Top of City Lane 398, Da Gu Road Shanghai. Also duschte ich, schminkte mich und zog mir etwas anderes an.

An diesem Abend begann meine Affäre mit Andrew.

An der Da Gu Road, eine Straße in luxuriöser Lage ganz in der Nähe der Shanghaier Altstadt und Xian Tian Di, standen verschiedene hohe, weiße Wohnblocks, die alle gleich aussahen. Sie waren zu Vierergruppen angeordnet, und in der Mitte von vier Blocks war jeweils ein künstlicher See angelegt, außerdem gab es einen Spielplatz und ein paar Spazierwege.

Der Aufzug kam, kaum hatte ich den Knopf gedrückt – Margot hat Recht, dachte ich flüchtig, es ist ein ewiges Rauf- und Runtergefahre hier in Shanghai –, und ich war kurz danach im einundzwanzigsten Stock, in einem Zwischenflur mit zwei Türen, von denen die linke nur angelehnt war. Ich öffnete sie und trat ein.

Ich stand in einem riesigen, in die Leere gehängten Zimmer. Von allen Seiten kam Abendlicht herein, Himmel und Unsicherheit. Ich schloss kurz die Augen und blinzelte dann: Der Raum hatte zwei Wände aus Fensterglas. Ich fühlte mich völlig haltlos, gleichzeitig zur Schau dargeboten und in Frage gestellt – auch wenn ich nicht wusste, von wem, oder wer mich hier oben sehen sollte. Wenn ich immer weiter ginge, weiter durch die blanken Scheiben hindurch, wie Alice in den Spiegel, würde ich ins Nichts fallen.

Obwohl die Sonne bald untergehen würde, war das Licht noch aggressiv, nicht milde. Im Raum gab es nur wenige, niedrige weiße Möbel, die auf einem elfenbeinfarbenen Teppich standen, was nicht wirklich vorteilhaft war, denn das Weiß ließ das Elfenbein schmutzig wirken, und das Elfenbein machte das Weiß kalt. Schön waren die blutroten Sträuße, die effektvoll an verschiedenen Stellen des Raums verteilt in roten und schwarzen Vasen standen.

»Sieh dich nur um«, sagte Andrew stolz.

Ich begrüßte ihn und drückte mich an ihm vorbei, immer nach vorne, bis ich fast mit der Nase am kalten Glas stand. Sein erwartungsvoller Blick störte mich, aber ich schwieg und schaute ins Nichts.

»Ich kann hier nachdenken«, sagte Andrew, der sich zu freuen schien, dass ich so bewegungslos und wie gebannt stehen blieb.

Ich klopfte mit dem Knöchel leicht gegen die Scheibe. Noch nie war mir der Ausdruck *drop dead view* so plausibel erschienen.

»Es ist ungewohnt.«

»Es ist wie im Himmel wohnen.«

»Es ist wie Gleich-Stürzen«, dachte ich. »Wie der Moment kurz vor dem Sturz, in unendliche Länge gedehnt.«

Ich war enttäuscht – nach dem Traumhaus am Westsee war das so steril. Mit einem Mal hätte ich gerne gewusst, wie Winona lebte. Dass es auch nur im Entferntesten so gesichtslos war, konnte ich mir kaum vorstellen.

Ich trat ganz nahe an das Glas heran, und mir wurde schlecht. Mir knickten die Knie weg, ich suchte nach einem Halt.

»He«, sagte Andrew besorgt. Er öffnete die Arme, und ich torkelte hinein. Wäre mir nicht so schwindlig gewesen, hätte man es sexy nennen können, diese perfekt aufeinander abgestimmte Bewegung. *Ich sank in seine Arme* – ungefähr so. Andrew fegte ein paar medizinische Fachzeitschriften von einem flachen Quader, der anscheinend zum Sitzen oder Liegen gedacht war und groß genug für zwei, wenn sie so lagen wie wir. Ich spürte die Hände und die nackten Arme von Andrew, glatt und kühl, und er begann mit den Fingern an meinem Kleid entlangzuwandern, ich hörte ihn schon in mein Ohr atmen, und ich sah ihm im Augenblick, in dem er seine Lippen fest auf meine presste, über die Schultern ins helle Blau, in den lichtdurchfluteten Himmel, die Sonne blendete mich durch das Glas.

Ich fuhr mit den Fingern über seinen Oberkörper, er trug eine auffällige Kette, und ich malte mit dem Finger das Oval des Anhängers nach, ich glaube, er hielt einen Augenblick irritiert inne, aber dann küssten wir uns lange ohne dass ich gefragt hatte, ob die Kette oder der Stein etwas bedeuteten. Irgendwann zog er den Reißverschluss an der Seite meines Kleides auf, ich murmelte, mir ist schwindlig, und es gab einen kleinen elektrische Schlag, als er mir das Kleid ausziehen wollte, meine Haare knisterten und flogen mir ins Gesicht, ein Moment, den ich so intensiv erlebte, dass Angst und Vertrauen eins wurden, dass Zukunft und Jetzt ineinanderflossen und ich eine märchenhafte Sicherheit verspürte. Ich saß auf Andrew, und ich löste mich auf, ich konnte durch den riesigen, hellen Raum fließen, bis nach draußen.

Irgendwann stand Andrew auf. Er ging quer durch den Raum in die Küche, die wie sein Auto ebenfalls vollkommen unbenutzt aussah; ich konnte mir nicht vorstellen, dass er hier irgendetwas kochte. Während er mit Gläsern hantierte, klaubte ich meine Kleider vom Boden und begann, mich wieder anzuziehen, dann setzte ich mich zu ihm. Er bereitete Blumentee zu, es fühlte sich beinahe indiskret an, ihm dabei zuzusehen, er war so versunken, es war anscheinend ein Ritual für ihn. Bereits jetzt, als ich zusah, wie die Chrysanthemen im Wasser aufblühten, beruhigte es mich unendlich.

Es dämmerte bald, und die Dunkelheit machte das Zimmer heimeliger, den Himmel weniger präsent. Mein Blick schweifte unruhig durch das Zimmer, aber er konnte sich nirgends festhalten. Trotzdem hatte ich nicht mehr das Gefühl, überwältigt zu werden, vielmehr kontrollierte ich jetzt meine Umgebung. Da war Andrews Körper, eingetaucht in Schatten und Erschöpfung. Die flachen Möbel sahen im Halbdunkel aus wie hockende Tiere, nutzlos, träge, aber seltsam lebendig. Wenn ich hier wohnen würde – wohnen müsste, korrigierte ich mich –, ich würde Vorhänge anbringen und dem Raum anhaltende Dämmerung aufzwingen. So aber spiegelten Andrew und ich uns in der Scheibe, zwei unscharfe Umrisse, ein Mann und eine Frau in einer futuristischen Glaskapsel, einer künstlichen Welt, die Hunderte von Metern über dem Boden mitten im Himmel über der heißen Millionenstadt Shanghai hing.

Vielleicht zum tausendsten Mal fragte ich mich, ob es wirklich eine mit Sex vergleichbare Intimität zwischen zwei Menschen geben konnte. Christopher behauptete das, Christopher sprach von Momenten; er fand, es gäbe solche Momente, sie ließen sich schaffen durch Miteinanderreden, durch die richtigen Worte, die richtigen Begriffe; ich konnte das nicht nachvollziehen. Ich empfand unsere Diskussionen zwar als intensiv, als wichtig, ja durchaus auch als unentbehrlich, ich hing an unserer gemeinsamen, über Jahre hinweg entwickelten Sprache voll Anspielungen und Codes, nie im Leben hätte ich das missen wollen … aber es gab doch noch etwas außerhalb, das intensiver war.

Andrew war inzwischen dabei, auf einem Teller getrocknete Früchte und kleine, in Bambusblätter eingewickelte Speisen auszubreiten. Er bewegte sich würdevoll, als wäre etwas Wichtiges im Geschehen begriffen. Als er die Teekanne wegtrug, fiel mir, zwischen Mikrowelle und Pinnwand mit Lieferservicenummern und Rezepten, ein kleiner Schrein auf, ähnlich jener Geisterecke, die ich im Haus seines Ziehvaters gesehen hatte. Ich stand auf und sah sie mir an. Das Foto von Mei war dasselbe wie jenes im Haus am Westsee, und daneben hing ein Foto von einem bäuerlich wirkenden Paar, vermutlich waren das Andrews richtige Eltern. Ich bekam Gänsehaut, es fühlte sich wieder genauso an wie in dem alten Haus: als ob die Toten mich ansehen und in mir lesen würden. Ich wollte mich schon abwenden, da erblickte ich das einzelne, bunte Bild, das anscheinend absichtslos hinter einer Schale mit Blüten lag, es war etwa so groß wie eine Postkarte und neueren Datums; es gehörte nicht hierher, denn die darauf abgebildeten Personen lebten noch, vermutlich hatte er es herausgelegt, um es mir zu zeigen.

Andrew, der hinter mich getreten war, sagte: »Nimm es ruhig in die Hand.«

Es waren Margot und Wei Xiangjan, mit Champagnergläsern in der Hand, fotografiert offenbar in einem Restaurant oder einer Bar. Sie hatten, wenn man genau hinsah, aufgeschwemmte Gesichter, aber im Großen und Ganzen waren sie ein gut aussehendes Paar. Wei Xiangjan lächelte rätselhaft und selbstbewusst, seine Augen strahlten vor Lebensfreude. Nichts an ihm konnte ich mit dem Alten in Verbindung bringen, den ich mit Margot in der Bar beobachtet hatte. Sie trug ein silbriges, trägerloses Schlauchkleid. Ihre Brüste waren nicht nennenswert, aber ihre Beine waren außergewöhnlich lang und wohlgeformt. Ihre Haltung war merkwürdig – als ob sie gerade nach vorne stolperte.

»Was ist mit ihrem Gesicht los?«, fragte ich.

»Was soll damit sein?«

»Es ist so aufgedunsen.«

»Sie hat wohl ziemlich viel getrunken zu der Zeit. Er erwähnte es mal.«

»Hm. Dann hat sie sich doch ziemlich verändert. Weißt du, sie trinkt gar keinen Alkohol.«

Ich war irritiert, viel mehr, als ich zugeben mochte, es kam mir so vor, als ob er mir mit dem Bild etwas Bedeutendes gezeigt hätte, und ich verstand nicht, weshalb es so wichtig war. Ich studierte es noch einmal genau.

»Lass das doch jetzt.«

Er nahm mir sanft das Foto aus der Hand.

Wir saßen am Küchentisch, und wählten gemeinsam Essen vom Lieferservice aus – die Vorspeisen waren gegessen, und sein Kühlschrank gab nichts mehr her –, und dann erzählte ich ihm von der Verlängerung unseres Aufenthalts hier.

Er war hocherfreut: »Sechs Wochen! Das ist doch phantastisch. Dann ist Margot mit Winona beschäftigt, und ich zeige dir hier ein paar Sachen …«

Ich lag dann noch etwa eine Stunde bei Andrew auf der Couch, eine friedliche Stunde, in der wir ein paar Unternehmungen planten. Er hatte die Teller längst wieder abgeräumt, die Reste in den Kühlschrank zurückgelegt, die Aircondition hatte jeden Geruch nach Essen aus dem Apartment gezogen. Alles war wieder ordentlich und sauber. Und dann, plötzlich, war es dunkel. Die Autobahnen waren nur noch helle Lichterketten im Schwarz, als ich ging.

Siebtes Kapitel

Wir zogen um in die Shaoxin Lu, und zu meiner Freude stellte sich heraus, dass es sich dabei um eine jener großzügigen, mit Platanen bepflanzten Straßen der ehemaligen Französischen Konzession handelte, durch die ich mit Lian im Taxi gekommen war. Auf unserer Höhe der Straße gab es Wohnhäuser, ein Antiquitätengeschäft, einen kleinen Verlag, ein Restaurant, und ein Designer-Modegeschäft.

Die Wohnungen befanden sich im Hinterhaus, so dass es ruhig war und, wegen des weiträumigen Hofs, dennoch sonnig. Man ging durch ein Tor, das ein Pförtner bewachte und das um elf Uhr abends abgeschlossen wurde, wie uns die Vermieter mitteilten, Freunde von Lian, ein chinesisch-österreichisches Paar. Sie hätten gerade renoviert, sagten sie, sie führten ganz in der Nähe das Café Vienna. Dort fand auch die Schlüsselübergabe statt, bei Einspännern und Apfelstrudel.

Margot nahm das größere Apartment im zweiten und dritten Stock, ich wohnte in zwei Zimmern mit Küche und Bad im ersten. Anna hatte die Wohnungen gar nicht angesehen, sie wollte im Hotel bleiben; es erschien ihr praktischer, zumal sie noch nicht genau wusste, wie lang ihr Aufenthalt in Beijing und dann die Südchina-Reise dauern sollten. Ich fühlte mich in dem kleinen Apartment sofort wohl, ich mochte die weißen Papierlampen, die von den Decken baumelten, die Badewanne mit den Löwenfüßen, den riesigen Fernseher, die Klimaanlage, die den Raum ausnahmsweise einmal nicht in ein Gefrierfach verwandelte, und dachte, es wäre ein guter Ort, um wieder ein wenig zu mir zu kommen. Die zierlichen Kommoden und Schränke waren mit Gestecken aus frischen Blumen überladen.

»Ist es nicht herrlich«, sagte Margot nach der ersten Besichtigung. »Ich wünsche dir hier sehr schöne Ferien.« Und meine Gönnerin schwebte davon.

Meine »Ferien« begannen damit, dass ich endlos telefonierte und E-Mails verschickte, um Termine umzubuchen, angefangen von den Flügen bis zu den Sachen Ende September, die Margot schon wieder in Deutschland zu tun hatte. Es ging alles erstaunlich reibungslos, zumal Lian mir bei allen Arrangements half, die die Shanghaier Performance betrafen.

Wenn ich nicht bei Andrew aufwachte, nahm ich Tong mit zum Frühstück in den *Old Chinese Handwriting Room.* Winona überließ mir den Hund nun die meiste Zeit, die sie mit Margot verbrachte. Der *Old Chinese Handwriting Room* sei eines ihrer Lieblingscafés, auch zum Lesen oder Arbeiten, hatte Winona gesagt, und ich verstand auf Anhieb, wieso. Es herrschte konzentrierte Ruhe zwischen den massigen, dunklen, mit Büchern voll gestopften Regalen. Die Leute arbeiteten still an ihren Laptops oder lasen, Unterhaltungen wurden leise geführt. Ein Ventilator bewegte sich langsam. Auf den kleinen Tischen lagen schwere grüne Decken, zur Straße hin waren die Fenster mit Stoffvorhängen verdeckt. Wenn ich dasaß und in die Ecke sah, in der wir bei der Wiedervereinigung von Mutter und Tochter gesessen hatten – Andrew und ich hatten auf ihre Bitten hin mitkommen müssen –, fiel mir diese Begegnung wieder ein.

Margot war so nervös gewesen, dass wir eine halbe Stunde zu früh vor Ort waren.

»Siehst du sie?«, flüsterte sie hektisch und spähte umher.

Ich sah mich ebenfalls um. Eine rothaarige, blasse Frau im gelben Kleid telefonierte, sie war die einzige Nichtasiatin außer uns. Ein Paar begrüßte sich, der Mann platzierte seine Ledertasche auf dem Tisch zwischen ihnen.

»Nein, sie sind noch nicht da.«

Sie wirkte irritiert: »Bist du sicher?«

»Ja – sofern sie sich nicht in einem Regal versteckt haben.«

Margot verzog das Gesicht und setzte sich an einen freien Tisch.

Kaum hatte die Kellnerin die Karte gebracht, stürzte Margot sich darauf.

»Ungefähr dreißig Teesorten zur Auswahl«, bemerkte sie, und als gäbe es auf einmal nichts Wichtigeres auf der Welt als die Wahl der Getränke.

Ich sah zur Tür, und tatsächlich, Winona wurde gerade von Andrew hereingeschoben. Ich räusperte mich: »Sie sind da«, sagte ich, und Margot schaute mich mit abwesendem Blick an, es fehlte bloß noch, dass sie »wer?« gefragt hätte.

Winona saß blass und still in ihrem Stuhl. Sie trug etwas Ärmelloses in einem matten, warmen Rot, es stand ihr, und sie verzog ihre Miene nur, um einmal »Entschuldigung« zu sagen, als sie an der Kellnerin vorbeikamen. Das Mädchen drückte sich verlegen zur Seite, damit sie durchkam. Margot verfolgte die Szene ungläubig, als ob sie erwartet hätte, die ganze Sache mit dem Rollstuhl würde sich in letzter Sekunde doch noch als Fehlinformation entpuppen. Mutter und Tochter starrten sich an. Nach einer Weile räusperte sich Andrew, streckte die Hand aus und stellte sich vor. Dann begrüßte er mich mit Küssen auf die Wangen. Ich merkte, dass mir das Blut in die Wangen stieg.

»Wir sollten eigentlich gehen!«, sagte ich zu Andrew, aber Winona und Margot riefen gleichzeitig: »Nein!«

Margot winkte hektisch der Bedienung, die kurz mit Winona verhandelte, dann gab Winona Empfehlungen weiter, und Margot beschäftigte sich dankbar mit jedem einzelnen Vorschlag, fragte nach und wollte das arme Mädchen gar nicht wieder weglassen; ein anderer Kunde musste geradezu nach ihr brüllen.

Dann herrschte wieder Schweigen.

»Ich geh mir mal die Hände waschen«, sagte ich. Hinter meinem Rücken hörte ich gerade noch, wie Winona etwas über das schwüle Wetter sagte. Ich schaute mich lange im Spiegel an, band meinen Pferdeschwanz neu und ging sehr langsam zurück, wobei ich sämtliche Buchrücken genau studierte, aber irgendwann war ich die Reihen abgeschritten.

Andrew lächelte mich an und zuckte kaum sichtbar mit den Schultern, als ich zurückkam. Kurz darauf trafen schon die ersten Tassen und die kleinen Kuchen ein, und wir waren dankbar, uns damit beschäftigen zu können.

Nur Margot rührte nichts an. Sie verschlang Winona mit den Augen.

»Diese Abmachung«, sagte sie, »dass ich jeden Kontakt zu dir aufgeben würde. Du glaubst nicht, wie lange ich verflucht habe, dass ich sie mit Xiangjan traf.«

»Naja«, sagte Winona angespannt. »Gesucht hast du mich auch nicht gerade.«

Ihre Stimme kippte für einen Augenblick weg, dann fing sie sich wieder und tat so, als hätte sie husten müssen.

»Ich hatte meine Arbeit, weißt du. Ich habe sehr viel gearbeitet.«

»Das zumindest hast du mit Papa gemeinsam.«

Es gab eine verlegene Pause.

»Aber jetzt sehen wir uns«, sagte Margot mit bewegter Stimme.

»Ja«, erwiderte Winona. »So ist das.«

»So ist das«, wiederholte Margot gerührt.

Andrews Wangenmuskeln spannten sich an, gerade so, als ob er die Zähne zusammenbeißen müsste, um nicht loszulachen. Ich begann, mein Hirn nach einer Ausrede zu durchstöbern, um noch einmal weggehen zu können. Musste ich Anna anrufen? Mich dringend bei Lian melden?

»Du trinkst aber doch auch Tee?«, fragte Margot dann, weil Winona als Einzige Kaffee bestellt hatte. Winonas Augen blitzten, als hätte sie auf diese Frage gewartet.

»Ja. Meine Mutter hat dauernd Kaffee getrunken. Sie hat ihn nicht besonders gemocht, aber sie hat ihn getrunken.«

Es war offensichtlich, dass sie mit Mutter Mei meinte. »Winona«, sagte Andrew warnend, aber Margot bat ihn: »Lass sie weiterreden.« Ihre Augen glänzten.

»Meine Mutter traf sich immer mit ihren Freundinnen zum Kaffeetrinken, und sie bestellte sich auch nach jedem Essen im Restaurant Kaffee. Wusstet ihr, dass eine Schale Nudeln hier sechs Yuan kostet, eine Tasse Kaffee aber das Dreifache? In den Achtzigern, als es in China erstmals löslichen Kaffee von Nestlé gab, gehörte meine Mutter zu den Ersten, die ihn probierten. Aber der Geschmack gefiel ihr nicht, er erinnerte sie an *banlangen*, die bittere chinesische Medizin, die ihr ihre Eltern immer gegeben hatten, wenn sie krank war. Bald erfuhr sie, dass löslicher Kaffee nicht so gut schmeckte wie richtiger, und beschloss, richtigen zu kaufen. Zu jener Zeit konnte man in China aber keinen echten gemahlenen Kaffee bekommen, geschweige denn Bohnen, aber mit Papas Hilfe gelang es ihr, ein Glas kolumbianischen Kaffee aus dem Freundschaftsladen zu ergattern, als sie ihn einmal nach Beijing auf einen Ärztekongress begleitete.«

Sie unterbrach sich kurz und nahm einen Schluck Kaffee. Margot starrte fasziniert auf ihre Hände.

»Aber wie macht man Kaffee?«, fuhr Winona fort. »Von

Kaffeemaschinen hatte sie noch nie gehört. Aus der Fernsehwerbung wusste sie allerdings, dass man ihn kochen musste. Also gab sie Kaffeepulver in einen Wok und füllte ihn mit Wasser. Nach dem Kochen trank sie das Gebräu mitsamt dem Bodensatz, so wie Chinesen ihren Tee mit den Blättern in der Tasse trinken. Es schmeckte grauenvoll, und ihre Leidenschaft für Kaffee war erloschen – und es dauerte eine Weile, bis sie in den USA noch einmal einen Versuch wagte und auf den Geschmack kam.«

Winona hob ihre Tasse: »Ich trinke ihn zum Gedenken an Mei.«

Sie nahm erneut einen großen Schluck.

»Danke für diese Geschichte«, sagte Margot, und sah sie dabei an wie ein Spielzeug, das erfreulicherweise in ihren Besitz gelangt war, von dem sie aber noch nicht genau herausgefunden hatte, wie es funktionierte.

Sie sah verwirrt aus, und auch ich wusste nicht, wie ich diese Geschichte deuten sollte – es hatte überhaupt nicht so geklungen wie die anderen Erzählungen von Winona, sondern unecht, kopiert –, gerade so, als habe sie sie aus einem dieser bei jungen Frauen beliebten Bücher *Peking Girls* oder *Shanghai Baby:* eine angelesene Erinnerung.

Margot verbarg ihr Gesicht in den Händen, und für einen Moment machte ich mir Sorgen, sie könnte verletzt sein. Vielleicht wäre es ihr lieber gewesen, die Tochter hätte unter der Stiefmutter gelitten und sie, die fremde, bewunderte Künstlerin, herbeigewünscht. Es hätte nicht viel gefehlt, und ich hätte Mitleid mit ihr verspürt. Aber es wäre umsonst gewesen, denn als Margots Gesicht wieder hinter ihren Fingern zum Vorschein kam, hatte sie sich nicht nur komplett im Griff, sie lächelte sogar strahlend und sagte: »Ja, in dieser Zeit, als deine Ziehmutter Kaffee trinken lernte – es war für mich wichtig, dass ich da wieder in Europa war. Ich habe da meine ersten richtigen Sachen gemacht und damit auch relativ schnell Beachtung gefunden.«

Das war eine starke Untertreibung für den Rummel, der von einem auf den anderen Tag um sie geherrscht hatte, doch sie machte in dem Ton weiter. Ich nahm an, dass Winona das meiste schon aus dem Internet beziehungsweise diversen Büchern und Aufsätzen über Margot wusste. Aber sie hörte aufmerksam zu, das Kinn leicht nach oben gereckt, ohne auch nur einen Muskel ihres Gesichts zu bewegen; sie reagierte zu meinem Erstaunen auf kein Stichwort, um ihr eigenes Wissen, was Malerei, Fotografie oder Performance anging, auch nur ansatzweise zu zeigen. Täuschte ich mich, oder war mit Margots langer und doch irgendwie unpersönlicher Rede so etwas wie Enttäuschung auf ihrem Gesicht aufgetaucht? Ihr Leben lang war Margot eine irreale, verzauberte Gestalt mindestens einen Kontinent entfernt gewesen, und jetzt saß sie ihr gegenüber und verlor alles Geheimnisvolle.

Gedankenverloren aß ich noch ein zweites Gebäckstück. Wie konnte ein Mensch, der so viel Bildung und Phantasie hatte wie Winona und so jung war, dass er trotz eines schweren Schicksals noch Ideale besaß, wie konnte so ein Mensch es verkraften, wenn sein Phantasiebild ihm gegenübersaß, Tee trank und sich wiederholte? Zum ersten Mal, seit ich sie sah, schien sie keinen direkten Plan zu haben, wie mit der Situation umzugehen wäre, und betrachtete die Fingernägel ihrer auf dem Tisch ruhenden Hand.

Unsicher sah ich Andrew an, aber der rührte lächelnd in seiner Tasse und schien in Gedanken auf einem anderen Planeten zu weilen, einem Ort, an dem es weder Mütter noch Töchter gab.

Endlich hörte Margot auf zu sprechen. Winona zuckte leicht zusammen, als sich eine größere, knochige Hand mit einem auffallenden Goldreif ums Gelenk auf ihre Hand legte.

In den Tagen, die auf die Mutter-Kind-Wiedervereinigung folgten, bekamen Anna, Lian und ich Margot kaum zu Gesicht. Sie war mit Winona unterwegs. Ab und zu erreichte uns ein Anruf (»Wir sitzen in einem Boot auf dem Westsee, und ich habe Handy-Empfang!«, »Ich lasse mir Stiefel zum Spottpreis von Hand anfertigen«, »Wir sind im Seiden-Museum!«). Anna und ich schüttelten nur die Köpfe. Normalerweise machte es Margot verrückt, wenn sie ständig Gesellschaft hatte, aber von Winona schien sie gar nicht genug zu bekommen. »Naja, es ist ihre Tochter«, sagte Lian, die unsere Verwunderung nicht verstand. Ich versuchte ihr zu erklären, dass Margot in der Planungsphase einer Veranstaltung eigentlich ganz in sich gekehrt war. Und zudem, sie war alles andere als ein Familienmensch, Tochter hin oder her.

Zu ihren Ausflügen luden sie mich natürlich ein, aber gleichzeitig sagte Margot sofort, es sei völlig okay, wenn ich nicht mitkäme oder etwas mit Andrew unternähme, und ich könnte doch bitte auch auf Tong aufpassen.

»Ich bin einfach kein Hundemensch, so wie Winona und du«, sagte sie, und ich widersprach nicht, möglicherweise war ich ja wirklich einer, es erstaunte mich selbst. Es war verdammt wenig, was so ein Hund von einem forderte, und man bekam verdammt viel dafür. Tong schien alles, was ich tat, mit seinen eisblauen Augen zu verfolgen und für bewunderungswürdig zu halten. Im Café legte er sich zu meinen Füßen, und in der Stadt trottete er neben mir her, genau in meinem Schritttempo.

Anna nutzte die Zeit dann, wie sie geplant hatte, um zu reisen; sie rief oft an.

»Ich habe in Beijing in Winonas Studentenwohnung übernachtet. Es ist bezaubernd. Ein Hutong, du weißt schon, so ein traditioneller Wohnhof. Einstöckige, eng zusammenstehende Häuser, mit Durchgängen zu Innenhöfen und -gärten, wie es kaum noch welche gibt. Ich bin gerade im Hof, hier stehen zwei riesige Kamelienbäume, eine weinberankte Pergola und ein Blumenbeet. Wenn man hochschaut, sieht man Bäume und den Himmel. Man sitzt relativ eng auf den Nachbarn, aber das stört nicht, sie sind nett. In jeder Ecke sieht man diese schmalen Durchgänge zu ganz, ganz schlichten Höfen. Und es hängen überall Wäscheleinen!«

»Wahnsinn! Mit echter Wäsche?«, fragte ich, aber Anna ließ sich nicht aus der Ruhe bringen.

»Stell dir vor, in dieser Millionenstadt solch eine Idylle. Es ist nur eine Frage der Zeit, bis das abgerissen wird.«

»Dann genieße es.«

»Innen sieht es mediterran aus. Das Schlafzimmer ist mit hellrosa und hellgrünen Gazetüchern dekoriert, folkloristische Brokatstoffe hängen als Vorhänge im Wohnzimmer. Auf dem Antiquitätenmarkt Panjiayuan gekauft, sagte sie. Sie hat einen runden Esstisch aus Sandelholz für acht Personen, altmodische Holzlehnstühle und, wie heißen die gleich, ja Ming- und Qing-Vasen. Einen Vogelkäfig und Duftfläschchen und Räuchergefäße. Ich schicke dir ein paar Fotos.«

»Tu das. Hast du Winona selbst schon gesagt, wie gut es dir gefällt?«

»Aber sicher. Sie hofft jetzt natürlich, dass Margot es sich bald mal ansieht. Naja, so wie die beiden zusammenstecken, kann es ja durchaus noch passieren, dass sie nach Beijing fliegen.«

»Ich denke auch, dass sie Shanghai bald durch haben«, sagte ich.

»Du bist aber auch ganz schön unterwegs.«

»Das ist richtig«, gab ich zu. Sie wusste natürlich längst von meinem Verhältnis zu Andrew.

»Wer hätte gedacht, dass ich nach so kurzer Zeit eine Wohnung, einen Hund und einen Freund hier haben würde!«

Anna lachte.

Ich traf Andrew zuerst nur abends, sobald die Stadt anfing, ihre leicht zu beeindruckenden Besucher mit künstlichen Lichtern zu blenden, an den Orten, die er vorschlug, in Clubs, Restaurants und auf Partys – und weil ich einmal bedauert hatte, dass Tong allein zu Hause bleiben musste, sagte er: »Bring ihn mit«, und seltsamerweise hatte kein Türsteher oder Gastgeber etwas dagegen, dass der Hund dabei war, im Gegenteil, er machte uns nur zu besonders extravaganten Gästen. In einem, allerdings auch ziemlich teuren Restaurant bekam der Hund einen Teller mit Roastbeef, das dem Koch zu »well done« geraten war.

»Und hier sehen wir uns morgen«, sagte Andrew am Ende jeden Abends und notierte mir die Adresse eines Restaurants oder einer Bar in Schriftzeichen, damit ich sie dem Taxifahrer hinhalten konnte. Doch immer häufiger entschlossen wir uns, uns die Nacht über nicht zu trennen.

Am Wochenende zeigte er mir Tempel, Museen, Plätze und neue Wohnsiedlungen; wir besuchten eine chinesische Apotheke, in der geheimnisvolle Räucherstäbchen brannten und die so groß wie fünf deutsche war, und einen Park mitten in der Stadt, in dem in den Bäumen Vogelkäfige mit Vögeln darin hingen, damit die Spaziergänger und Tai-Chi-Freunde mit Gezwitscher verwöhnt würden, ohne dass die Vögel wegflögen. Wir trafen uns in einem Restaurant, in dem es mongolischen Feuertopf gab, und hielten Gemüse und Fleischstückchen in eine auf der Feuerstelle mitten im Tisch kochende Suppe, um sie nach angemessener Zeit herauszuangeln. Wir sahen uns im Kaufhaus Nr. 1 aus billigem Leder und Plastik gefertigte Schuhe an. Wir durchstreiften Antiquitätenmärkte. An einem Stand kaufte er mir zwei Brötchen, die weich waren wie kleine Dampfnudeln und mit einer scharf-süßlichen Bohnenpaste gefüllt. Im Museum für Stadtentwicklung wurde mir von der Simulation einer virtuellen Rundfahrt durch das Shanghai der Zukunft schwindlig, und Andrew legte die Hände auf meine Schultern und behauptete, er entwickle ein stabilisierendes Kraftfeld für mich. Er ließ mir kniehohe Stiefel maßschneidern und kaufte Kunsthandwerk.

Andrew gehörte hier, obwohl er als Arzt nur etwa ein Drittel so viel verdiente wie in Boston, zur Oberschicht, und das genoss er, obwohl er sich gelegentlich beklagte, er vermisse die Staaten. Ich hatte manchmal den Verdacht, dass er kein wirklich leidenschaftlicher, ja vielleicht nicht einmal ein besonders guter Arzt war, aber das lag wohl nur an seiner unterkühlten Art, aus dem Praxisalltag zu erzählen, und vielleicht auch daran, dass er sich mehrere Tage freinahm und Kollegen, die ihn über Handy anriefen, kurz abfertigte. Dass ich der Grund war und er wirklich die Zeit mit mir nutzen wollte, war natürlich ebenso möglich. Auf einmal hatte er auch nachmittags Zeit, wegen der aufgelaufenen Nachtschichten, ich hinterfragte das nicht. Die Kette mit dem Stein trug er nicht mehr.

Ich mochte Andrew und verbrachte gerne Zeit mit ihm, aber ich war nicht verliebt in ihn, und ich kann bis heute nicht sagen, ob er umgekehrt wirklich das für mich empfunden hatte, was seine Worte manchmal suggerierten. Lian hatte einmal erzählt, viele ABCs, also *American born Chinese* stünden ausschließlich auf westliche Frauen, vielleicht war Andrew einer von ihnen. Es war mir ziemlich egal; es reichte mir, was wir hatten, dass ich ihn mochte, dass es lustig war mit ihm und die physische Anziehung anhielt. Womöglich könnte ich mich jetzt, wenige Jahre später, kaum noch an ihn erinnern, wenn er nicht zum Personal dieser Tragödie gehören würde und mir nicht alle Figuren überscharf in Erinnerung wären: Wie angestrahlt stehen sie auf einer Bühne, in einem Stück um ewige Schuld aus Unachtsamkeit.

Ich traf mich mit Margot eines Nachmittags bei ihr im Zimmer, um die Pressekonferenz zu planen. Bester Laune lag sie wie eine griechische Göttin in seitlicher Position auf der Couch und fächerte sich Luft zu, während ich auf dem gegenüberliegenden Sofa Platz nahm, meinen Notizblock auf den Knien. Sie war zurechtgemacht, als ob sie ausgehen wollte: Sie trug eine blaue Seidentunika mit passender weiter Hose, die ich noch nicht kannte. Wenn sie die Beine bewegte, schien der leuchtende Stoff zu fließen.

»Schau hier herein, meine Liebe!«, rief sie und schlug den Fächer zusammen, um damit auf das Kästchen zu deuten, das neben einem beschlagenen Krug Eiswasser auf dem Tisch zwischen uns lag: »Endlich habe ich mein Geschenk für sie gefunden. Ich habe es heute früh liefern lassen, und nachher bekommt Winnie es. Es ist von einem Juwelier, den mir Vivienne empfohlen hat.«

Ich öffnete das Kästchen und sah auf zwei türkisfarbene Ohrringe, die in einem Bett aus schwarzem Samt funkelten.

»Sie werden wundervoll aussehen zu Winonas schwarzen Haaren und ihrem aparten Gesicht«, sagte ich, und

Margot nickte selbstgefällig: »Das war es aber noch gar nicht.«

Sie langte hinter sich auf die Fensterbank und zeigte mir einen ähnlichen Karton, nur flacher und größer. Ich nahm an, es handelte sich um die passende Kette, aber ich lag falsch. Es war ein Halsband für Tong aus schwarzem Leder mit denselben türkisfarbenen Steinen. Es würde höchst elegant aussehen zu seinem weichen, flauschigen schneeweißen Fell, und ich sagte Margot das.

»Extra lang, weil er doch so einen dicken Hals hat«, erläuterte sie zufrieden.

»Winona wird begeistert sein.« Ich verkniff mir ein Lachen.

»Das will ich doch hoffen.« Meine Chefin lächelte das Halsband noch zwei Atemzüge lang an. »Ich hatte, bevor ich sie kennen lernte, alle möglichen Geschenke für sie gekauft, einen Fächer, teuren Tee, aber nichts passte.«

»Das hier passt«, erklärte ich und dachte an den antiken Fächer mit den Singvögeln, der eines Tages in meinem Hotelfach gelegen hatte. Er war also ursprünglich für Winona gedacht gewesen.

»Ich bin ziemlich begeistert von meinem Mädchen, weißt du.«

Die joviale Ausdrucksweise war neu an ihr: »Das freut mich für dich.«

»Ich bin dabei, mir etwas auszudenken – ich fände es schön, wenn wir ein paar Jahre miteinander verbringen.«

Ich missverstand sie zuerst: »Na, klar. Ihr solltet euch öfters mal sehen.«

Margot lächelte und schüttelte den Kopf: »Keine halben Sachen.«

Ich sprang fast vom Bett hoch: »Wie stellst du dir das vor? Unsere vielen Reisen. Und ihr Vater. Und sie kann doch nicht einmal fließend Deutsch.«

»Oh, eigentlich schon. Und für alles andere werde ich mir etwas ausdenken, meine Liebe.«

»Reicht nicht erst mal ein gemeinsamer Urlaub? Ein paar Wochen, irgendwas. Vergiss nicht, sie hat einen völlig anderen kulturellen Hintergrund!«

»Du immer mit deiner Vorsicht«, erwiderte Margot gereizt. »So kommt man doch nicht weiter. Entweder man hat eine Tochter oder eben nicht, und ich habe jetzt eine. Winona ist ganz und gar nicht chinesisch aufgewachsen, sie hat hier nur eine Zeitlang die Schule besucht. Den größten Teil des Studiums war sie in Berkeley. Sie hat *Der Fänger im Roggen* oder *Der alte Mann und das Meer* gelesen, Cola getrunken und Hamburger gegessen. Sie mag Madonna! Das ist alles überhaupt nicht wie bei ihrer Stiefmutter! Denk dir, die hat noch alte Propagandalieder gesungen! Das Proletariat ist mächtig!«

Etwas an der selbstsicheren Art, wie sie das sagte, fiel mir gewaltig auf die Nerven, aber an dem Glühen in ihren Augen erkannte ich, dass es keinen Sinn haben würde, sie umstimmen zu wollen. Dieses Glühen – ich kannte es nur, wenn sie fast tranceartig ihren Stift hielt und sich über Papier beugte, versunken in die Konzeption ihrer Arbeit.

Noch zwei Wochen vergingen, zwei Wochen, in denen ich mit Andrew nach Nanking fuhr, zwei Tage in Souzhou verbrachte, auf dem Westsee ruderte, durch den Zhongshan Park spazierte, in den Zoo, in den Rieseninsekten-Park, und ins Yifu-Theater ging, in die angesagten Clubs wie das Red Buddha oder Park 97, und noch einiges mehr, und nur ein einziges Mal noch, an einem sentimentalen Abend, ernsthaft versuchte, Christopher einen Brief zu schreiben. Alles, was ich zustande brachte, war dann die Abschrift eines Gedichts aus einer Anthologie chinesischer Lyrik, die mir auch noch Andrew geschenkt hatte, und ich versenkte das beschriebene Blatt in einer Schreibtischschublade. Etwa zwei Wochen später unternahmen Andrew und ich dann seit längerem wieder etwas gemeinsam mit Margot und Winona – der Abend ging auf Winonas Initiative zurück.

»Es ist vermutlich eine eher dumme Party«, sagte sie. »Aber ich habe versprochen zu kommen, und wenn ihr dabei seid, wird es erträglich.«

Es handelte sich um das *Housewarming,* zu dem der inzwischen verabschiedete Leiter eines deutschen Kulturinstituts in Shanghai, Dr. Josef Flemming eingeladen hatte. Winona kannte seine von Geburt an querschnittsgelähmte Tochter von der Universität her, Winona hatte sich anscheinend ein wenig um die Jüngere gekümmert. Jetzt wollte sie Dr. Flemmings Tochter ihre Mutter vorstellen und ihr von den Plänen, nach Deutschland umzusiedeln, erzählen. Sie deutete auch an, dass es darum ging, ein paar Kontaktadressen zu bekommen, um in Deutschland nicht ganz allein auf Margot, Anna und mich angewiesen zu sein. Mir erschien das sehr sinnvoll, obwohl ich immer noch nicht einverstanden war mit der überraschenden Wendung der Dinge.

Das Ganze hörte sich keineswegs an wie etwas, das Margot Spaß machen würde, und ich war überrascht zu hören, dass sie sich überhaupt darauf eingelassen hatte. Nun gut, vielleicht ging ihr Sinneswandel wirklich tiefer, als ich es mir vorstellen konnte. Sie hatte sich aber nicht besonders zurechtgemacht, trug keine weiße Kleidung wie vor Anlässen, von denen sie sich etwas Besonderes erwartete, stellte ich fest, als wir losfuhren – in Winonas Wagen, den Rollstuhl hinten, Andrew am Steuer –, und das immerhin beruhigte mich etwas, sie hatte ihr Gefühl für das richtige Maß also nicht völlig verloren.

Wir fuhren eine gute Stunde lang und gelangten auf diese Weise irgendwo in die Peripherie. Angesichts der identischen, hässlichen weißen Wohnblocks, in deren siebenundzwanzigstem Stock sich irgendwo die neue Wohnung des Dr. Flemming befinden sollte, überfiel mich eine Depression, die sich noch verschlimmerte, als ich Margots bemüht interessiertes Gesicht sah.

Im Aufzug hingen offene Kabel an den provisorisch angenagelten Sperrholzwänden. Der Gastgeber erwartete uns an der Tür. Er trug eine zerknitterte Leinenhose und ein kurzärmeliges Hemd in optimistischem Erdbeerton, dessen zwei oberste Knöpfe offen standen. Im dritten, geschlossenen Knopf hatten sich ein paar Brusthaare verhakt, vielleicht hätte er seinem Oberkörper sonst noch ein wenig mehr Luft verschafft. Man konnte seine Fahne auf drei Meter Abstand riechen. Ich fing Andrews Blick auf, und wir mussten beide grinsen.

Als er Margot als die bedeutende Künstlerin erkannte, die sie nun einmal war, fiel Dr. Flemming fast aus den braunen, spitz zulaufenden Wildlederschuhen.

»Wir haben westliches Essen und östliches Essen«, röhrte er und schwebte uns voraus durch den langen Flur, »da finden Sie von mir selbst gemachten Nudelsalat und Sandwiches.« Er deutete quer durch den Raum auf das Büfett, um das ein paar uninspirierte Figuren herumstanden.

Obwohl es nicht besonders warm in der Wohnung war, schnaufte er schwer und wischte sich dauernd mit einem Taschentuch das Gesicht ab. Es würde vermutlich zischen, wenn man es mit einer kühlen Hand anfasste. Ich gab ihm zwei bis drei Jahre bis zum ersten Infarkt.

»Und hier« – er deutete auf die Glastür zum Balkon, wo eine Chinesin im weißem Kittel, den Kopf auf dem Küchentisch, hinter einem Wok saß und schlief – »hier gibt es chinesische Nudeln und Wan-Tan-Suppe, frisch auf Bestellung zubereitet.«

Er klopfte gegen die Scheibe. Nichts regte sich. Dr. Flemming überlegte einen Moment: »Außerdem werden Spießchen gegrillt.« Er klopfte wieder.

»Ich bin mir nicht sicher, ob überhaupt jemand Nudeln will«, sagte Andrew schnell.

Dr. Flemming musterte uns unentschlossen. »Etwas fehlt«, murmelte er. Dann fiel ihm ein, dass er in der Tat das Wichtigste vergessen hatte: »An Getränken gibt es Wein, Sekt, Bier, Whiskey. Bedienen Sie sich doch einfach. Ich stelle Sie ein paar Freunden vor.«

Wie sich herausstellte, waren es aber keine sehr engen Freunde, es gelang ihm jedenfalls nicht, sich zu erinnern, wie sie hießen. Auch von uns hatte er sich nur Margots Namen merken können, doch das tat seiner schmierigen Jovialiät keinen Abbruch.

Soviel ich verstand, waren es ein Anwalt, spezialisiert auf deutsch-chinesische Scheidungen, mit seiner chinesischen Frau, ein Performancekünstler, der von der *Degussa* für drei Wochen eingeflogen worden war und der, wie er die nächsten Stunden nicht müde wurde zu wiederholen, »Materialien« zertrümmerte, noch dazu mit »einer Versicherung als Sponsor«, das freute ihn alles enorm, außerdem einige Übersetzerinnen, ein Pianist, ein Klimaforscher, ein beleibter Schriftsteller auf Weltreise, eine Kosmetikerin und ein Wertpapierhändler. Die beiden Letzteren schienen mir in den Diensten unseres Gastgebers zu stehen. Ich sah flüchtig zu Winona, die ein höfliches Gesicht machte, und dann zu Margot, die es jetzt nicht mehr versuchte. Ich sah mich die ganze Zeit nach einer anderen Rollstuhlfahrerin um, aber ich sah keine. Wo wohl Winonas Freundin war?

Kaum machte Flemming eine Pause, rollte Winona rasch auf eine Chinesin mit großem, weißem Tellergesicht zu, die einsam in der Ecke stand und ebenfalls von der gesamten Feierlichkeit nicht sehr angetan zu sein schien. Als sie zurückkam, sah sie verwirrt aus, und sie sagte leise: »Sie kommt erst extrem spät. Ich verstehe das nicht. Ich verstehe nicht, wieso sie mir nicht Bescheid gesagt hat.«

»Macht doch nichts«, sagte Margot, etwas bemüht. »Sag mal, kann eine von euch beiden vielleicht etwas Mineralwasser auftreiben? Oder gibt es hier nur Alkohol?«

Andrew war von zwei Chinesinnen angesprochen worden und sah lächelnd zu mir herüber.

Ich suchte und fand eine der raren Wasserflaschen und schenkte zwei Plastikbecher voll. Für einen Moment erwog ich, die chinesische Köchin zu wecken, nur zum Spaß, überlegte es mir dann aber anders. Aus den Augenwinkeln beobachtete ich Winona und Margot. Winona versuchte anscheinend, ihre Mutter zu unterhalten, und Margot, so zu tun, als hätte sie einen interessanten Abend, beide waren nicht sehr gut in ihren Rollen. Ich fand es einerseits toll von Margot, sich solche Mühe zu geben, andererseits machte es mir ein wenig Sorgen – das war so gar nicht sie selbst, wie lange würde sie das durchhalten? Meinerseits fand ich diesen ganzen Abend nicht so schlimm, diese Party war so miserabel, dass es schon wieder lustig war. Außerdem hatte ich Andrew dabei – wir waren uns, gerade weil wir an voneinander entfernten Ecken des Raums standen und uns mit unterschiedlichen Leuten unterhielten, der Präsenz des Anderen sehr bewusst, das hatte etwas sexuell Reizvolles – wir konnten jederzeit aufeinander zugehen und würden es auch tun, wir zögerten es nur hinaus.

Ich schrak aus meinen Gedanken hoch, als sich der Zertrümmerungskünstler dicht neben mich stellte. »Mandschurische Geisterkraniche«, hauchte er mir ins Ohr, wobei er auf eine Zeichnung an der Wand zeigte. Er wusste nicht viel über Geisterkraniche oder ihr Vorkommen in der klassischen chinesischen Literatur, aber das wenige erklärte er so umständlich, mit so vielen Wiederholungen, dass es zu einem abendfüllenden Programm hätte werden können, wenn ich mich nicht zwanglos abgewandt und in die Küche begeben hätte, wohin sich, klassischerweise, inzwischen der Hauptteil der Feier verlagert hatte. Die nächste halbe Stunde verbrachte ich damit, einer Chinesin zuzuhören, die den selbstgemachten Nudelsalat aß und dabei zu erklären versuchte, weshalb ihr Liebe solche Angst einflößte, was bei ihrem angesäuselten Publikum gut ankam. Vor allem ein gemischtrassiges Paar, das gerade eben erst auf die Party gekommen war und sich eng umschlungen hielt, fühlte sich animiert und begann, umständlich und in vielen Fachausdrücken von einem »Experiment« zu erzählen. Die Frau war zu stark geschminkt und betrunken –, es fielen andauernd Begriffe wie Identität, Anpassung und Fremdheit. Und es ging um etwas, dass sie »sexuelle Nachmittage« nannten. Die Frau, ich glaubte verstanden zu haben, sie heiße Carolyn oder Carola, aber es war nicht wichtig – rief lachend: »Es sah für eine Weile wirklich so aus, als ob diese ganze Versuchsanordnung in erster Linie auf meine Kosten gegangen wäre! Aber es sah nur so aus!«

Es war seltsam, aber der Chinese, der seinen Arm um sie gelegt hatte, blickte die ganze Zeit zufrieden in verschiedene Richtungen, als ob ihn das alles nichts anginge.

Ich dachte an Christopher. Im ruhigen Fluss unseres

Alltags hatten wir manchmal vergessen, dass wir, wie jedes Paar, auch ein Experiment durchführten.

»Worüber redet sie?«, fragte in leisem Ton Andrew, der plötzlich so dicht neben mir aufgetaucht war, dass sich unsere Hüften berührten.

»Soweit ich verstehe, geht es darum, mit anderen herumzuvögeln, obwohl man in einer festen Beziehung ist«, flüsterte ich mit ernstem Gesicht zurück und schmiegte mich an ihn. Der auf deutsch-chinesische Scheidungen spezialisierte Anwalt betrachtete uns wohlwollend, womöglich sah er in uns künftige Kundschaft. Seine Frau richtete ihm mütterlich die Krawatte.

Da Carolyn nun verstummt war und durstig ihren Wein leerte, begann ein schnauzbärtiger Kerl, sie mit Fragen zu bombardieren, wurde aber von ihr ignoriert und, als er nicht aufgab, wortlos von ihrem chinesischen Freund weggedrängt. Daraufhin wollte er anscheinend eine persönliche Geschichte beitragen und begann, von der »äußerst unspektakulären« Prozedur zu erzählen, die er vor Jahren bei der Heirat mit seiner chinesischen Frau hinter sich gebracht hatte: Zehn Minuten auf ein Amt, man bekomme eine Urkunde und eine Heiratstüte, fertig. Unser Standesamt sei dagegen geradezu festlich. Es schien ihn noch heute zu belasten, dass er so flink abgefertigt worden war. »Äußerst unspektakulär«, sagte er immer wieder, »äußerst.« »Was war da drin – in der Heiratstüte?«, unterbrach Carolyn, während der Scheidungsanwalt es bei einem wissenden Lächeln beließ.

»Ein Handbuch zur Verhütung und Verhütungsmittel.«

Carolyn quietschte in gespieltem Entsetzen auf.

»Was die Gefahr, dass die Liebe zum Gefängnis wird, betrifft, so war er weit weniger blind als ich«, nahm Carolyn den Faden ihrer Erzählung von eben wieder auf, woraufhin eine andere Psychologieinteressierte sich ermutigt fühlte, sie auch aus ihrer Sicht unter die Lupe zu nehmen. Die Blindheit, sagte sie, stehe für die Passionen, die Liebe mache sehend.

»Sie« – sie wandte sich an Carolyns Partner – »Sie haben sie öfter betrogen als umgekehrt, gut, aber in Wirklichkeit waren Sie der größere Gefangene. Der Gefangene Ihrer Lüste!«

Der Mann lächelte weiter freundlich, und da endlich begriff ich, dass er kein Wort verstand, weder Englisch noch Deutsch.

»Habt ihr es mit einem Paartherapeuten versucht, es sind doch geschlechtsspezifische Differenzen«, regte die Anwaltsgattin an.

»Also ich weiß nicht.« Carolyn gefiel es nicht, dass man ihre Erfolgsgeschichte zum Problemfall machen wollte.

»Für Deutsche in Shanghai gibt es allerdings nur wenige Möglichkeiten!«, triumphierte die Anwaltsgattin.

»Es ist eine kranke Gesellschaft, in der jeder zur Therapie rennt«, hörte ich plötzlich Winona laut sagen, und alle starrten sie an, weil sie bisher keinen Ton von sich gegeben hatte. Andrew sah mich mit hochgezogenen Augenbrauen an. Ich nickte ihm kurz zu; mir war ein bisschen schwindlig vom Rauch, außerdem war das Wasser längst ausgegangen.

Der Scheidungsanwalt war begeistert von ihrem Einwurf. »Ja, genau, meine Rede«, sagte er und sah seine Frau stolz an, aber Winona beachtete ihn nicht, sondern fuhr fort: »Man kann auch für sich allein entschließen, etwas zu ändern. Wenn man das wirklich will, ist es vollkommen überflüssig, lange hin- und herzudiskutieren. Und vor allem ist es nicht nötig, die Verantwortung an einen Therapeuten abzugeben.«

Winona schien mit Absicht so laut zu sprechen, dass Margot sie hören konnte. Aber die war ein paar Meter weit weg stehen geblieben, ich sah, wie sie die vielen leeren Flaschen musterte, als ob sie einen Blick auf die Herkunft all dieser Partyweisheit tun würde.

»Aber«, sagte die Chinesin noch einmal leise und nicht mehr zu Carolyn im Besonderen, »wenn einem Liebe Angst macht, das ist doch nichts Gutes, da kann man doch mit einer Therapie ... Wenn einmal die Ängste weg sind ...« Sie unterbrach sich, es fiel ihr anscheinend nichts mehr ein. Ich atmete die verrauchte Luft und hatte schlagartig das Bedürfnis zu gehen.

»Glaubst du, sie kommt noch, deine Freundin?«, fragte ich Winona, die nur mit den Schultern zuckte. »Ansonsten würde ich mich nämlich verabschieden.«

»Ich komme selbstverständlich mit«, sagte Andrew.

»Ich auch«, ließ Margot verlauten.

Ich sah, wie es in Winonas Gesicht arbeitete, Enttäuschung breitete sich darin aus, als ob sie insgeheim gehofft hätte, Margot könnte dieser Zusammenkunft doch noch etwas abgewinnen, aber ihre Traurigkeit wurde ganz plötzlich überlagert von jugendlichem Trotz: »Ich bleibe noch«, gab sie bekannt.

Keiner von uns versuchte, sie umzustimmen, wir wollten alle schnell weg. Hinter uns hörte ich die Anwaltsgattin sagen: »Ich kenne Paare, die haben es geschafft. Sie haben, behaupte ich, zumindest in Bereichen ihre Probleme gelöst.«

Wir riefen ein Taxi, und Andrew kam mit zu mir in die Shaoxing Lu, und ich weiß noch, dass es eine ganz besonders schöne und lustige Nacht war, weil wir abwechselnd die Diskutanten des Abends nachäfften. Im Nachhinein dachte ich aber, dass dieser missratene Ausflug womöglich für Margot das erste Warnsignal gewesen sein mochte, dass sie vielleicht doch nicht bereit war, eine Tochter in ihr Leben zu lassen.

Achtes Kapitel

Zur Pressekonferenz wenige Tage später erschien Margot leger in einer weiten Arbeitshose und mit einem ärmellosen schwarzen Oberteil, sie setzte sich und lächelte unbeteiligt in die Blitzlichter.

Wir nutzten wieder den Veranstaltungssaal des Pudonger Museums. Gemeinsam mit Lian hatte ich eine lange Reihe von Höflichkeiten, Dankes- und Grußworten vorbereitet. Dann kam ich endlich auf das Projekt zu sprechen, erklärte in kurzen Worten die Rahmendaten: soundsoviele Mädchen, Profis und Nichtprofis, Zusammenarbeit mit Garage 2, und so weiter. Vorerst erwähnte ich die Verschiebung nicht.

Dann kam Lian an die Reihe. Da sie abwechselnd Chinesisch und Englisch sprach und irgendwelche Scherze einflocht, lockerte sich die Atmosphäre. Sie lobte Margot in einer anrührenden kleinen Rede.

Nachdem alle auf dem Podium gesprochen hatten, konnten die Presseleute Fragen stellen. Wonge, der am Vortag wiedergekommen und mit dem Kopf anscheinend immer noch am Krankenbett seines Vaters war – dessen Zustand wäre stabiler, meinte er, aber alles andere als gut –, ging mit einem schnurlosen Mikrofon in der Hand durch den Saal und spielte die Rolle des beschwingten Talkmasters. Nur in den kurzen Pausen erkannte man seine wirkliche Verfassung: Er ließ die Schultern hängen, schaute zu Boden, biss sich auf die Lippen.

Ich hörte zu und betrachtete gleichzeitig die Pressemappe vor mir auf dem Tisch, der auch ein Blatt mit Margots Lebenslauf enthielt, aber ich »las« ihn nun vor allem auf die Dinge hin, die nicht darin standen. Sie hatte gar nichts vermisst, am allerwenigsten, sich um ein Kind zu kümmern. Ihr Leben war immer ausgesprochen glamourös gewesen – hier eine inspirierende Zeit in Berkeley oder Paris oder L.A., dort eine Party mit hilfreichen Leute, ihre Eltern hatten sie von früh auf unterstützt und taten dies noch, als sie eigentlich Großeltern waren, und Margot hatte das Glück, dass ihr das niemand übelnahm, da sie talentiert war. Sie hatte niemals echte Verantwortung kennen gelernt, und ihre Projekte konnten auch deshalb so mutig sein, weil es keine wirkliche Fallhöhe für sie gab, ihre Existenz war gesichert. In den USA machte sie dann eine fundamental neue Erfahrung: Es stieß ihr etwas zu, dass sie so nicht geplant hatte und dass ihr bei genauer Betrachtung auch nicht behagte. Und wie reagierte sie? Sie versuchte, es rückgängig zu machen. Sie hatte kein Kind gewollt. Also? Machte sie weiter, als hätte sie keines.

Ihre Kunst erfuhr sogar einen Schub – sie war frei; sie spürte jetzt erst, wie frei sie war. Zurück in Europa drehte sie auf. Sie stellte neue Ansprüche an sich. Aus der begabten Anfängerin wurde eine geachtete Performancekünstlerin der Off-Szene. Sie war sich bei alldem von Anfang an im Klaren darüber, das dieser Status als Geheimtipp nur ein

Sprungbrett sein würde. Sie hatte bereits Ende der Achtziger, als Winona mit fünf Jahren frühzeitig eingeschult wurde, Zeitgeistblätter wie *Tempo* oder den *Stern* im Visier. Sie musste sich ein wenig gedulden – die erste große Geschichte über sie erschien 1994.

Und Winona? Ich hatte inzwischen Einiges herausgefunden. Zum Erscheinen dieses Artikels war sie erst zehn Jahre alt gewesen, aber sie fand ihn später im Netz und las ihn so wie viele andere, die kranken Beine auf einem Schemel unter einer Decke, im Internet. Schon vor dem Unfall hatte Margot eine immense Bedeutung für sie besessen, mehr noch als ihre anwesende Mutter hatte sie sie geprägt. Ihre eigenen Launen lebte sie in Margot-Phantasien aus. Manchmal, wenn es ihr besonders gut ging, dichtete sie ihr edle Gründe an, sie verlassen zu haben, nur um sie dann wieder zu dämonisieren und sich selbst zu bemitleiden. So war sie emotional immer äußerst beschäftigt (sie hatte kaum Zeit, sich mit irgendwelchen Verliebtheiten und Jungs abzugeben), und sie entwickelte eine komplizierte Sehnsucht nach dieser Frau. Mei, die immer für sie da war, begann in ihrer Wahrnehmung schlicht das Gegenteil von Margot zu verkörpern, und wenn Winona sich über irgendetwas ärgerte, ließ sie ihre Wut an der Ziehmutter aus, indem sie sie wegen mangelnder Sprachkenntnisse, Ungebildetheit und allen möglichen anderen Dingen aufzog.

Aber dann geschah der Unfall, und das Einzige, was sie rettete, war ihre Liebe zu Büchern. Während sie die Zeit auf dem College vor allem gebummelt und ihre sozialen Kontakte gepflegt hatte, stürzte sie sich jetzt in die Wissenschaft, vertauschte den gesellschaftlichen Erfolg mit dem akademischen. Eine Weile begeisterte sie sich für Frida Kahlo, aber dann war ihr das zu offensichtlich, und eines Tages, als sie über ihren rostresistenten Rollstuhl nachdachte, in dem sie nun also altern würde, kam sie darauf, dass die Vergänglichkeit des Materials interessant sein könnte. Im Hintergrund blieb immer die vage Hoffnung auf eine spätere Heilung. Es sah so aus, als hätte sie ihr Schicksal akzeptiert, ja, wie man so sagte, sogar das Beste daraus gemacht, aber eigentlich sah sie in ihrer Behinderung entgegen aller Vernunft nur ein temporäres Gebrechen. Was Andrew ihr über die rasanten medizinischen Fortschritte auf allen Gebieten erzählte, schien ihre unerschütterliche Meinung zu bestärken. Je mehr ich über Winona nachdachte, desto deutlicher wurde sie Margots Tochter. Sie hatte eine beträchtliche Fähigkeit all das zu verdrängen, was sie nicht oder zu einem bestimmten Zeitpunkt noch nicht verändern konnte, und den Rest anzupacken – eine Methode, die gut funktionierte. Und was passierte jetzt? Diese neue, wunderbare Freundschaft stellt eine Anerkennung dar, die nicht weniger tat, als ihre Identität noch einmal neu zu begründen. Es schien, als würden ihre Träume wahr.

Lian stupste mich sacht mit dem Ellbogen an. Jemand hatte sich mit einer Frage an mich gewandt, und ich musste wohl oder übel darum bitten, diese noch einmal zu wiederholen. Dann erklärte ich, wie es zum Titel von Margots Performance – *Arbeiter und Träumer* hatte MW *37* ersetzt – gekommen war.

»Die schwersten Aufgaben des Menschen sind, zu träumen und zu arbeiten. Schlafen und faul sein kann jeder. Meine Models stellen sich dem. Sie sind wahre Heldinnen«, ergänzte Margot, und dann sprach sie lobend über die Willensstärke der Mädchen, die sich bestimmten Strapazen freiwillig aussetzten. Ich war angenehm überrascht, dass sie so gesprächig war.

»Die Mädchen geben mir etwas von sich, und doch ist es auch umgekehrt«, sagte Margot. Das unglückliche Bewusstsein, nicht genau so auszusehen, wie es herrschende Körperideale vorgeben, hat heute Leidensqualitäten von geradezu metaphysischen Dimensionen angenommen. Was ich den Mädchen schenke, ist die Möglichkeit, diese Erlebnisse in eine Erfahrung von Ekstase umzuwandeln. Ihr Leiden wird ihre Stärke. Es ist ein Glaube, der sich in ihnen entwickelt, und er setzt sich gängigen Idealen entgegen. Es ist ein Kampf, aber sie können siegen.«

»Und wie erkennen Sie selbst, dass es Kunst ist, was Sie machen?«, fragte eine Stimme dazwischen. Sie gehörte einem blassen jungen Mann, der neben einem Kameramann stand, dessen Gerät die ganze Zeit lief. Als alle ihn ansahen, zuckte er mit den Schultern.

Margot schaute ruhig in die Kamera und sagte: »Und woher wissen Sie, dass das, was Sie gerade machen, wirklich seriöse Berichterstattung ist?«

Das Lächeln des jungen Mannes gefror.

Der Kameramann schnellte mit dem Kopf hinter seiner Kamera hervor und rief: «Das können wir so aber nicht gebrauchen!«

Gelächter im Saal. Noch ein Arm hob sich, und Wonge eilte mit dem Mikrofon hin. Es war eine Europäerin mit winzigem Sonnenhut auf den hochgesteckten Haaren.

»Sie sprechen hier immer alle von einer *Performance*, die wir bald sehen sollen. Ist das wirklich richtig?«

Ich wusste, worauf sie hinauswollte – die Frage war nicht die allerneueste –, und ergriff das Wort.

»Sicher, Sie haben nicht Unrecht. Begrifflich korrekt, ich meine: wissenschaftlich korrekt haben wir es hier mit Körperskulpturen zu tun. Mit *Body Art*. Aber wenn die Künstlerin selbst den Ausdruck *Performance* bevorzugt, so hat dies seine Gründe darin, dass beim Wort Performance eine Tradition mitgedacht werden soll.«

Es gab eine Pause. Eine Journalistin, die sich als Redakteurin von *China Daily* vorstellte, fragte: »Frau Winkraft, ist es nicht so, dass es in Ihrer Arbeit um das Geheimnis der Intimität geht?«

Margot nickte: »Das Geheimnis der Intimität ist beunruhigend – hier steht, und das kommt selten vor, nicht die Oberfläche im Vordergrund. Es ist peinlich. Ich mag das.«

Die Frau schien zu zögern, ob sie weitermachen sollte oder jemand anders an der Reihe war. Ich nickte ihr aufmunternd zu.

»Für mich ist das fast wie das Geheimnis der Menschheit«, bemerkte die Journalistin daraufhin.

»Ja, genau das ist der Grund, warum ich die Mädchen immer noch hinstelle, weil ich nicht weiß, was es bedeutet. Gibt es da etwas oder nicht?«

»Kann man insofern auch an die Situation bei Beckett

denken, Frau Winkraft? Es gibt da nichts, aber das – nun ja, immer auf sehr hohem Niveau. Ich denke, dass das Nichts auch immer ein Etwas ist, ich kann das schwer erklären aber … Bei Ihnen ist alles weniger sensationell und ruhiger.«

Die junge Journalistin hatte rote Ohren bekommen. Es läuft prima, dachte ich, das ist genau die Art von Gespräch, die Margot schätzt.

»Ja«, sagte die auch prompt, »ja, im Prinzip können Sie das so sehen. Aber die Frage ist doch: Verschwindet die Metaphysik in einer Person, wenn sie älter wird, oder bleibt sie erhalten? Das ist eine beängstigende Frage. Bei manchen Frauen verschwindet sie. Die meisten Frauen verlieren sie. Es geht dabei nicht unbedingt um körperliche Schönheit. Manche Frauen sind ihr Leben lang von einer gewissen Aura umgeben, aber das sind nicht viele. Vielleicht ist Schönheit gerade deshalb so faszinierend, weil sie vergänglich ist. Bei Männern ist das alles anders. Doch eine Frau ist eigentlich wie eine Blume. Sehr tragisch.«

Alle schwiegen, Bleistifte kritzelten. Nach einer Pause fügte meine Chefin hinzu: »Ich kenne immer noch nicht den wahren Grund für meine Arbeit.«

Prima, dachte ich, und jetzt kommt noch, dass wir alle länger in China bleiben, weil es uns so gut gefällt. Und sie werden begeistert sein. Und so war es.

»Ich hoffe, Sie sind gespannt«, schloss ich lächelnd, und im Saal wurde applaudiert. Lian strahlte.

Auf dem Rückweg jedoch war Margot still, und als wir zu Hause – ich nannte die Shaoxing Lu inzwischen so,

Anna lachte sich halbtot darüber –, als wir also bei unseren Apartments aus dem Taxi stiegen und Lian mit dem Wagen weiterfahren ließen, sagte Margot zu mir: »Das war reiner Bluff – ich habe eigentlich noch keine Ahnung, was ich machen will. *Immer noch nicht.* Winona …«

»Ja?«

»Winona lenkt mich doch sehr ab.«

Da war es, was ich halb erhofft, halb befürchtet hatte.

Bei mir schrillten alle Alarmsignale, was die arme Winona anging – einerseits. Andererseits dachte ich, sie hat Recht. Ja, wenn ich ehrlich war, wünschte sich ein Teil von mir unsere Zweisamkeit zurück.

»Naja, morgen machen wir ja erst einmal zusammen einen Ausflug «, sagte ich vorsichtig, denn das hatten wir tatsächlich geplant.

Margot seufzte: »Ja. Allerdings werde ich sie heute Abend noch anrufen und ihr meinen veränderten Entschluss mitteilen. Ich kann sie nicht nach Deutschland mitnehmen, ich kann das wirklich nicht. Je früher sie es erfährt, desto besser.«

»Aber sie freut sich doch so, Margot!«

»Ach, ja. Sie weiß es erst seit Kurzem, sie wird fünf Tage brauchen, um darüber hinwegzukommen. Junge Leute sind so.«

Sie schnippte mit dem Finger zum Zeichen, wie unstet die jungen Leute von heute waren. An ihrem Ringfinger funkelte der kühle graue Stein, und ich dachte plötzlich an Tongs warmen Hals und das Band darum. Immerhin hatte sie es ausgesucht.

»Aber nicht Winona, Winona ist anders.«

»Auf einmal! Du fandest es doch gar nicht gut, dass sie mitkommt!«

»Überleg es dir noch einmal bis morgen«, bat ich.

Aber sie erschien am nächsten Morgen nicht zu unserem verabredeten Treffpunkt. Wir warteten schon seit zwanzig Minuten mit Rucksäcken und Wasserflaschen vor dem Café *Vienna*, das noch geschlossen hatte. Anna schaute immer öfter auf die Uhr, und ich überlegte die ganze Zeit, ob ich Tong nicht doch hätte mitnehmen sollen. Ich beobachtete Winona, die den geschwollenen Augenlidern nach zu urteilen geweint hatte, aber jetzt, seltsamerweise, Vorfreude ausstrahlte, wenn sie aufgeregt die Straße hinuntersah, um nur ja nicht zu verpassen, wann ihre Mutter endlich käme. Das machte mir ein wenig Sorgen.

»Warum treffen wir uns eigentlich hier?«, wollte ich wissen. »Unser Haus ist doch um die Ecke.«

»Nun«, sagte Anna, sah auf die Uhr, und trommelte mit den langen, spitz gefeilten Fingernägeln auf dem Deckel ihrer Fototasche herum. »Das hat die Chefin gesagt.«

»Was für eine idiotische Idee. Lass uns zumindest reingehen und einen Kaffee trinken. Wenn wir Hans oder seine Frau rausklingeln ...«

Anna schüttelte den Kopf: »Wir sind spät genug dran! Der Bahnhof ist riesig, und wir müssen auch noch hinkommen.« Sie zog ihr Handy heraus, tippte, horchte, schüttelte den Kopf und steckte es wieder weg.

»Das ist wirklich aufregend, was wir gleich sehen«, rief

Winona, die unseren Streit überhörte und lieber wieder die Straße hoch und nach Margot sah, »eines von vielen, vielen Häusern, die gesprengt werden, die Besitzer protestieren selten, sie trauen sich nicht. Sie hoffen, dass die Wohnungen in den Randbezirken, in die sie umgesiedelt werden, komfortabler sind. Oh, diese Stadt ist so sehr im Umbruch …«

Ich schüttelte den Kopf und sah sie forschend an. Was ging bloß in ihr vor? Warum diese Verstellung? Sie musste doch gekränkt sein.

Sie schien als Einzige nicht zu schwitzen. Ihre Wangen schimmerten rosa in dem ansonsten blütenzarten, weißen Gesicht, und ihre Schultern ragten mager aus dem weit ausgeschnittenen, dünnen Sommerkleid, zu dem sie, wie immer, die Ohrringe trug, die Margot ihr geschenkt hatte. Ihre Verletzlichkeit wurde von einem großen, grob gestrickten Schal noch betont – ein reines Mode-Accessoire, schon weil er aus lauter Löchern bestand. Während sie redete, funkelten ihre Augen, und ihre Hände flatterten in der Luft herum.

Gerade wollte ich vorschlagen, doch noch mal nachzusehen, ob Margot nicht einfach in ihrem Apartment war und verschlafen hatte, da bemerkte ich sie. Sie näherte sich von der anderen Ecke her, nicht vom Haus, und sie erschien ohne ein Gepäckstück und mit einen Stift in der Hand, den sie anscheinend aus Versehen mitgenommen hatte. (Nachdem sie gesprochen hatte, war ich mir aber sicher, dass diese Details durchdacht waren; sie stellte den Inbegriff der zerstreuten Künstlerin dar): »Ich bin nur schnell hergehuscht, um euch zu sagen, es wird nichts. Ich muss noch arbeiten.«

»Du kommst nicht mit?«, fragte Winona ungläubig. Ich sah, wie Margot ihr in die Augen blickte, ein kurzes Abschätzen, dann senkte die Jüngere den Blick.

Ich musste daran denken, wie zufrieden sie noch vor kurzem auf ihre Tochter geschaut hatte. Es war nur eine jener Phasen gewesen, wie sie bei launischen und egozentrischen Personen vorkommen, sie fühlte sich in keiner Weise verantwortlich. Es war längst zu spät. In all den Jahren, in denen sie versucht hatte zu vergessen, kühl und berechnend zu sein, war sie kühl und berechnend geworden.

»Es ist noch etwas zu tun, ich habe Änderungen im Sinn«, sagte Margot, den Blick auf ihren Kugelschreiber in der Hand gerichtet. »Ich bin eben spazieren gewesen, um alles zu überdenken. Ach, und ich brauche dich, meine Liebe.«

Ich wusste, wen sie meinte – mich –, aber Winona war es, die »in Ordnung« antwortete.

»Oh, nein«, sagte Margot, »ihr zwei fahrt natürlich trotzdem. Kommt nicht in Frage, dass ihr meinetwegen eure Pläne ändert.«

Und leise, sich schon abwendend, ergänzte sie, nur für mich bestimmt: »Sie kann eine ziemliche Klette sein, nicht wahr?«

Es war eine Bemerkung, die nach keiner Antwort verlangte.

Margot winkte zum Abschied, und ich nahm meinen Rucksack auf und trottete hinter ihr her.

»Die arme Winona hat sich auf dich gefreut«, wagte ich

zu bemerken, und ich sah mich noch einmal um, wie wir sie einfach auf der Straße stehen ließen, Anna und Winona.

»Ach was, sie ist froh, mit Anna zusammen zu sein. Die beiden mögen sich. Dich himmelt sie ja auch an. Das ist das Alter.«

Margot klang weise, als ob sie über Nacht zu einer Expertin für junge Mädchen geworden wäre. Andererseits war es vermutlich wirklich gut, dass Winona diesen Tag nicht in Margots Nähe verbrachte. Wenn sie sich Anna anvertrauen würde, so fände sie eine verständnisvolle Zuhörerin.

Wir gingen die Treppe hoch, vorbei am ersten Stock, wo ich vorhin erst meinen Rucksack gepackt hatte; jetzt stellte ich ihn einfach vor die Tür und folgte Margot. Während sie auf ihrem Pult herumkramte und ein paar Notizen zusammenpackte, bekam ich auf einmal das Bedürfnis zu erklären, weshalb ich so überrascht über ihr Bekenntnis war, dass ihre Arbeit stockte.

»Ich hatte gedacht, dass du so viel mit Winona unterwegs bist, bedeutet – du hast alles fertig im Kopf.«

Margot heftete ihre hellen Augen auf mich, die Längsfurchen zwischen ihren Augenbrauen schienen noch tiefer geworden zu sein, ihr charakteristisches »M« sah aus wie eingebrannt.

»Nein«, sagte sie nur.

Sie schulterte ihren Rucksack: »Jedenfalls werde ich mich jetzt voll auf die Performance konzentrieren. Etwas stimmt nicht … und ich hatte von Anfang an das Gefühl, ich würde es vor Ort finden.«

»Du willst noch mal in die Garage 2?«

»Nein – ich muss nicht in die Galerie hinein. Lass uns das Gelände abgehen. Ich meine, ich hätte neulich etwas dort gesehen, das wir brauchen könnten.«

»Bist du noch mal da gewesen?«

»Mit Winona. Aber die Idee hatte ich erst allein zu Hause; sie hat die ganze Zeit auf mich eingeredet.«

Margot ließ den Taxifahrer schon kurz nach der Biegung des Flusses, am Straßenschild der Moganshan Lu, anhalten und stieg aus.

Zuerst lief sie weg vom Fluss. Wie ein Tier, das seine Umgebung auf Feinde hin absucht, streifte sie durch die engen Gassen. Gerüche von Fäulnis wechselten ab mit jenen von gegrilltem Fleisch und in Fett gesottenen Nudeln, die Essensdüfte drangen von überall her, obwohl es erst acht Uhr morgens war. Chinesinnen mit breiten Gesichtern, in blauen Arbeitsschürzen, kippten Eimer voller Gemüsereste und Abwaschwasser auf die Straße, einige Straßen wirkten durch die gespannten Wäscheleinen und aufgestellten Schemel, hinter denen Zeitschriften gestapelt waren, so privat, dass es mir unangenehm war, hindurchzugehen, aber Margot strebte wie von einem Magneten gezogen weiter voran, und sie arbeitete sich auf diese Weise so systematisch durch das Gewimmel, dass ich begann, an einen geheimen Plan zu glauben. Mir floss der Schweiß herunter; ich hätte langsam Lust auf ein Frühstück gehabt. Als wir das Viertel durch hatten und wieder am Straßenschild standen, dachte ich, wir wären nun fertig, aber sie änderte nur die Richtung und lief jetzt zum großen, im Morgenlicht grau und glitzernd daliegenden Fluss und dann am Wasser entlang auf unbefestigtem Gelände. Wir trugen diesmal beide Turnschuhe, mussten aber dennoch vorsichtig auftreten, weil Bauschutt und Glassplitter im ausgedörrten Gras lagen. Inzwischen hatte ich es aufgegeben, sie zu fragen, wonach sie suchte, und achtete nur auf den Weg. Nach einer Weile merkte ich, dass wir von hinten an das M 50 herangekommen waren. Margot blieb stehen. Ich bemerkte, dass ein paar schwarzbraune Erdhügel an den Rändern der Wiese aufgehäuft waren, frische Blumenerde, kein Bauschutt.

»Ja. Ich weiß jetzt, was wir machen«, sagte sie. Ihr Gesicht war nass und so weiß, dass ich Angst bekam. In diesem Moment klingelte mein Handy.

»Margot, es ist Anna …«

Aber sie hörte mich nicht, sie war in die Hocke gegangen und ließ Erde durch ihre manikürten Finger rieseln. Während ich telefonierte, ging sie erst hierhin und dorthin und dann auf einmal schneller, auf die Fabrik zu, und ich ärgerte mich; sie sah doch, dass ich ein Gespräch führte, wieso rannte sie weg? Ich folgte ihr langsam, die Verbindung war nicht gut. »Ihr verpasst etwas«, rief Anna fröhlich. »Das ist ein Tumult! Dieser Zang Jinli – der, dessen Haus abgerissen wird – ist auf einen Bauarbeiter losgegangen. Und es ist überhaupt nicht mehr klar, wofür er eigentlich kämpft –, nur ums Kämpfen geht es ihm, scheint mir. Das gesamte Viertel hier ist schon verschwunden. Sein Haus wirkt wie eine Insel in einem Meer von Ruinen.«

»Wie geht es Winona?«, fragte ich.

»Oh, sie ist schon etwas enttäuscht.«

»Das kann ich mir denken.«

Zögernd führte Anna aus: »Sie steckt es aber überraschend gut weg. Sie hat gesagt, sie wisse, dass Margot Künstlerin sei; sie nehme es daher nicht allzu persönlich.«

Hm. Das gefiel mir nicht. Es könnte sein, dass dies die Sache nur verzögerte. Womöglich ging Winona davon aus, dass Margot nach der Performance entspannter sein würde und wieder ebenso begeistert von ihr wie vorher. Sie glaubte nicht, was ich dachte: Dass Margot jetzt genug von ihr hatte auf unbestimmte, aber gewiss längere Zeit.

»Sie ist jedenfalls abgelenkt«, ergänzte Anna. »Im Moment unterhält sie sich mit einer Frau vom Fernsehen, ich habe sie gebeten, ein paar Fragen für mich zu stellen. Ich will diesen Jinli noch mal in der Studiosituation portraitieren … Du, ich verstehe, dass man sein Haus nicht aufgeben will, aber es kann doch unmöglich angenehm sein, hier zu wohnen.«

»Vielleicht gibt es eine Entschädigung, die er in die Höhe treiben will?«

»Jaja, das ist im Gespräch. Trotzdem, ein erstaunlicher Mann. Ich werde eine Fotodokumentation machen.«

Ich beobachtete aus den Augenwinkeln Margot, ihre zierliche Gestalt stand zwischen den Drahtzäunen zum M 50 hin und den Schutthaufen, die sich dahinter türmten, Baumaterialien und Müll. Ich sah nur ihren Umriss im grellen Morgenlicht; jetzt bückte sie sich zu etwas hinunter und blieb davor hocken wie die Katze vor ihrer Beute.

»Ich muss jetzt Schluss machen«, sagte ich, »Margot heckt etwas aus.«

»Ich weiß, ich weiß. Aber es ist so interessant. Und Winona ist ein wandelndes Lexikon. Sie hat mir erklärt, dass sich hierzulande, da China über Jahrtausende von Kaisern regiert wurde, die Bedeutung von Bürgerrechten im kollektiven Unbewussten kaum verankern konnte ...«

Ich unterbrach das Gespräch und lief zu Margot, die gerade ihre Hände mit ihrem Evianwasser und einem Taschentuch säuberte. Im gleißenden Vormittagslicht blitzten Keramik- und Glasscherben auf den Abfallhaufen, man sah zerbrochene Töpfe, einen zersprungenen Spiegel und dann etwas, das wie eine winzige Plastikhand aussah. Margots Ring blendete mich kurz, dann sah ich, dass sie danach griff. Und ich sah, was sie da hervorzog: eine große, blasse Babypuppe, die zwar nicht nagelneu, aber anscheinend noch völlig intakt war. Mit ihren dicken, wie Kaugummiblasen nach außen gewölbten Wangen, bläulich angestrichenen Lidern und dem rosa Leib hatte sie geradezu friedlich in einem Bett aus Kohlblättern, Schrauben und Steinen gelegen. Das gekrümmte Patschehändchen, das ich gesehen hatte, war auf einem Stück Autoreifen zu liegen gekommen.

Die andere Hand fehlte, der Ärmel ihres weißen, mit blauen Pferdchen und Schmetterlingen bedruckten Strampelanzugs war hohl. Ich fragte mich, welches Kind sie nicht mehr hatte haben wollen. Margot sah sie sich genau an, mit seltsam forschendem, kaltem Interesse. Vermutlich, dachte ich, möchte sie sie mit in die Performance einbeziehen, und ich trat näher heran, um die Puppe anzusehen; aus der Nähe, in den Details, war sie hässlich: die Plastik-Wimpern lang und rötlich-weiß, die Ohren sehr groß und durchstochen, einige Striche am runden Kopf sollten Haare symbolisieren. Die Stirn war sehr rund, gleichzeitig floh der Ansatz zur Nase, einer Stupsnase, in einer übertriebenen Delle nach innen – jemand hatte gewaltsam Niedlichkeit herstellen wollen. Ich war überrascht, wie weiß ihre Kleidung noch war, obwohl sie doch hier im Dreck lag.

»Nicht alle Frauen sind dazu bestimmt, gute Mütter zu sein.«

Ich sah sie perplex an. Ich wusste nicht, was ich sagen sollte. Glaubte sie, ich hätte gerade mit Anna über sie gesprochen?

»Es ist okay«, sagte ich ratlos.

Sie heulte auf. »Das ist es nicht. Ich kann mich jetzt noch kaum daran erinnern, wie ich sie im Krankenhaus bekommen habe. Oder wie ich das Baby stillte. Oder sie Mei gab und mich von Xiangjan verabschiedet habe. Ich hatte niemals das Gefühl, ganz und gar dabei zu sein, wenn es um diese Baby-Geschichte ging. Es war, als hätte ich für kurze Zeit etwas in einem anderen Leben zu tun gehabt. Und ich war so müde immer, so müde – und insgeheim wusste ich die ganze Zeit, es gab noch mein richtiges Leben, das als eine Person der Kunst, und ich musste nur ein paar Schritte hintun.«

»Wenn du mir nur das erzählen wolltest …«, begann ich, und ich dachte tatsächlich: Vielleicht können wir doch noch zu dieser Sprengung fahren, aber sie unterbrach mich sofort.

»Ich musste sie weggeben, ich war so eine schlechte Mutter. Ich bekam es jeden Tag zu spüren. Ich konnte nichts dafür. Ich konnte sie einfach nicht schreien hören. Manchmal wäre ich, glaub ich, fähig gewesen, ihr den Kopf an der Wand zu zerschmettern. Stell dir vor, das ging immer so – wie eine Sirene. Ich habe alles getan, alles versucht, aber sie konnte mich nicht leiden.«

Wenn ich es mir im Nachhinein überlege, kam diese Selbstanschuldigung noch am ehesten einer Entschuldigung gleich. Aber es war keine.

»Es ist vorbei«, sagte ich sanft.

»Das ist es nicht, nein. Es fehlt etwas ... oder es ist etwas zu viel ... aber, ach, du hast Recht, wichtig ist jetzt die Performance.«

Sie atmete durch, ihre Gesichtszüge entspannten sich.

»Möchtest du, dass wir sie mitnehmen?«, fragte ich und hob das Kinn zu der Puppe, die Margot nun wieder auf den Boden gelegt hatte. Ich hatte auf einmal das unerklärliche und sentimentale Gefühl, es wäre grausam, sie hier zurückzulassen.

Aber Margot schüttelte den Kopf, stand aus der Hocke auf und schaute zurück zu den Erdaufschüttungen. Sie war schon wieder mit etwas anderem beschäftigt, die Puppe hatte nur als Katalysator gewirkt für irgendeine neue Idee. Sie stapfte zurück zu den Maulwurfshügeln. Ich folgte ihr wie von einer unsichtbaren Leine gezogen.

»Erde«, sagte Margot. »Das hat uns gefehlt.«

»Bitte, was?«

»Aber wir müssen sie ausstellen. Komm mal mit.«

Jetzt sagte ich nichts mehr; sie dachte laut.

»Ja, ich habe etwas gesehen!«

Ich folgte ihr den Huangpu entlang, dann standen wir plötzlich vor einem Original-Gewächshaus aus dem 19. Jahrhundert. Vor dem Hintergrund der industriellen Schuttlandschaft hier sah es für sich genommen schon aus wie eine Installation. Es war riesig. Ich konnte mir nicht denken, dass es einfach zum Verschrotten bereitstand.

»Margot, ich nehme an, das gehört jemandem.«

»Darum kümmerst du dich, wir benutzen es ja nur und geben es dann zurück, wir schleppen es auf das Gelände direkt hinter dem M 50. Die Mädchen passen da hervorragend rein. Ja, das ist es – das und die Erde zusammen! Ich werde einen Erdhügel in der Mitte der Galerie aufschichten. Diese Art von saftiger, fruchtbarer Erde da hinten. Braune, saubere Blumenerde. Und die Mädchen werden nackt sein. Nur Schuhe und Perücken.«

»Ich rufe mal Lian an«, sagte ich.

Aber Margot reagierte nicht; sie plante und hatte alles um sich herum vergessen.

Sie sah zufriedener aus, als ich sie seit langem gesehen hatte. Es war dieser gierige Blick, den sie immer bekam, wenn sie im Kopf ihr Kunstwerk komponierte.

Ich gab Lian erst einmal die Fakten durch und verabredete mich dann mit ihr in der Garage 2. Danach rief ich die Psychologin an, die wir für die Mädchen engagiert hatten, und erklärte ihr die veränderte Sachlage.

»Nackt?«, fragte Dr. Peng, und ich bestätigte es.

»Das könnte ein Problem werden.«

»Tun Sie, was Sie können!«

Gut, das war jetzt Stress, aber irgendwie beruhigte es mich auch. Dies war die Chefin, die ich kannte. Ihre besten, beängstigendsten, radikalsten Arbeiten waren jene gewesen, die Angst machten, indem sie die Reduktion auf die Spitze trieb. Wenn sie etwa, wie in ihrem Werk *MW 22* bei der *documenta*, anorektisch aussehende Frauen mit von Netzen verhüllten, in Eiform gepressten Köpfen zeigte, mit rasierter Scham, anonym wie Embryos und augenscheinlich krank. Sie standen einfach da, hatten nichts zu tun. Oder ihre Tafelrunde, die dicken Frauen, die nach Farben sortierte Speisen zu sich nahmen. Die Models bildeten in den einzelnen Werken Gruppen, aber ohne es zu wissen, traten sie auch als Teil einer großen, fiktiven Familie auf.

Wir gingen um das Gelände herum, und kurz darauf befanden wir uns am Eingang zum M 50. Inzwischen waren zwei Taxen davor zum Stehen gekommen, wir winkten eines für Margot heran; ich blieb noch und wartete auf Lian. Licht und Schatten wechselten über dem flachen Platz zwischen den Studios, und ein Cafébetreiber verschob unentschlossen seine Stühle für die Mutigen, die draußen sitzen wollten.

Lian war der Ansicht, wir sollten das Gewächshaus einfach mit einem Kran an den von Margot gewünschten Ort bringen, dann werde sich derjenige schon melden, dem es gehörte, er werde Geld von uns verlangen und drohen, sonst die Polizei einzuschalten. Mir gefiel dieser bürokratische Minimalaufwand so gut, dass ich sofort zustimmte. Die Erde zu besorgen, war dann nur noch ein Klacks.

Als Anna mich abends anrief, hatte ich gerade von Dr. Peng gehört, dass auf jeden Fall genug Mädchen mitmachen würden, und so war ich bester Stimmung.

»Das heißt, du hast morgen ein, zwei Stunden Zeit für mich?«

»Sicher, Anna! Was hast du vor?«

Sie brauche meinen Rat beim Kauf eines Abendkleides, sagte sie.

Sie habe bei Dolce & Gabbana eines aus schwarzer Seide gesehen, sehr eng anliegend oben, aber unten weit ausgeschnitten, mit Spaghettiträgern und einer kleinen Jacke.

Ich wunderte mich nicht, denn Anna kam aus einer angesehenen Hamburger Familie, und es gab in ihrem Leben durchaus Anlässe, so ein Kleid zu tragen.

»Natürlich komme ich mit!«

»Fein. Wie fändest du es, wenn ich auch Tian, Lian und Linfei einlade, und Winona und Andrew? Wir machen eine kleine Party – wenn ich schon so viel Geld ausgebe.«

Ich musste lachen – eine Party zum Kleiderkauf, das war typisch Anna: »Tu, was du nicht lassen kannst.«

»Ach ja, Luisa: Tian hat seine Rolle bekommen, in der Arztserie. Vergiss nicht, ihm zu gratulieren!«

»Woher weißt du das nun schon wieder?«

Sie erzählte mir, dass Tian mindestens einmal täglich bei Winona anrufe. Einmal habe Winona aufgelegt und dann zu Anna mit echter Wut in der Stimme gesagt: »Manchmal denke ich, er übt nur für seine Fernsehambitionen an mir. Wie man als Arzt einen Rollstuhl schiebt! Merkt er denn nicht, dass wir absolut nicht zusammenpassen?« Anna sagte, sie habe darauf nichts erwidert, aber diese ganze Art habe sie an M erinnert.

Am nächsten Vormittag gegen halb elf kam unser Taxi vor einem der Altbauten aus der Kolonialzeit am Bund zum Stehen, ganz in der Nähe des Cafés, in dem Margot und ich neulich vor dem Regen Zuflucht gesucht hatten. Anna, die die ganze Fahrt über zappelig gewesen war, sprang sofort aus dem Wagen und lief zum Schaufenster. Ich bezahlte den Fahrer.

»Ist es eines von denen?« Ich deutete auf die drei Puppen in großer Robe, die im Schaufenster zu sehen waren.

»Nein, ich habe dir doch gesagt, es ist schwarz! Winona meinte übrigens, sie könne auch so ein Kleid gebrauchen. Lass uns reingehen. Oder, nein, sie öffnen ja erst in fünf Minuten, wie dumm … Ich rauche noch eine, wenn es dir nichts ausmacht.«

»Winona will sich ein Abendkleid kaufen? Gibt es einen aktuellen Anlass?«, fragte ich, und ich dachte, dass ich ganz schön falsch gelegen hatte mit meiner Vermutung, sie wäre tagelang am Boden zerstört wegen Margot. Andererseits, vielleicht war diese Überdrehtheit auch nur die Kehrseite der Medaille und gar nicht unbedingt ein gutes Zeichen. Ich seufzte.

Anna strahlte: »Sie ist eben Optimistin. Die Anlässe

kommen dann von ganz alleine, du wirst sehen. Hast du mal überlegt, ob du nicht auch …?«

»Vergiss es.«

Ich sah mir die Kleider der drei Puppen an und dachte an die Veranstaltungen, auf denen ich mit Margot gewesen war, beim Frankfurter Opernball zum Beispiel, oder bei einer Feier im MoMA; Margot hatte die Kleider für mich aufgetrieben. Sie war stolz gewesen auf mich, als ich mit den Männern, die eigentlich zuerst sie aufgefordert hatten, Tango oder sonst etwas Angeberisches auf einer fast leeren Tanzfläche tanzte. Ich seufzte erneut.

Anna hatte gerade ihre Zigarette geraucht, da kamen Lian und Linfei um die Ecke. Lian schob einen Kinderwagen, in dem das Baby lag, dessen Existenz ich seit unserem allerersten Besuch in der Garage 2 beinahe vergessen hatte. Es hatte keinen Ausschlag mehr, sondern lag in seinen Kissen und sah zum Anbeißen aus.

Eine halbe Minute später, wir hatten die kleine Familie kaum begrüßt, tauchten Winona und Andrew auf. Und da war auch Tong. Erfreut ließ ich den schwanzwedelnden Hund an mir hochspringen und mein Gesicht ablecken. Auf einmal fühlte ich mich hier, mitten auf einer Shanghaier Straße, merkwürdig zu Hause, als ob Anna doch Recht hätte und es gäbe irgendwo in der Welt einen richtigen Ort zur richtigen Zeit.

»Besser, ich nehme ihn an die Leine«, sagte Winona mit skeptischem Blick auf das edle Schaufenster.

»Das mache ich schon«, bot ich mich an.

Kaum hatten wir das Geschäft betreten, stürmten drei

Verkäuferinnen auf uns zu. Angesichts von Rollstuhl, Hund und Kinderwagen wirkten sie leicht überfordert, bemühten sich aber um Freundlichkeit. So voll war es in dem exklusiven Haus bestimmt selten gewesen. Tong nahm auf einem der lila Lederquader Platz, die offensichtlich zur Anprobe von Schuhen gedacht waren, schnüffelte, seufzte und legte sich hin.

Von draußen hatte ich gedacht, dass dieses Dolce & Gabbana vor allem museale Qualität hatte, aber nun bemerkte ich, dass darin durchaus Geschäfte gemacht werden sollten. Es gab mehr Kleidungsstücke zur Auswahl, als man denken würde, wenn man nur das Schaufenster gesehen hatte, und dadurch, dass diese Stücke zwischen verspiegelten Raumteilern hingen, sah es in manchen Abschnitten geradezu voll aus. Separées warteten auf Kundschaft, die auf Diskretion Wert legte, auf einem Marmortisch stand noch ein halbvolles Glas Champagner. Auf einem Videobildschirm wurden europäische D&G-Modenschauen gezeigt. Ich war stolz auf Tong, der mit seinem weißen Fell und dem schimmernden Halsband auf den lila Sitzen aussah wie aus einem Hochglanzmagazin geschnitten, und ein wenig auch auf Andrew, der erst Hand in Hand mit mir durch den Laden spaziert war und sich dann mit geduldiger Miene neben den Hund gesetzt hatte; er war wirklich ein sehr attraktiver Mann. Die Verkäuferinnen musterten ihn verstohlen, und ich fragte mich, wie sie es insgeheim bewerteten, dass er mit einer Europäerin zusammen war.

Durch die geschickte Raumaufteilung merkte ich erst

mit Verzögerung, dass wir nicht die einzigen Kunden waren: Ganz hinten, bei den Umkleidekabinen, stand ein chinesisches Paar. Der Mann trug einen hellen, sommerlichen Leinenanzug, die Frau posierte barfuß und in etwas Grünem vor dem Spiegel; es war ein eigentlich unmögliches Grün, irgendetwas zwischen Erbse und Senf, aber es sah hinreißend an ihr aus, irgendein Schimmer ihrer hellbraunen Haut kam herrlich zur Geltung.

Lian erkannte den Mann als Erste: »Da ist der Sammler Guan«, sagte sie leise, und ich bemerkte, dass Linfei sie einen Moment lang irritiert ansah, als ob er eifersüchtig wäre, woraufhin sie ein kleines Lächeln unterdrückte.

»Tatsächlich«, murmelte ich und zog mich unwillkürlich ein wenig zurück, weil ich ihn nicht stören wollte. Eine Weile beschäftigten wir alle uns mit Annas neuem Kleid, das sie erst einmal nur hochhielt, damit wir es uns alle ansehen konnten. Dann verschwand sie in der Kabine, um es anzuprobieren, und Herr Guan sah zu uns herüber. Bei meinem Anblick schien er kurz zu überlegen, Lian jedoch erkannte er sofort, und ein Lächeln erschien auf seinen Lippen, das noch breiter wurde, als er die ganze Entourage überblickte, und er breitete die Arme aus. Die Frau kam ebenfalls angetrippelt; soweit ich mich erinnerte, war sie keine von denen, die mit ihm auf der Party gewesen waren.

Lian stürzte auf sie zu und begann, sie mit einem chinesischen Wortschwall zu überschütten, zwischendurch raunte sie mir auf Deutsch zu, »los, lobe ihr Kleid«, und ich begann, ihr in deutlicher englischer Sprache brav Folge zu leisten; wieder mal war ich überrascht, wie schnell sie zu ihrer forschen Geschäftstüchtigkeit umschalten konnte.

Nachdem wir alle das Kleid von Herrn Guans Begleiterin für fortan unverzichtbar für die Trägerin befunden hatten, schritt Herr Guan zum Kauf. Damit hatten wir die Herzen des Verkaufspersonals erobert und bekamen alle ein Glas Champagner, Tong schlürfte Wasser aus einer Porzellanschüssel, in deren Mitte einer Krone prangte. Anna, die ein wenig im Schatten gestanden hatte, war froh, dass wir uns endlich alle ihr und ihrer neuen Garderobe zuwandten, das ihr wirklich ausgezeichnet zu Gesicht stand; mit ihrem rotem Haar und ihren Sommersprossen ließ die schwarze Seide sie aussehen wie eine Prinzessin von einem anderen Stern. Andrew betrachtete sie mit gerunzelter Stirn und flüsterte mir dann ins Ohr: »Dir würde das besser stehen«, und ich machte unwirsch »pst«, obwohl es mir schmeichelte. Herr Guan, der schon auf dem Weg zur Tür gewesen war, war stehen geblieben und hatte begonnen, Lian in ein Gespräch zu verwickeln, und weil seine Freundin unbeteiligt danebenstand, winkte ich sie zu uns heran. Die scheue Frau honorierte das mit einem dankbaren Lächeln.

Winona einzukleiden, war schwieriger, zumal Tian inzwischen eingetroffen war. Er holte in fabelhafter Laune ein Stück nach dem anderen vom Ständer, um es ihr über die Beine zu legen, sehr selbstsicher und sehr dominant; ja, er wirkte längst wie der Darsteller aus einer beliebten Arztserie. Eines seiner Augen war heute grün, das andere blau. Bis auf Winona, die ihn mit eher spöttischer Miene gewähren ließ, waren wir alle sehr beeindruckt. Sie hatte sich nun entschlossen, doch kein Abendkleid zu kaufen, dafür aber etwas für das Fest nach der Performance. Sie beäugte erst eine Weile einen knabenhaften Hosenanzug, nach langem Hin und Her wählte sie jedoch die zweite Option, ein extrem kurzes, altrosa Seidenkleid mit einer passenden Tasche und einem Stirnband, das wie ein Theaterkostüm aus den Zwanzigern wirkte.

»Die Ohrringe passen dazu«, sagte Anna, und das gab den Ausschlag; beide zogen ihre Kreditkarten heraus. Ich bemerkte, dass Tian sich den weggelegten Hosenanzug einprägte, vielleicht hatte er vor, ihn ihr später heimlich zu kaufen.

Ich schaute verstohlen zu Lian und Herrn Guan, Lian wurde im Laufe der Unterhaltung immer aufgeregter, begann schnell zu sprechen und mit beiden Händen zu gestikulieren, und ich fragte mich, ob sie vielleicht gerade einen guten Verkauf landete. Als Herr Guan und seine Begleiterin das Geschäft schließlich verließen, erfuhr ich, dass ich richtig getippt hatte. Lian rief: »Yippie«, in einem so ausgelassenen Ton, wie ich sie noch nie erlebt hatte. Herr Guan habe die *Giant Soft Creature* erworben, sagte sie, und sehr wahrscheinlich nähme er auch noch die *Buddhist Pharmacy*.

»Dieser Laden scheint Glück zu bringen«, bemerkte Andrew halblaut, »vielleicht sollte ich hier um deine Hand anhalten?«

Ich sah ihn so erschrocken an, dass er schwieg, und ich fand es ziemlich souverän von ihm, dass er anschließend so tat, als wäre nichts vorgefallen, weiter laute Witze machte und sogar mehr Champagner trank als wir anderen zusammen.

Die Neuanschaffungen waren verpackt, aber keiner schien so recht Lust zu haben, zu gehen. Anna begann, hier und da ein paar Fotos zu machen, während Lian und ich nun ebenfalls mit Anproben begannen. Linfei zog sich mit seinem Glas, dem Baby und Tong auf eine der lila Sitzgelegenheiten zurück und beschränkte sich darauf, den Daumen nach oben zu halten, wenn Lian oder ich in kurzen Röckchen und knappen T-Shirts, aus der Umkleidekabine kamen – Abendgarderobe probierten wir erst gar nicht. Winona nickte immer wieder anerkennend und hob ihr orangefarben glänzendes Saftglas; es glitzerte mit Tongs Halsband um die Wette, Lian lachte hell auf, wenn ihr gefiel, was sie im Spiegel sah, gleichzeitig gluckste das Baby. Vermutlich, dachte ich, ist es nicht richtig, dass wir alle ausgerechnet hier, in diesem teuren Geschäft so viel Spaß haben und uns als Gruppe fühlen, mehr noch als auf irgendeiner Feier oder bei Linfei zu Hause, aber in diesem Moment ist es mir ziemlich egal. Plötzlich war ich mir, vor meinem eigenen Spiegelbild und inmitten meiner neuen Freunde, völlig gewiss, dass sich alles zum Guten wenden würden. Denn wir hatten es uns verdient, einfach, weil wir so hart gearbeitet hatten und nun in diesen verdammt teuren Kleidern so gut aussahen, ja, weil wir uns überhaupt, auf der ganzen Erde, so gut machten, egal wo wir uns befanden, ob in Europa oder Amerika oder dem fernen Osten. Ich schloss halb die

Augen und sah für einen Augenblick lang mich selbst, in einem der prunkvollen Abendkleider, wie sie die Schaufensterpuppen hier trugen, und neben mir war Christopher; wir gingen durch den weißen Schnee des Taunus; ich schleifte den Saum des weiten und unpraktischen Kleids hinter mir her, und seltsamerweise war da auch Tong neben uns. Aber dann sprang der reale Tong, hier im Dolce & Gabbana, vom Ledersitz und erinnerte mich daran, wo ich mich befand, und ich hörte mich auf einmal sagen: »Ja, ich nehme es«, und dann lief ich in dem Sommerkleid zur Kasse, um das Preisschild abmachen und meine alten Sachen einpacken zu lassen. Wäre die Sache mit dem Heiratsantrags-Witz nicht gewesen, hätte ich Andrew bezahlen lassen, so blieb ich stur.

Anna betrachtete mich und sagte auf einmal: »Das ist eine tolle Idee! Hört zu, wir ziehen alle die neuen Sachen an, und ich fotografiere auf dem Heimweg!«

Es wurden die merkwürdigsten Bilder. Wir, in Tausende von Euro gehüllt, in der heißen Nacht, im Taxi, später im Park 97 bei einem Livekonzert, mit Tong und seinem kostbar funkelnden Halsband, Winona im Rollstuhl, den Anna so unscharf und schön einfing, als handelte es sich um ein Götterfahrzeug, wir, in Stimmung und Robe und mit diesen Glücksgesichtern – heute noch, wenn ich den Hund streichele, sehe ich mir Abzüge an und sage, das waren wir. Es fühlt sich merkwürdig an. Die Fotografien haben etwas Nostalgisches. Margot hatte immer gesagt, sie hätte es lieber, es gäbe keine Foto- oder Filmaufnahmen zu ihren Arbeiten, sondern nur die Performances. Und sie würde nichts als die Erinnerung daran hinterlassen. Aber in Wirklichkeit, hatte sie dann nach einem kurzen Lachen hinzugefügt, in Wirklichkeit sei das zu sehr ein Statement aus den Siebzigern. Es sei auch gegen ihre Natur, alles den unfertigen Bildern von Presseleuten zu überlassen; es sei nichts als eine Entschuldigung für sie, sich nicht weiter damit zu beschäftigen. Also gebe es Anna und Annas Fotos von diesen Tagen als Souvenirs. Die Aufnahmen würden etwas zeigen, sagte Margot, »das nicht wirklich geschah. Das Publikum ist ausradiert, die Mädchen sehen gut aus, sie zittern nicht, und man spürt die Spannung zwischen ihnen und dem Publikum nicht mehr. Die Fotografie wirkt glamouröser und ikonischer als das reale Ereignis. Die ganze Flüchtigkeit des Ereignisses geht verloren, und das Foto bleibt als einziges Faktum zurück.« Ich hörte ihre Stimme, als ich Anna an diesem Tag fotografieren sah, und dachte an alles, was meine Chefin über ihre Fotografien gesagt hatte, und es stimmte auch hier. Es war ausgelassen gewesen, und verrückt, und lustig, aber es waren ein paar kurze Szenen, an einem heißen und nicht zuletzt teuren Tag, und die Bilder machten alles ewig und verlängerten alles, so dass es wirkte, als wären wir immer so eine witzige, übertrieben gut angezogene Gruppe von Freunden gewesen. Es gibt ein Bild von Andrew und mir, auf dem wir im Park 97 tanzen, es wirkt so sexy und innig, dass ich es schweren Herzens weggeworfen habe, weil ich nicht wollte, dass Christopher es jemals sah.

Auf einem Foto steht Tian neben Winonas Rollstuhl,

und er hat die Hand auf ihren Oberschenkel gelegt, wobei er sich leicht duckt, und gleichzeitig reckt sie sich nach oben, und genau diese Bewegung zueinander hin hielt Anna fest, und so kommt es, dass ich später, als ich die Bilder sah, sicher war, sie hätten zueinander gefunden, wenn es noch eine Chance gegeben hätte. Meine Phantasie ging sogar so weit, dass ich überlegte, ob sie nicht an diesem Abend, vielleicht das erste und letzte Mal, miteinander geschlafen hätten. Aber das war nun wirklich egal.

Eine einzige Arbeit ist mir von den vielen Exponaten der Shanghai Biennale dieses Jahres im Gedächtnis geblieben, die im MOCA, dem Museum of Modern Chinese Art, am People's Square, eröffnet wurde, kurz bevor Margots Performance stattfand: *The Sugar Buried in Our Memories* der Nordkoreanerin Son Kun Guyon. Es war eine Installation, ein Zimmer: schlicht eingerichtet und im Stil eines Jungmädchenzimmers, es war ein Zimmer, das sich aller Wahrscheinlichkeit nach in einem sehr heißen Landstrich befand. Es gab ein zierliches Korbsofa, einen Schreibtisch, eine Lampe, einen Blumentopf, ein Bücherregal, ein paar Fotos – darauf offensichtlich die Eltern, Großeltern und Geschwister der Künstlerin. Und alles war vollkommen weiß, es sah aus wie verschneit oder bepudert.

Ein eingefrorenes Zimmer, es geht um die Zeit, erkannte ich im ersten Moment, als ich davorstand, der Raum ist schlicht, gewöhnlich, ein bisschen durcheinander, wie die unzusammenhängenden Erinnerungen an die Kindheit. Die Kindheit und damit etwas, das jeder hat – auf seine Art völlig individuell, andererseits der gewöhnlichste Besitz der Welt. Dann sah ich, dass es sich bei dem Überzug nicht um Kunstschnee handelte, es war vielmehr ein körniges Material: Das Zimmer war mit Zucker eingestäubt. Alles, alles war mit den winzigen, dünnen Zuckerkristallen überzogen. Und ich dachte daran, welch tiefe, trügerische Ruhe meine eigenen Erinnerungsbilder an das Elternhaus auf mich ausübten. Da waren all die Gegenstände, die, von neutraler Seite gesehen, gar nichts Besonderes waren, auf denen ich aber gesessen und geweint und unseren Kater gestreichelt und Kakao getrunken hatte, wo ich mich geängstigt und auf meinen Geburtstag gefreut und noch lange nicht gewusst hatte, mit welcher Sentimentalität ich auf diese vermeintlich unschuldige Zeit einmal zurückblicken würde, einer Sentimentalität, die ich in der Regel mit Schulterzucken hinnahm, ohne sie weiter untersuchen zu wollen. Ich sah mir Son Kun Guyons Familienbilder an der Wand genauer an und ersetzte sie in Gedanken durch meine Familienbilder. Ja, diese Installation gefiel mir, sie verunsicherte mich, beruhigte mich dann aber auch wieder, weil sie einen menschlichen Schmerz verallgemeinerte, ihn ans Bewusstsein holte, ohne aufdringlich zu sein. Ich nahm die Falschheit in Kauf, so wie es alle taten.

Heute denke ich manchmal, wenn ich Annas fröhliche Fotografien von der Zeit in Shanghai sehe, dass sie ebenfalls eine dicke Schicht Zucker darüber streuen. Je mehr ich vergessen werde – und irgendwann werde ich das –, desto stärker werde ich auf die Bilder angewiesen sein und mich von ihnen täuschen lassen. Und das sollte mir recht sein.

»Du weißt schon, dass ich das vorhin, in dem Dolce & Gabbana, ganz ernst gemeint habe?«, hatte mich Andrew bei einer Tanzpause im Park 97 an jenem ausgelassenen Abend gefragt; auch das zeigt keines der Fotos: seine Enttäuschung über mich, gegen die ich nichts unternehmen konnte. Im Gegenteil, ich war wütend auf ihn, ich hatte ihm niemals die Veranlassung gegeben, zu glauben, dass er mehr wäre als eine – wie sollte ich das nennen – eine Art Urlaubsbekanntschaft. Ich hatte ihm nie Fragen gestellt, die ein weitergehendes Interesse signalisiert hätten.

Ich antwortete mit einem Wort: »Nein.«

Er wartete darauf, dass ich noch etwas sagte, aber ich wollte das nicht. Ich dachte: Und wenn ich geglaubt hätte, du meinst es ernst, hätte ich es unpassend gefunden. Es gibt eine Grenze zwischen uns, was das Verstehen angeht, spürst du das nicht?

»Nein«, wiederholte er wütend, und ich bemerkte kurze Zeit später, dass er zum ersten Mal, seit ich ihn kannte, angetrunken war.

Ich küsste ihn, und dann log ich: »Lass uns noch ein bisschen Zeit.«

Danach veränderte sich alles, wenn auch aus anderen Gründen. Doch ich weiß, er hat sich meine Worte zu Herzen genommen; er wusste, dass er einen Schnitt machen musste, um sich selbst nicht noch mehr zu verletzen. Bald. Ich weiß noch, wie ich ihn umarmte und umarmte und mich geborgen und gut in seiner Liebe fühlte, auch ohne sie zu erwidern, und wie glücklich ich in der Nacht war; ich sah in seinem Loft durch die gläsernen Wände hinaus und verschmolz mit der Schwärze des Universums wie ein einzelner Sternenpunkt, während er neben mir atmete und Tong, am Boden, auf meiner anderen Seite, die Pfoten im Schlaf bewegte, als wäre er im Traum bei einer wilden Jagd.

Der Film, den Wonge über Winonas Todessprung machte, ist für mich zum Symbol für Unglück und Schuld geworden. Er hat ihn *Falling Woman* genannt; ich nehme an, dass er damit auch den Tod seines eigenen Vaters verarbeitet hat, der vor kurzem eingetreten war. Er hatte nicht bei ihm sein können, denn er befand sich gerade auf dem Flug zurück nach Shanghai, und Wonge war untröstlich bei dem Gedanken; er sagte immer wieder, er hätte sich verschätzt, er habe geglaubt, sein Vater würde wieder genesen, die Ärzte hätten das auch gesagt … Vor nichts hätte sich sein Vater mehr gefürchtet als davor, alleine zu sterben, und keines seiner Kinder säße an seinem Bett. »Meine Schwester war ausgerechnet an diesem Tag auch nicht da, sie hatte zwei fieberkranke Mädchen zu Hause«, erzählte Wonge immer wieder; das schlechte Gewissen schien ihn innerlich zu zerfressen. Ich denke daher, ich verstehe zumindest teilweise, dass er diesen Film machen musste, der auf den ersten Blick pietätlos erscheint. Nein, ich kann es Wonge wegen seiner eigenen Geschichte nicht wirklich übel nehmen, obwohl ich manchmal wünschte, ich hätte die Bilder nie gesehen. Die Zeitlupe, in der ein zartrosa Fleck fällt, x-fache Wiederholungen aneinandergeschnitten, weil es eigentlich nur ein Sekundeneindruck ist, verfolgt mich seitdem; es sieht aus, als würde Winonas Körper von einer fremden Kraft unten am Boden heruntergesogen. Die Lichtflecken, eine Mischung aus den Lichtern der Hochhäuser über dem Huangpu und den Strahlern des M on the Bund, tanzen mir vor Augen und mir wird schwindlig, wenn ich nur an die Sequenz denke. Und dann die schrille Musik aus dem *Prinzen Zinji*, dieser unmenschlich hohe Klagelaut, noch zusätzlich am Computer nachbearbeitet, damit er noch schwerer zu ertragen ist. Das Material für den Film übrigens stammt von einem Partygast, den Tian kannte und der rein zufällig ein auf Kameraaufnahme geschaltetes Handy zum Zeitpunkt des Sturzes auf die Brüstung der Dachterrasse gelegt hatte.

Ja, ich sehe mir den Film immer und immer wieder an, obwohl ich ihn kenne, obwohl er nichts tut, als ein Sekundenereignis in die unerträgliche Länge von vierzehn Minuten zu dehnen. Angeblich sind Bilder der lebenden, lachenden Winona eingearbeitet, Nahaufnahmen von Annas Fotos, aber so schnell geschnitten, dass sie nicht wirklich sichtbar sind. Wonge hat gesagt, es stimmt, aber ich habe mich nie bemüht, das zu verifizieren; ich nehme den Film nicht als Kunst wahr, ich bin wie paralysiert, wenn ich den Videoapparat anmache, den Computer anschalte, und ein- oder zweimal ist es mir auch schon passiert, dass ich ihn ansehen wollte, aber vergaß, den Apparat anzuschalten, auf die leere schwarze Bildfläche starrte und alles nur in mir geschah. Ich hätte, das weiß ich, definitiv etwas ändern können, indem ich mit Winona richtig über Margot und ihr Verhalten gesprochen hätte. Nur, wie – das weiß ich heute noch nicht. Es würde mir vielleicht helfen, wenn es mir einfiele. Jedenfalls ist der Film keine Kunst für mich, sondern ein privates – ja, was – ein Souvenir, so wie Margot das Wort benutzte? Auch das klingt nicht richtig. Man kann durch die Kunst das Leben lieben, aber man kann nicht den Tod verarbeiten. Obwohl ich immer felsenfest davon überzeugt gewesen war.

Neuntes Kapitel

»Gibt es noch Karten? Können wir irgendwen noch beim ersten Einlass reinlassen?«

Ich schüttelte den Kopf: »Es wird zu eng. Es macht dann denen, die drin sind, keinen Spaß mehr. Sag ihnen, vierzig Minuten später. In vierzig Minuten. Sag ihnen, sie sollen warten; sie kommen rein.«

Lian eilte zu ihrem Bruder, der sich in der Rolle gefiel, am Eingang ein bedauerndes Gesicht zu ziehen. Schon Stunden vor der Veranstaltung lief der Vorverkauf klasse. Wir waren alle stolz. So etwas wie hier muss man erst einmal auf die Beine stellen, dachte ich. Wir hatten es geschafft. Derselbe Kranführer, der auch die *Giant Soft Creature* in Lians Galerie gehoben hatte – und der das riesige Plüschtier bald zum Sammler Guan bringen würde –, hatte das Glashaus an die Stelle gebracht, an der Margot es haben wollte. Inmitten des Industriebrachlandes und der Flusslandschaft sah es skurril aus, wie ein seltsames Relikt aus vergangenen Zeiten. Auf Flyern hatte ich seine Geschichte, wie Lian sie hatte zusammentragen können, für das Publikum aufgeschrieben: Erbaut wurde es um 1800 von einem italienischen Ingenieur, importiert von einem neureichen Chinesen, der allerdings rasch den Spaß daran verlor, weil es seiner Frau nicht gefiel, und es einem Künstlerteam des M 50 überließ – die es bisher nur für ein paar Fotos als Kulisse genutzt hatten, mehr nicht. Sie stellten es uns, wie sie fanden, sehr preiswert zur Verfügung: Als Gegenleistung wollten sie die beiden Klimaanlagen haben, die wir für die Performance organisiert hatten.

Dass die Mädchen und die Zuschauer uns nicht wegschmelzen würden, war inzwischen meine größte Sorge, obwohl die Kühlung bei den Probeläufen gut funktioniert hatte. Das aufdringliche Brummen der Apparate verstärkte die surreale Atmosphäre noch.

Die Erde hatte Lian über eine Gärtnerei aufgetrieben; und Arbeiter hatten sie zu einem riesigen halben Ei in der Mitte des Gewächshauses aufgeschichtet. Die Models sollten sich darauf stellen, setzen oder legen, wie es ihnen im Laufe der Stunden beliebte; es würde, erläuterte Margot, aussehen, als wären sie vor geraumer Zeit eingepflanzt worden und schön hoch gewachsen.

»Es wird etwas«, sagte Margot zufrieden zu Anna, Lian und mir. »Es gestaltet sich. Bleibt hier bei mir.«

Genau wie ich trug sie ein Hemd mit Spaghettiträgern und eine dünne Leinenhose, beides in Schwarz. Mit ihrem Kopftuch und den schweren Armbändern, die klirrten, wenn sie die leicht gebräunten Hände bewegte, sah sie aus wie eine Urlauberin, aber wenn sie ihre Anweisungen gab, war alles an ihr Professionalität, Distanz, Geschmeidigkeit.

Auch Anna blieb davon nicht unbeeindruckt: »Bleib so!« rief sie und holte ihren Fotoapparat. Ich habe einen Abzug von dem Bild: Margot, wie sie im leeren Gewächshaus steht, mit geradezu beängstigend entschlossenen, in dem hellen Licht allzu scharfen Zügen, das Foto ist später in anderem Zusammenhang verwendet worden.

Das Gewächshaus war vom hinteren Ende des Textilfabrikgeländes aus deutlich sichtbar, und nach und nach tauchten Künstler und Galeristen aus dem M 50 auf, sie kamen mit Decken und Wasserflaschen her, sie setzten sich, unterhielten sich, rauchten und lachten, und jemand hatte einen Kassettenrecorder mitgebracht, auf dem er Michael-Jackson-Hits abspielte. Und dann, auf einmal, tauchten einige fliegende Händler mit kalten Getränken und Wassermelonen auf, und so herrschte auf dem Brachland hinter dem M 50 plötzlich eine Stimmung wie auf einem Open-Air-Konzert.

Wir hatten den Erdhügel mit einem Band abgesperrt, das erst im letzten Moment entfernt werden sollte, und Winona nutzte den freien Platz, um mit ihrem Rollstuhl hin- und herzufahren, immer hin und her, bis Margot sagte, das mache sie verrückt, eine scharfe Zurechtweisung, die ihr nachgeschicktes nervöses Lachen kaum wiedergutmachte. Ich sagte nichts dazu. Ich verstand nicht, was Winona so kurz vor dem Beginn der Veranstaltung überhaupt hier tat, und auch nicht, weshalb sie so aufgedreht war – hatte ich mich wirklich derart getäuscht, und es machte ihr gar nichts aus, dass Margot nicht den geringsten Hehl daraus machte, sie satt zu haben?

Aber ich konnte mich jetzt nicht darum kümmern; es gab noch zu viel zu regeln, was mir ganz recht war. Praktisch bis zu der Minute, bevor die Performance beginnt, kontrolliere ich alles wieder und wieder, denn ansonsten würde meine Aufregung ins Unermessliche steigen. Außerdem, manchmal entdecke ich noch im letzten Moment, dass etwas fehlt. Hier allerdings, mit Lian an meiner Seite, war wirklich an alles gedacht.

Ich sah auf die Uhr – in der Garage 2 sprach unsere Psychologin gerade noch einmal mit den Mädchen, es waren zu meiner Überraschung nur zwei gewesen, die sich nicht nackt zeigen wollten, Dr. Peng musste es ihnen wahrhaft schonend beigebracht haben.

Ich rief Dr. Peng noch einmal kurz an, und, ja, es war alles in Ordnung.

Während ich telefoniert hatte, hatte Winona mich angesehen, und nun sagte sie leise: »Du siehst verdammt gut aus heute. Ihr seht beide gut aus.«

Natürlich meinte Winona das nett, aber es lenkte mich ab, und ich fand es auch etwas anmaßend – schließlich setzt sich, wer lobt, doch auch immer auf den Richterstuhl.

»Danke«, sagte ich nur und eilte weg, weil ich von Wonge wissen wollte, ob er alles hatte, was er brauchte, Wasser, Filme, einen einigermaßen bequemen Stuhl.

»Das hast du mich schon dreimal gefragt«, stöhnte er.

Das alte Gewächshaus war inzwischen, eine gute Stunde vor Veranstaltungsbeginn, zwar kühler, als ein Glashaus in der prallen Hitze es üblicherweise wäre, aber immer noch viel zu heiß, obwohl beide Klimaanlagen auf Hochtouren liefen. Uns allen lief der Schweiß in Strömen. Der Vorteil war immerhin, dass sich im Publikum eine ständige Fluktuation ergeben würde, genau wie wir es wollten.

Winona kam schon wieder neben mir zu stehen. Sie sah zu Margot hinüber, der Lian gerade das Handy reichte: »Man könnte meinen, sie inszeniere das Werk eines anderen. Wie ein Opernregisseur, der weiß, dass die Musik, die er auf die Bühne bringt, sowieso unsterblich ist …«

»Sie tut nur so unbeteiligt«, erwiderte ich.

»Das meine ich ja. Sie hat eine unglaubliche Selbstbeherrschung. Ich wünschte, ich hätte das von ihr.«

»Winona, bitte – es ist jetzt wirklich ein schlechter Zeitpunkt zum Philosophieren …«

Am liebsten hätte ich sie gebeten, in der Galerie zu warten, stattdessen ließ ich sie zum zweiten Mal an diesem Abend einfach stehen, denn jetzt kamen endlich die beiden Medizinstudenten, die Andrew uns vermittelt hatte und die auf die physische Konstitution der Mädchen ein Auge haben sollten. Ich wies ihnen ihre Plätze an, und dann fuhr auch schon der VW-Bus mit den Mädchen vor, und sie zogen nach und nach die Bademäntel aus, die Lian und ich einsammelten. Margot gab ihnen Zeichen, wo sie sich hinstellen oder -setzen sollten.

Es ging los; wir ließen die ersten Leute herein.

Die dreißig Mädchen hatten sich auf dem riesigen Ei aus schwarzer Erde verteilt, die Stehenden sackten mit den Stöckelschuhen ein, man sah ihre Füße nicht, nur ihre Unterschenkel, von Seidenbändern umschlungen wie bei Ballerinen. Bei manchen Mädchen reichten die Langhaarperücken bis fast an diese Bänder, und sie überdeckten die Brüste, so dass sie auf merkwürdige Art und Weise fast angezogen wirkten. Manche lagen da, eng nebeneinander wie am Strand, dann wieder stand eine in einigem Abstand, ein paar andere saßen als Grüppchen nebeneinander. Das Erd-Ei maß vierzig Meter in der Länge, achtundzwanzig in der Breite, ich hatte das Oval selbst mit Kreide auf den Holzfußboden gezeichnet, bevor alles aufgeschüttet wurde.

»Endlich sind wir einmal auf der Erde, in dieser Stadt der Hochhäuser«, hatte Margot gesagt. Es war seltsam, mit anzusehen, wie wohl sich die Mädchen auf ihrer Insel sofort fühlten. Das Gewächshaus, die Absperrung, die Crew um Margot herum, all das interessierte sie anscheinend überhaupt nicht, und zum Publikum nahmen sie, wie wir angeordnet hatten, keinen Augenkontakt auf – sie blendeten es vollkommen aus. Dr. Peng hatte verdammt gut mit ihnen gearbeitet.

Die Besucher schoben sich vom Eingang zu den Mädchen hin; einige drängelten, als gälte es, wertvolle Sekunden zu erhaschen, und diese Gier zeigten keineswegs nur Männer. Anna begann sofort zu fotografieren, und ich wusste, dass Wonge in seiner Ecke saß und filmte. Unsere Absperrungsbänder, ähnlich wie bei den Eincheckschaltern am Flughafen aufgebaut, hielten die Ankömmlinge auf Distanz, ein paar besonders Schlaue glaubten wohl, an Wonge und seinem Paravant an der Seite vorbeizukommen, um ganz nah am Hügel zu sein, aber dort saßen die Medizinstudenten. Also versuchten sie, wenigstens die sanften, gleichgültigen Augen der Models zu erhaschen. Die Models blickten nicht zurück, und es passierte scheinbar nichts. Eine groteske Irritation entstand dadurch, dass sich das lange, gierige Warten der Zuschauer auf Einlass nicht mit dem Gleichmut der Models in Einklang bringen ließ. »Man kommt und sieht, man siegt aber nicht«, hatte Margot dazu einmal geschrieben.

Die Besucher, die es am eiligsten gehabt hatten, das war meistens so, gingen als Erste wieder. Es lag in ihrer Natur: schnell etwas sehen zu wollen, möglichst als Erste, aber ihre Neugier hielt nie lange an, sie war rasch befriedigt, allzu rasch, fand ich, und ich tippte darauf, dass sie die ewig Unzufriedenen im Leben wären. Andere warteten ab, was noch passierte, harrten aus, wurden nachdenklich, stellten sich Fragen nach der künstlerischen Absicht und nach der Kunst im Allgemeinen. Manche der wispernd geführten Unterhaltungen waren hoch interessant, andere absurd, wieder andere in einer Privatsprache geführt, die ich nicht verstand, auch wenn es sich um Englisch handelte.

Ich musste mich bemühen, mich nicht allzu sehr auf die Zuschauer zu konzentrieren. Die Teilnehmerinnen der Performance schwiegen. Sie erschienen trotz der Uniformierung, die ihre Nacktheit ja darstellte, nicht als Puppen, und sie wirkten auch nicht tot. Wenn man ihre Körpermerkmale, große Brüste, kleine Brüste, großes oder kleines Gesäß, flacher oder gewölbter Bauch, lange oder kurze Beine, dem persönlichen Geschmack entsprechend bewertete, so lief man geradezu in eine Falle, denn es gab eigentlich keine Kriterien, nach denen man sie bewerten durfte, man konnte kein Wissen abrufen wie bei alter Malerei; man konnte höchstens in seine privaten Phantasien abdriften. Man war mit wirklichem Wimpernschlag, wirklicher Atmung und, in diesem Fall in der zweiten Stunde, mit einer echten Ohnmacht konfrontiert. Man blieb bei Margots Performances im Hier und Jetzt als Zuschauer, man entkam dem nicht. Die Studenten-Sanitäter brachten die Frau weg, sie gaben ihr zu trinken und sagten ihr, dass sie erst wieder am nächsten Abend mitmachen solle. Ich sah mich um, ob Andrew inzwischen eingetroffen war und die Behandlung überwachte, aber er war noch nicht gekommen.

»Bei manchen weiß ich genau, was sie gerade fühlen; ich lese es in ihren Gesichtern – bei anderen wiederum habe ich keine Ahnung«, sagte die Frau neben mir zu ihrer Begleiterin.

Ganz vorne bei der Absperrung, wo sich schon der Erdhügel wölbte, sah man eine zierliche Person sitzen, ohne jede Bewegung; völlig versunken, bekam sie nicht mit, dass jemand einen Meter vor ihr eine Zigarettenkippe fallengelassen hatte, die einen dünnen Faden Rauch absonderte, und dass diese Tatsache ein paar Besucher aufregte: Sie schimpften herum, bis jemand die Zigarette austrat. Winona saß einfach da und schaute sich die Performance an, und nur die Tatsache, dass auch ihr weites weißes Hemd an den Achselhöhlen Schweißflecken aufwies, ließ darauf schließen, dass sie ein lebender Organismus war.

Die Besucher umzingelten und beengten sie, aber sie ließ nicht den geringsten Willen erkennen, ihren Platz zu räumen, nein, sie blieb genau dort sitzen, Gesicht nach vorne, mit stoischer Ruhe. So, wie ich sie sah, in einem Nebel verbrauchter Luft, in der feuchten Hitze, erinnerte sie mich mit ihrer überlegenen Starrheit an eine undefinierbare mythologische Figur, weder Zentaur noch Meerjungfrau, sondern ein Wesen zwischen Mensch und Technik, oben Eurasierin, unten Rollstuhl, eine Figur, die, wie ich jetzt erst bemerkte, in einer Plastiktüte auf dem Schoß einen sorgsam eingewickelten Strauß grellgelbe Rosen hielt, die seltsamerweise noch nicht verwelkt waren.

Ich machte ihr ein Zeichen, dass ich uns zwei Colas bei einem der Händler geholt hatte, und winkte sie ein wenig an die Seite. Kurz darauf war der erste Einlass vorbei, und zwischen zwei Publikumsanstürmen konnte man endlich einmal aufatmen – allerdings nicht für lange Zeit.

»Für sie?«, fragte ich und deutete auf den Strauß. Sie nickte. Ich räusperte mich. Wir sahen Margot am anderen Ende des Raums mit der Frau im Chiffonkleid ins Gespräch vertieft, die sich als Kunstkritikerin der *New York Times* vorgestellt hatte.

»Hör zu …«

Winona machte eine Vierteldrehung mit dem Rollstuhl, wieder mit dieser abrupten Präzision, die mich immer erschreckte, und sah mich von unten auf eine Art und Weise an, dass man glauben konnte, in Wahrheit wäre sie es, die auf mich herabsähe.

»Ja?«

Ich riss mich zusammen und beendete meinen Satz »… hör zu, es würde mich interessieren, wie du zurechtkommst mit …«

Sie unterbrach mich sofort: »Sehr gut, lass nur. Ich bin genauso stark und stur wie sie, vergiss das nicht.« Ihr Gesicht war kalkweiß und starr wie eine Maske. »Vielleicht ist es besser so«, fügte sie hinzu.

Ich muss zugeben, dass ich nichts hinterfragte. Es war das, was ich hatte hören wollen, und so nahm ich es mit Erleichterung auf: Ich prostete ihr mit der Cola zu, und ich sah, wie sie ihren dünnen, muskulösen Arm hob, um den Gruß zu erwidern. Ja, dachte ich, sie ist wirklich stark; sie ist eben doch ihre Tochter, möglich, dass sie alles längst verstanden hatte, vielleicht schon vor mir. Vielleicht schon in dem Moment, als Margot ihr die verrückte Idee unterbreitete? Ein paar Wochen hatte sie sich über ein Angebot gefreut, das ihre Mutter dann wieder zurückgezogen hatte. Ein paar Wochen – das war nicht viel. Ich unterdrückte den leisen Zweifel, dass diese paar Wochen nicht isoliert zu sehen waren – sie folgten auf Jahre der Hoffnung.

»Mein Vater, weißt du«, ergänzte sie locker, »wir haben ein enges Verhältnis. Er traf sie kurz vor seiner Abreise nach Japan, nur kurz, ihr wart eben erst angekommen. Er hat ihr nicht gesagt, wer ich bin und wo, er hat sie völlig auflaufen lassen. Aber er hat mir sofort nach diesem Treffen gesagt, dass sie mir ein unmögliches Angebot machen werde und dass ich es ablehnen müsse. Ich wusste, dass er Recht hatte, aber ich konnte nicht.«

Jetzt wurde ich nervös, Margot schaute so seltsam zu uns herüber: »Okay, dann ist ja gut«, murmelte ich, und trat zur Seite.

Winona rollte ein Stückchen nach vorn, bevor wieder

ein neuer Schub Besucher kam. Jetzt saß sie regungslos in ihrem Rollstuhl vor einem Mädchen mit zu einem Viereck rasierter Scham, hervorstehenden Hüftknochen und flachen Brüsten, das auf dem Rücken am unteren Teil des Erdhügels lag, die Arme halb gespreizt, wie ein Kind, das einen Engel in den Schnee zeichnen will. Ein Bein hatte sie aufgestützt, so dass man ihren langen Oberschenkel sehen konnte, und die weißen Bänder um ihre Highheels waren verschmutzt, Erde klebte an ihren Haaren und auf der Stirn, sie hatte sich anscheinend über dasGesicht gewischt und sie verteilt, so dass es aussah, als hätte sie Kriegsbemalung aufgelegt.

»Sie kann keinen Orgasmus bekommen«, flüsterte Winona. Ich dachte zuerst, ich hätte mich verhört, der Satz hallte in meinen Ohren nach.

Sie redete weiter: »Ein Regisseur macht sich immer noch darüber lustig.«

»Warum erzählst du mir das?« Eigentlich dachte ich: Woher weißt du das?

Ich flüsterte auch, und dabei sah ich die geschlossenen Lider der Liegenden an, aber nein, sie konnte nichts hören, selbst wenn sie dieses schnelle, geflüsterte Englisch hätte verstehen können.

»Sie ist eine Freundin von Midnight«, flüsterte Winona. »Sie wollte Schauspielerin werden, aber sie hat es nicht geschafft. Siehst du die Schenkel? Sie macht jeden Tag Sport, abwechselnd Schwimmen, Yoga, Cardio ... aber sie müsste sich operieren lassen, und das will sie nicht. Übrigens stimmt es nicht, dass Querschnittsgelähmte keinen Or- ... «

»Scht«, sagte ich angewidert, und ich sah mich verlegen um.

Winonas Hände krampften sich um die Lehne ihres Rollstuhls und entspannten sich dann ganz plötzlich wieder; ich sah von ihr zu der Asiatin, die auf der Erde lag, ich hatte das Gefühl, etwas sagen zu müssen, wollte ihr erklären, dass ich ebenfalls nicht glaubte, dass diese Frau dort glücklicher wäre als sie, Winona, dass es nicht nötig wäre, mir solche Indiskretionen mitzuteilen, um mich davon zu überzeugen. Aber ich fand nicht die angemessenen Worte, und überhaupt, was wusste ich schon. Winona lachte glucksend auf.

»Was meine Mutter macht, ist genial, genial, genial.«

Die Wiederholung bewirkte, dass es sich krank anhörte. Oder vielleicht auch das Lachen. Ein, zwei Zuschauer wurden auf uns aufmerksam, aber nur kurz. Die Performance lief gut, das war klar, sie lief sogar verdammt gut. Margot hatte sich zurückgezogen, wohin auch immer, es war schwierig in dieser Glasumgebung, aber sie schaffte es. Vermutlich war sie bei Wonge hinter dem Paravent. Zwei von vier Stunden waren wie im Flug vergangen. Ich hatte nicht geglaubt, dass sie in China einen so massiven Erfolg würde landen können; aber wie schon oft hatte ich vergessen, dass sie alles, wirklich alles, zu ihren Gunsten ausnutzen konnte.

Winona wandte mir ihr Gesicht zu; ihre Augen glänzten. Ich hörte, wie die Frau vor uns stöhnte. Wie fand Margot dieses Kranke und das Zwanghafte, immer wieder nur das Kranke und Zwanghafte, in allen, die ihr zu nahe kamen? Zum ersten Mal war ich dankbar dafür, dass sie bei uns immer eine Distanz beibehalten hatte. Ich versenkte mich in den Anblick des eiförmigen dunkelbraunen Hügels vor mir, die Frauen lagen nun alle, Ornamente, Verzierungen in der großen Maschine, in Margots Vision. Die Besucher kamen und gingen. Die Mädchen bewegten sich zwischendurch, drehten den Kopf, gingen ein paar Schritte, setzten sich, verschwanden kurz nach hinten, zu dem WC-Häuschen … Ich erinnerte mich an eine, die gefragt hatte: »Und wenn wir mal müssen?«

»Dann geht ihr kurz raus und kommt zurück«, hatte ich geantwortet. »Nur kein Aufhebens darum machen.«

Jetzt verließen die Zwillinge kurz das Erd-Ei, gemeinsam, und alle sahen ihnen nach. Anna machte ein Foto. Die Zwillinge waren die Auffälligsten, aber das hatte ich schon erwartet. Immer ragten zwei, drei Mädchen aus der Gruppe heraus, sie bildeten die Pole, um die sich die anderen als Kraftfeld sammelten. Sie schienen unmerklich zu lächeln und ein höheres Maß an Feinheit aufzuweisen als die anderen. Sie erfüllten ihre Aufgabe mit einer Hingabe und Innigkeit, die mich an Ministranten in einer Kirche erinnerten.

Als ich mich erneut umsah, war Winona draußen am Colastand und saugte ganz zufrieden an ihrem Strohhalm.

Die weiche, feuchte Hitze hatte wieder die Oberhand gewonnen. Eine Klimaanlage war inzwischen ausgefallen; die Luft umgab uns wie ein Leichentuch. Ich bewegte mich langsam durch den Raum, um hinter einer Gruppe Zuschauer nach Winona zu sehen. Da sah ich den alten Chinesen in der Ecke, der gerade dabei war, einen Klappstuhl zu öffnen, den er sich anscheinend mitgebracht hatte. Etwas an der Art seiner Bewegungen machte mich stutzig, und dann erkannte ich den Mann, mit dem Margot sich in der Bar getroffen hatte. Ja, das war Wei Xiangjan. Was machte er hier?

»Guten Abend, Herr Wei«, sagte ich und verneigte mich vor ihm. Er stand sofort wieder auf, um mich ebenfalls zu begrüßen. Ich stellte mich vor, und er lächelte, aber in seinen Augen war nichts mehr von der Lebensfreude, die ich auf dem Foto gesehen hatte, und auch ansonsten sah er aus der Nähe noch älter und kränker aus als von weitem. Sein Gesicht war grau, mit den blutleeren Lippen, der scharf geschnittenen Nase und den hohlen Schläfen wirkte es wie eine Allegorie des Alters. Ein paar Strähnen trockenen weißen Haars dekorierten seinen Schädel wie wilde Pflanzen, die auf kahlem Asphalt ums Überleben kämpften.

»Meine Tochter hat nicht lockergelassen; sie wollte unbedingt, dass ich herkomme.«

Mir fiel keine Entgegnung ein.

»Ich weiß nicht, was sie sich erhofft – ein Wiedersehen mit Margot oder ihrer Kunst bedeutet mir nichts.«

Er lachte auf, und ich erkannte in seinen hageren Zügen einen Abglanz der enormen Ausstrahlung, die er laut Winonas Erzählungen einmal besessen hatte. Seiner Tochter machte die Temperatur nichts aus, ihn jedoch schien sie nicht einmal zu wärmen. Während ich beinahe zerfloss, war sein langer, hagerer Körper nicht nur in einen Anzug gehüllt, sondern er trug darüber auch noch einen leichten Sommermantel.

»Sie waren in Japan?«, fragte ich höflich.

»Hm, ja. Bei einem Kongress. Schüler von mir hatten sich dafür eingesetzt, dass mir eine kleine Ehrung zuteil wurde. Ich praktiziere längst nicht mehr.«

Er setzte sich endlich wieder.

»Ich gratuliere.«

Darauf erwiderte er nichts.

Eine Weile sahen wir den Mädchen zu, doch als er wieder zu sprechen begann, war klar, dass er nicht das gesehen hatte, was gerade vor seinen Augen ablief, sondern vielmehr tief in die Vergangenheit getaucht war.

»Ich werde niemals vergessen, wie ich Margot zum ersten Mal zusammen mit Winona sah. Es war in Boston. Ihre Mitbewohnerin hatte mich hereingelassen, und ich ging in die erste Etage, öffnete die Tür des Zimmers, aus dem das Babygeschrei kam. Margot lag bäuchlings auf dem ungemachten Bett, hatte das Gesicht in die Kissen vergraben und die Finger in die Ohren gesteckt, während sich das Kind, das am anderen Ende des Raums in seinem Bettchen lag, die Lunge aus dem Hals schrie. Ich nahm die Kleine hoch, und sofort ließ das Schreien nach, doch beinahe hätte ich sie wieder fallen lassen, als ich sah, mit welchem bösen Blick ihre Mutter uns betrachtete …«

Es war seltsam, aber er sprach, als stünde er unter Schock – einem noch ganz frischen Schock, als hätte sich dieser Vorfall erst gestern ereignet.

Seine langen, klauenartigen Hände mit den dicken Adern auf dem Rücken lagen locker in seinen Schoß und zuckten nur manchmal, wenn er sprach.

»Ich dachte, sie würde sich ändern. Ich dachte: Bevor Winona in ihr Leben kam, war sie ein hübscher Papierdrachen, der sich nach Lust und Laune im Wind bewegte. Und dann hielten Winona und ich die Schnur des Drachen fest.«

Er schloss kurz die Augen.

»Aber so war es nicht«, sagte ich.

»Sie ist eine unvergleichliche Person. Aber sie hat mir nicht gutgetan. Und ihre Kunst – ihre Kunst ist die einer Prostituierten.«

Er hatte die Sätze mit unumstößlicher Gewissheit vorgebracht wie ein Wissenschaftler seine Thesen, die er längst, in jahrelanger Kleinarbeit, erfolgreich bewiesen hatte, und als ich schwieg, berührte er meinen Arm mit einer trockenen Handfläche.

Er ist nur noch ein gebrochener, alter Mann, sagte ich mir.

Ich sah weg von ihm und richtete meinen Blick auf einzelne Ausstellungsbesucher. Details fielen mir auf und der Mischmasch an Ethnien, sogar ein Schwarzer, was man hier selten sah, war dabei.

»Wie konnte sie das tun?«, fragte er mich. »Wie konnte sie nur versuchen, sie mir auch noch wegzunehmen? Erst ist Mei gestorben, und dann geht auch noch Winona? Sie hat gerade begonnen, hier wieder Fuß zu fassen; sie hat angefangen, sich für ihre chinesischen Wurzeln zu interessieren. Ich verstehe das nicht. Mit ihrer Ausbildung und so jung, wie sie noch ist, hat sie große Chancen. Es gibt die besten Ärzte für sie. Und dann die Perfidie: Zuletzt wollte

Margot sie doch lieber nicht. Man muss sich das einmal vorstellen.«

Ich sah den Mann an, der nacheinander zwei Frauen, die er liebte, verloren hatte und nun nicht fassen konnte, dass die Dritte, seine Tochter, beim ersten Zuruf ihrer nie zuvor gesehenen Mutter bereit war, ihn aufzugeben. Ich wollte etwas sagen, ihm erklären, dass sie sowieso nicht gegangen wäre, aber er schüttelte den Kopf.

»Doch«, sagte er langsam. »Sie wäre gegangen, sie hätte es dort versucht. Einem chinesischen Sprichwort zufolge ist es besser, zehn Tempel zu zerstören als die Verbindung zwischen zwei Menschen.«

»Margot hat, seit ich sie kenne, keine menschlichen Beziehungen mehr zerstört.«

Ich hielt inne. Warum nur verteidigte ich plötzlich Margot, gerade so, als ginge es um ihr Werk, das ich als ihre Assistentin vor Kritik in Schutz nehmen musste?

Wei Xiangjan sah mich aufmerksam an. »Weil sie keine mehr eingegangen ist?«

»Ja.« Ich wischte mir über Lippen und Gesicht: »Ja, das stimmt, aber ist sie nicht auch zu bedauern deswegen? Abschiede oder Trennungen sind ein wichtiger Teil des Lebens, sie geben Raum für Entwicklung.«

Da fing ich seinen Blick auf, und plötzlich schämte ich mich, dass ich diesem alten Chinesen, der zwei Kontinente für sich erobert hatte, meine bescheidene Philosophie zumutete. Außerdem – glaubte ich selber daran? Seine Augen waren gütig, kein Funken Spott lag darin, und plötzlich wurde mir bewusst, dass auch ich müde war, Margots müde, dass ich den Glauben an sie verloren hatte. Wei Xiangjan blickte mich fragend an, und ich erriet, dass er mich um meine persönliche Meinung bat. Auf wessen Seite stand ich?

»Es tut mir sehr leid«, sagte ich, »aber ich weiß nicht, was ich von alldem halten soll. Und ich bin furchtbar müde.«

»Die Seele ist der müdeste Teil des Körpers.«

Ich zuckte zusammen, als ich diesen Satz hörte. Daher also hatte Margot ihn.

»Daddy«, Winona rollte auf einmal heran, und jetzt war Andrew bei ihr. Er führte Tong an der Leine. »Daddy! Hier steckst du. Es ist großartig, nicht wahr?«

Wei Xiangjan sah sich um, als ob er erst jetzt bemerkte, dass wir uns auf einer Kunstveranstaltung befanden, und er nickte langsam. Er, der einen guten Teil beigetragen hatte zur Entwicklung von Margots Art und Weise, Kunst zu machen, hatte sich schon lange vom Glauben an die Allmacht des Schönen, ja, an die Erlösungskraft von Kunst überhaupt, verabschiedet; all die alten Sammelgegenstände, all das geschichtsträchtige Kunsthandwerk in seinem Haus am Westsee stammten aus einer Zeit, in der das noch nicht so gewesen war, aber die Sammlung war mit großer Sicherheit beendet, jetzt kam nichts mehr dazu. Es stimmte nicht, dass nur Margot ihn verlassen hatte, auch er hatte sie inzwischen verlassen. Aber er hatte einen viel höheren Preis dafür bezahlt.

Ich umarmte Andrew, Tong sprang an mir hoch, und gemeinsam sahen wir uns das Ende der Performance an.

Es war unspektakulär, irgendwann klatschte Margot in der Stille in die Hände, und die Show war einfach vorbei. Die Mädchen verbeugten sich nicht einmal, sie gingen einfach und nahmen sich die Bademäntel, die Lian und ich inzwischen am Ausgang des Gewächshauses auf Tische gelegt hatten.

Applaus brandete auf. Winona wollte zu Margot, um ihr die gelben Rosen zu geben, doch sie kam nicht an sie heran, zu viele Menschen umringten ihre Mutter, und sie wusste nicht recht, wohin mit sich, und dann sagte Wei Xiangjan drängend, er wolle nun gehen, und zu Winona gewandt: »Ich habe es jetzt gesehen, so wie du es wolltest, zu mehr bin ich nicht bereit.«

Winona sah sehr jung und traurig aus, aber sie nickte nur und sagte: »Ich nehme dich im Auto mit«, und rollte neben ihm her. Ich bemerkte, dass die Drehgeschwindigkeit der Rollen und sein Gang exakt aufeinander abgestimmt waren; Tong lief heiter nebenher, dem armen Hund war heiß, und er war mit Sicherheit durstig. Ich sah, dass Xiangjan selber ebenfalls maßlos enttäuscht war, und überlegte niedergeschlagen, ob Margot ihn wirklich nicht gesehen oder ihn bewusst ignoriert hatte.

Ein Blick zurück, aber ich sah sie nicht: Sie ließ sich jetzt von den Mädchen und ihren Verehrern umzingeln, es war kein Herankommen an sie. Ich selbst hatte dazu ohnedies kein Bedürfnis. Zu meiner Linken hatte ich Tong und rechts Andrew, der sich bisher völlig im Hintergrund des Geschehens gehalten und keinen Ton gesagt hatte.

Wonge ließ endlich seine Kamera in Ruhe und kam zu uns: »Phantastisch, das lief ja gut.«

Wir tankten draußen erst mal ein paar Minuten lang Sauerstoff, dann zogen wir alle im Gänsemarsch über das Feld zur Garage 2. Die Mädchen stürzten sich auf die Wasserflaschen, Tian prostete allen mit seiner Thermoskanne zu und ließ Winona daraus trinken. Es gab ein Hin- und Her-Gewusel, weil die Mädchen sich im M 50 duschen und sich danach noch schminken und kämmen wollten. Auf dem Weg zur Dusche redeten sie erdverklebt, aber glücklich miteinander, als ob sie möglichst schnell die vielen Stunden Schweigen ausgleichen wollten. Eine sagte, sie habe jedes Zeitgefühl verloren, andere stimmten ihr zu. »Ich möchte wieder mitmachen«, erklärte ein Mädchen – es war ausgerechnet eine derjenigen, die vorher noch hatten abspringen wollen.

»Es war, als hätte ich eine Auszeit von mir selbst genommen«, sagte eine der Zwillinge.

»Ich fühlte mich wie neu geboren«, übertrumpfte sie die andere.

Lian lächelte, und ich stellte fasziniert fest, dass sie sogar daran gedacht hatte, frische weiße Handtücher für alle dreiundzwanzig zu besorgen.

Margot, Lian, Wonge und Anna nahmen ein Taxi, ich teilte mir ein zweites mit Andrew und Tian, Winona hatte ihren Wagen da und wollte Xiangjan unterwegs irgendwo absetzen, wo er gut zum Bahnhof kam – er wollte zurück an den Westsee. Im Auto kuschelte ich mich voller Stolz über die getane Arbeit und Vorfreude auf die Feier an Andrew. Er war von seiner Schicht im Krankenhaus ebenso müde wie ich von der Performance, und so fuhren wir nahezu schweigend zum M on the Bund, wo auf uns alle ein Büfett wartete, gesponsert vom Sammler Guan. Wie immer, wenn ich auf Reisen zum zweiten Mal an einen Ort kam, fühlte ich mich schon auf dem Hinweg dorthin ganz zu Hause. Ich sah aus dem Fenster des Wagens und dachte an die Performance, ich versuchte, eine erste Bilanz zu ziehen, da mir dieses neue Werk bedeutend für Margots Gesamtwerk vorkam – es waren immer die schmutzigen Performances gewesen, die ihre berühmtesten wurden, jene voller Gewalt –, aber die noch frischen Bilder störten mich, ich sah vor meinem inneren Auge immer noch die Erde, die eingepflanzten Opferfrauen, die besudelten, wie im Dreck vergewaltigen Mädchen; wie sie sich gewälzt hatten mit entrückten Gesichtern und das Geschehen um sich herum kaum noch wahrnahmen. Und niemand hatte gewusst, was in ihnen vorging, auch nicht in jenen Momenten, in denen sie eine kleine eigene Darstellung begannen, indem sie ihre Haare lasziv über die Brüste streiften, sich wild zu drehen begannen, in einer Entrückung vergleichbar mit dem tranceartigen Tanz der Derwische. Die Bewegungen ereigneten sich nicht aus einem Bewegungsdrang heraus, sondern schienen im Gegenteil der Müdigkeit der Mädchen geschuldet gewesen zu sein.

Das M on the Bund prunkte, anscheinend auf Wunsch von Sammler Guan hin, mit zusätzlicher Dekoration –

jede Menge schicke, hohe Spiegel und Kristallzeug. Champagnerflaschen standen in Kübeln bereit, und Violinmusik drang von irgendwoher, ein verstecktes Orchester, dachte ich, bestimmt keine CD. Es war elegante Musik, etwas Barockes. Als ich mit Andrew hereinkam, waren die meisten schon da. Ich sah Margot, die sich mit einer hingerissenen Kritikerin unterhielt, Tian stand neben Winona – sie war anscheinend eine schnelle Autofahrerin – etwas abseits, die beiden schienen in guter Stimmung, und ich sah Anna, die fotografierte.

Lian hatte Linfei an der Bar abgesetzt, wo er verträumt in ein großes, vor Kälte beschlagenes Glas Bier starrte, während sie selbst sich um eines der Mädchen kümmerte, das der Körpersprache nach irgendetwas von ihr wollte.

Ich fragte, was los sei.

»Sie möchte die Perücke, Strumpfhose und Schuhe als Andenken behalten. Sie würde auch dafür bezahlen!«

Ich sagte, wir würden das später regeln, und notierte ihren Namen und ihr Anliegen.

»Hallo«, hörte ich hinter mir eine rauchige Stimme.

Ich umarmte Vivienne Tam; ich war sehr froh, dass sie gekommen war, und auch erstaunt, denn ich hätte gedacht, die Absage in letzter Sekunde, was ihre Wäsche anging, hätte sie erbost. Aber nein, da war sie und lächelte professionell. Langgliedrig und groß steckte ihr Körper in einem ärmellosen, glänzenden Satinkleid in Blau. Anna machte ein Foto von uns beiden und befühlte dann den Stoff von Viviennes Kleid.

»Was für eine Farbe«, sagte sie bewundernd.

»Königsblau ist das!«

»Hör mal, Vivienne, es tut mir verdammt leid.«

»Vergiss es einfach. Ich kenne Künstler. Und es war umwerfend«, sagte sie dann. »Ich habe gehört, ein Kerl von der Zensur sei schon vorne auf dem M-50-Gelände gewesen, aber er habe das Gewächshaus nicht gefunden, und dann habe eine Künstlerin ihn irgendwo anders hingeführt«, und ich nickte mit glänzenden Augen. Keine Ahnung, ob das wirklich stimmte, die Legendenbildung hatte bereits begonnen, und es würde nun bald unmöglich sein, Wahres und Unwahres voneinander zu unterscheiden, aber das war gut so.

»Oh, ich muss da rüber!«

Anna hatte jemanden entdeckt, den sie dringend fotografieren wollte, und verschwand.

Ich lachte Vivienne an. Ihr Haar war schwarz und voll und in der Mitte gescheitelt, und sie hatte so ausdrucksstarke glutschwarze Augen, wie man sie sonst nur in Portraits alter Meister findet.

»Wie findest du diese neue Dekoration?«, fragte ich. »Mein Fall ist sie nicht unbedingt.«

»Oh, aber sie hat Vorteile. Bei einem gewissen Publikum hebt sie die Stimmung.«

Sie deutete mit dem Kinn nach vorne und wisperte, das sei die Schauspielerin Li Gong, die da gerade hereinkomme: »Schau sie dir genau an.«

Ich sah, wie Li Gong es genoss, dass sie, kaum war sie hereingekommen, erst einmal ausführlich von Anna fotografiert wurde.

»Was meinst du?«, fragte ich Vivienne leise.

»Schau nur weiter.«

Und dann sah ich es: Als Anna fertig war mit ihr, schluckte die Schauspielerin zwei Gläser praktisch auf einmal hinunter, lachte dann breit mit starken, rot geschminkten Lippen und sah sich um. Sie, die vor einer Sekunde noch von einer großartigen Pose in die andere gefallen war und sich blendend zu amüsieren schien, blickte nun auf einmal skeptisch auf die hier ausgerichtete Party: Ob sie wohl ihren Ansprüchen genügte? Aber dann fing sie ihr eigenes Bild im Spiegel auf und versöhnte sich augenblicklich mit ihrer Umwelt.

»Ich verstehe.«

»Oder da« – jetzt deutete Viviennes schwarz lackierter Fingernagel zu einer großen Blondine, die mit riesigen Händen gestikulierte, während sie sich unterhielt. Und mitten im Gespräch wurde sie eindeutig stehen gelassen, weshalb auch immer. Sie sah sich missmutig um, nickte ein paar Leuten zu, aber es gab niemanden, der sich richtig für sie interessierte, wie es schien. Dann jedoch sah sie ihre eigene Gestalt im roten Abendkleid, mit den schönen blonden Haaren im Spiegel – anscheinend erkannte sie sich erst im zweiten Moment selbst, aber was für eine wunderbare Überraschung! –, und sie war ganz begeistert; es dauerte keine drei Minuten, da war ein junger Chinese neben ihr, der von ihrem glücklichen Gesicht angezogen worden war. Ja, so war es: Diese Art von Gästen brauchte Spiegel.

»Und wer ist sie?«, fragte ich, »sie benimmt sich so, so

fordernd. Schau mal, sie weist sogar den Kellner zurecht!« Ich deutete unauffällig nach links.

Vivienne bestätigte mir, damit läge ich komplett richtig, denn dies sei Miranda Sims, der das M on the Bund gehörte. »Eine gebürtige Kanadierin. Sie hat in Shanghai mit der Eröffnung des M on the Bund die Erfolgsgeschichte der Uferpromenade mitbegründet. Five on the Bund, Bund 18, alle anderen angesagten Restaurants und Bars folgten. Anfangs hat ihr kaum jemand Chancen gegeben, aber sie hat es geschafft. Willst du sie begrüßen?«

»Nachher«, sagte ich. »Ich muss erst mal eine Runde drehen.«

Während unserer Unterhaltung waren wir auf die Dachterrasse geschlendert, wo der pinkfarben angestrahlte Oriental Pearl Tower auf der anderen Seite des Flusses wie die erste Tänzerin in einem kitschigen Ballettkorps inmitten der anderen Hochhäuser stand.

Ich sah Winona an der Brüstung sitzen, etwas abseits, soweit das bei der Überfüllung möglich war, und hinausschauen. Sie trank dabei in schnellen, kleinen Schlucken ein großes Glas Wein aus, stellte das Glas aber sofort weg, als sie mich und Vivienne bemerkte, und rollte zu uns hin. Sie deutete auf das Menschenknäuel, in dessen Inneren sich Margot befand.

»Ich habe ihr noch nicht gratuliert«, sagte sie, ein Satz, der mir sinnlos vorkam, zumal die gelben Rosen nun weg waren, sie hatte sie vermutlich im Gewächshaus oder im Wagen gelassen.

»Das eilt nicht.« Ich deutete auf einen Gratulanten, der

eine Weile versucht hatte, von irgendeiner Seite Einlass in das Gemenge zu bekommen, nun aber aufgab und ans Büfett ging. »Sie ist beschäftigt …«

»Ja«, sagte Winona.

»Weißt du, wo Andrew steckt?«

»Nein.«

Später fiel mir auf, dass »ja« und »nein« die letzten Worte waren, die sie zu mir sagte. Ich winkte Wonge zu, der an der Brüstung stand und den Fluss filmte – warum auch immer.

Lian eilte zu uns und erklärte aufgeregt, wie erstklassig die Kanapées seien und die Long Island Iceteas, ganz toll, und immer mehr Menschen kamen, und die Mädchen wurden allesamt zu Gastgeberinnen. Sie tanzten mit ihren neuen Freunden, sichtbar wohlhabenden Geschäftsleuten, Leuten vom Fernsehen, Models; Ärzte waren darunter, die Künstler vom M 50 und ihre Freunde und ein paar Bekannte von Guan, und ich verlor sowohl Winona als auch Margot aus den Augen.

Ich setzte mich in eine Ecke der Terrasse, in der es dunkel war, und beobachtete die ausgelassene Feier. Andrew hielt meine Hand, und mit leiser Stimme sprach er von seinem Arbeitstag, wir sahen in das Dunkel hinaus, ich weiß nicht, wie lange, ich erinnere mich nur an die Ruhe zwischen uns – fast schien es, als diente das gesamte Arrangement, auch die Sterne, nur uns.

Nur – ich wollte irgendwann wieder hinein, ich weiß nicht einmal mehr, wieso, eventuell wollte ich noch etwas vom Büfett, oder ich hatte jemanden gesehen, oder jemand hatte mich gerufen, wirklich, ich kann es einfach nicht mehr sagen; fest steht nur, ich befand mich an der anderen Ecke des M on the Bund, als es passierte. Ich gehörte nicht zu denen, die ihren fallenden Körper gesehen haben. Ich kenne nichts als Wonges Video.

Ich habe mich später häufig gefragt, ob ich, wenn ich die ganze Zeit auf der Dachterrasse gewesen wäre, sie hätte aufhalten können, durch einen Blickkontakt, durch eine rasche Geste, aber ich weiß natürlich, dass das Unfug ist, auch wenn ich sie in manchen Träumen genau so rette: Ich springe hin, und wie in einem Actionfilm erreiche ich noch ihren Arm, und mit Hilfe anderer Gäste kann ich ihren leichten Körper hochziehen.

Ich war nicht besonders freundlich zu ihr gewesen an diesem Tag, und das bedauere ich zutiefst. Als die Panik ausbrach, dachte ich zuerst, eines der Mädchen sei ohnmächtig geworden oder es sei wie vorhin im Gewächshaus ein kleines Feuer ausgebrochen, wieder durch eine Zigarette, ja, es hätte auch eine Prügelei um eine der Schönen hier sein können, etwas in der Art.

Es gab eine Bewegung in der Masse, aber ich wusste nicht, wohin, bis ich merkte, dass sich die Menge nach draußen verlagert hatte, es drängten sich so viele Gäste auf der Terrasse, dass ich schon Angst bekam, es könnte jemand außen über die Brüstung gedrückt werden.

Und ich begriff, ich begriff mit einem Mal. Es gab nichts zu begreifen.

»Ihr Rollstuhl«, sagte jemand, oder nein, es war Englisch: »Her wheelchair.«

Ich hatte Andrew aus den Augen verloren, sah aber, wie die beiden Medizinstudenten zum Aufzug stürmten, andere abwehrten und sich hineindrängten.

Ich versuchte, mich zur Brüstung zu schieben, und irgendwann schaffte ich es dann auch. Allerdings war es zu dunkel, ich sah einzelne, hell angezogene Körper sich bewegen, sonst nichts, einc dichte Menge. Dann hörte man den Krankenwagen, und in der Bar und auf der Terrasse machte sich Betäubung breit, als er die Lichter und den Motor ausschaltete und stehenblieb. Eine zugedeckte Trage sei weggebracht worden, wusste jemand.

Ich blieb weiter auf der Dachterrasse, während der Aufzug eine Ladung Gäste nach der anderen wieder nach unten brachte. Margot war plötzlich weg, und Lian sagte, sie habe ein Taxi in die Shaoxing Lu genommen.

»Was will sie denn da?«, fragte ich verständnislos.

Lian war zu verwirrt, mir auf die Frage zu antworten. Plötzlich rief sie: »Sie ist tot.«

»Kommt«, sagte Anna, die auf einmal neben uns stand, »kommt, wir versuchen, den Polizeibeamten dort zu fragen, wo man ihren …«, sie stockte, »… ihren Körper hingebracht hat.«

»Andrew wird das wissen, als Arzt« sagte ich tonlos. »Ich rufe ihn an.«

Er selbst war schon auf dem Weg dorthin, und ich unterdrückte die Frage, weshalb er nicht auf mich gewartet hatte.

»Ich komme mit Lian und Anna«, sagte ich, doch er hatte bereits aufgelegt.

Wir bewegten uns in der Nacht wie in einer Substanz aus Angst, und Lian, die ich noch nie hatte laut werden hören, schimpfte den Fahrer aus, weil es anscheinend nicht schnell genug ging oder er den Weg nicht genau wusste, aber ich konnte nur denken, dass es egal war, wann wir ankämen: *Winona ist ja schon tot.*

Ich musste an Tong denken, fragte mich, wo er wohl war – hatte Herr Wei ihn allein im Haus am Westsee gelassen und war er jetzt bereits wieder bei ihm? Aber ich konnte den Gedanken nicht zu Ende führen, weil das Bild von Tong mit dem prächtigen Halsband überlagert wurde von Winona im Dolce & Gabbana-Laden, Winona dozierend auf dem Sofa in Linfeis Atelier, Winona vorhin, diese komischen Kreise im Gewächshaus ziehend, Winona, die nie so aussah, als ob sie die Hitze überhaupt spürte. Tongs Leine in Winonas Händen. Ihr schmaler Körper ohne Rollstuhl im Fall. Ich sah Dinge vor mir, an die ich mich wirklich erinnerte, und solche, die ich nie gesehen hatte, und alle Bilder kamen so schnell, viel zu schnell.

»Sie ist tot«, sagte Anna irgendwann nachdenklich auf der Fahrt, und Lian, die gerade kurz und sehr ruhig mit Linfei wegen des Kindes telefoniert hatte, sah sie entsetzt an und japste nach Luft, als würde sie die Tatsache immer wieder vergessen und dann neu erfahren. Dann klingelte wieder Lians Handy; sie hielt es ans Ohr, hörte zu, nickte.

»Das war Andrew. Der alte Herr Wei ist zusammengebrochen, es hat keinen Sinn mehr, dass wir jetzt noch ins Leichenschauhaus fahren. Andrew ist schon auf dem Weg zu ihm an den Westsee.«

»Hättest du mitgewollt?«, fragte mich Anna, aber ich schüttelte den Kopf. Nein, nicht in das herrliche alte Haus – das war eine Familienangelegenheit.

Lian bat darum, dass wir sie zuerst absetzten, wegen der Kleinen.

»Natürlich, Lian.«

Ich hatte gar nichts dagegen, einfach herumzufahren, Fahren um des Fahrens willen, im Apartment könnte ich auch nichts tun, und so war ich wenigstens nicht allein. Ich sah aus dem Fenster, und die ganze Zeit hing Winonas Gesicht vor mir, übergroß, und ich hörte ihre sichere, leise Stimme; mir schossen Fetzen unserer Gespräche durch den Kopf, sehr viele Unterhaltungen hatten wird nicht miteinander geführt, und doch war es immer um Substanzielles gegangen. Alles, was jetzt passierte, war vollkommen unwirklich, das Einzige, das mir echt erschien, war ausgerechnet die Performance vor wenigen Stunden – das war das Merkwürdige. Ich war die ganze Zeit froh, dass wir alle anderen vor mir absetzten, es war eine Fortbewegung, die auf merkwürdige Weise Veränderung vortäuschte. Der Taxifahrer warf uns immer wieder im Rückspiegel verunsicherte Blicke zu, er hatte längst begriffen, dass etwas Schreckliches geschehen war.

Anna klammerte sich an ihren Fotoapparat, ihre Hände waren weiß. Ich sah den Ring an ihrem Finger, dem Mittelfinger, mit dem sie aus abergläubischen Gründen immer beim Fotografieren abdrückte, und ich wollte sie schon fragen, ob sie bei mir übernachten wollte an diesem Abend, da waren wir bei Annas Hotel, das mein ehemaliges war, und wir umarmten uns einmal schweigend, bevor sie ausstieg.

Es war der kürzeste Tag meines Lebens, erst später wurde er zum längsten, weil er sich in meinen Gedanken so oft wiederholte. Aber als alles geschah, passierte es schnell, eine rasche und abwechslungsreiche Folge von Ereignissen wie in einer Nummernrevue.

Irgendwann am Abend war ich wieder in mein Apartment gelangt, musste dorthin gelangt sein. Ich badete heiß in der Wanne mit den Löwenfüßen, weil mir zum ersten Mal in der ganzen Zeit in Shanghai kalt war, und dann stand ich am Fenster und sah in den schwarzen Hof hinaus, von oben kam die ganze Zeit kein Laut, und erst da fiel mir ein, dass ich keine Ahnung hatte, ob Margot wirklich hier war oder wo sonst – und dass es mir auch völlig gleichgültig war.

Und dann hielt ich auf einmal mein Telefon in der Hand, und ich bekam Christopher nach zweimal Klingeln an den Apparat, das war seltsam, aber natürlich, er hatte, nachdem ich wochenlang nicht mehr versucht hatte, ihn zu erreichen, wieder begonnen, sein Handy abzunehmen. Warum auch nicht, sein normales Leben ging schließlich weiter. Ich sagte ihm mit sachlicher Stimme, dass etwas Furchtbares passiert sei. Er klang erst befremdet, er hielt meine Bemerkung für eine Ausrede, ihn wieder anzurufen, aber dann überwand er sich doch und fragte nach.

»Was ist los, Luisa?«, wollte er wissen, und mir kam es so vor, als hätte ich seit sehr langer Zeit meinen Namen nicht mehr gehört und würde davon aus einem Alptraum geweckt. Ich erzählte ihm, was passiert war, alles, inklusive der Taxifahrt eben, als wir das Leichenschauhaus gesucht und nicht gefunden hatten, und dass Andrew, mit dem ich so viel Zeit verbracht hatte, sich in dieser Nacht überhaupt nicht mehr gemeldet hatte, ich fing damit an, obwohl es der falsche Anfang der Geschichte war, und er unterbrach mich nicht, obwohl klar war, er konnte nichts verstehen. Es war, wie wenn man vom Märchen nur den Ausgang erzählt, aber nicht, welcher Fluch die Handlung in Gang gebracht hatte. Irgendwann bot er mir an, mich zurückzurufen, und so wartete ich kurz, immer noch nackt am Fenster stehend, darauf, dass die mir vertraute Nummer auf dem Display erschien, und dann erzählte ich ihm alles von Anfang an, und dann das Ende noch einmal. Der Name Andrew fiel mehrmals, er fragte nicht nach, er konnte sich seinen Teil denken.

»Ist dieser Andrew bei dir?«, fragte er.

Ich sagte: »Nein.«

Ich hatte begonnen, die Flasche Wein zu trinken, die ich vor Wochen im Alldays gekauft hatte, ein Glas nach dem anderen, gründlich leerte ich meinen Vorrat, während wir sprachen, und er machte sich Sorgen um mich, pass jetzt auf dich auf, riet er mir, verkriech dich jetzt nicht, mach noch ein paar ruhige Sachen, besichtige Tempelanlagen, so was, ich sagte, Tempel sind mir zu pathetisch, er widersprach, es muss einen sehr schönen für Konfuzius geben, ich habe das im Fernsehen gesehen … Und dann, gegen fünf Uhr morgens, befahl er, schlaf jetzt, und ich war folgsam, halb schlief ich ohnedies schon, als er das sagte. Ich bettete meinen Kopf auf das kühle, weiche Kissen, und er war neben mir, denn neben mir lag das Telefon, aus dem noch seine Stimme kam, das war ein Moment höchster Intimität, wie es viele gegeben hatte, von Kontinent zu Kontinent, oder von der Nacht in den Tag, von der Fremde in die Heimat, oder was man Heimat nannte, ich war nahezu glücklich in diesem Augenblick. Es kommt mir wie Frevel vor, das zuzugeben, aber so war es. Er redete noch, als ich schon fast schlummerte, und nur entfernt hörte ich noch die Worte, ich liebe dich. »Ich komme, um dich zu holen, ich liebe dich.« Das war vermutlich schon geträumt, aber ich antwortete: »Nein, nein …«

Ich schlief, während sich draußen, im Morgengrauen, diese grausame Stadt über unendliche Flächen hinweg ausdehnte und ihre Einwohner im Privaten ihre Leben lebten, ihre Wahrheiten hatten und an ihnen festzuhalten versuchten und ihre Träume stückweise den veränderten Gegebenheiten anpassten, weil dies notwendig war, um zu überleben.

Zehntes Kapitel

Später, nachdem ich Ende September zurückgeflogen war, lebte ich monatelang, als wäre über Nacht eine gläserne Wand gewachsen zwischen mir und der Welt und ich könnte die Dinge nur noch durch sie hindurch wahrnehmen. Die Farben waren die gleichen, die Gerüche waren die gleichen, und auch an den einfachen Geräuschen um mich herum wie dem Autolärm, den Schritten auf unserem Parkett oder dem Klingeln des Telefons hatte sich nichts verändert, nur kam alles jetzt aus einer anderen Welt, einer, mit der ich nichts mehr anfangen konnte. Ich bewegte mich wie in Zeitlupe darin und vergaß die einfachsten Dinge. Dabei erinnere mich natürlich daran, wie ich in meinem Büro die Sachen zusammenpackte, und an die vielen Verabschiedungen. Ich wurde manchmal gefragt, was ich jetzt tun würde, und dann antwortete ich, dass ich es nicht wisse, und manchmal sagte auch jemand, ich solle doch froh sein, dieses Gefängnis des Assistentendaseins zu verlassen, denn was sei das mehr als eine Art modernes Leibeigentum. Jetzt könne ich mit dem richtigen Leben beginnen. Oder dass ich immer noch jung sei, an das »noch« erinnere ich mich besonders gut.

Aber das war später. Zuerst einmal wachte ich am nächsten Morgen in der Shaoxing Lu auf, mit pelziger

Zunge und schmerzenden Augen. Nur im ersten glücklichen Moment, als ich mich aus einem leichten Dämmerzustand vom Bett erhob, glaubte ich, dass alles bloß ein überdeutlicher Alptraum gewesen war und heute Abend erst die Performance stattfinden würde. Dann sah ich mich um, bemerkte mein zerknittertes Kleid am Boden, die hohen, schmutzigen Schuhe, das Handy und meine Schultertasche, und eine Erinnerung nach dem anderen prasselte auf mich ein.

Es fühlte sich an, als hätte sich der entsetzliche Abend übergangslos in den nächsten Tag verwandelt. Ich zog mich an und wusch mich kurz, trank kaltes Wasser, sah nach, ob es Anrufe gab – ja, vierzehn – und ging einen Stock höher, wo ich anklopfte.

»Margot, ich bin's, Luisa. Lass mich bitte rein.«

Zunächst nur Schweigen, dann ein kaum hörbares Knacken gleich hinter der Tür, wo auch die schmale Treppe in ihr Obergeschoss und zum Schlafzimmer abging. Ich dachte erst, sie käme herunter, aber danach war wieder Stille.

»Hör doch, Margot! Es geht nicht anders. Du musst dich zusammennehmen und zeigen, dass du ebenso geschockt bist wie …«

Auf einmal meinte ich, dass ich angefangen hatte, sie anzuklagen, und ich riss mich zusammen.

»Margot! Das ist ein entsetzlicher Verlust.«

Ich überlegte.

»Für *jede* Mutter, Margot, selbst wenn sie ihr Kind lange nicht gesehen hat.«

Schweigen von der anderen Seite der Tür her; hässliches, dummes Schweigen. Ich merkte, dass mein ganzes Gerede den Sinn und Zweck erfüllte, mir selbst gegenüber auszuprobieren, wie es wäre, Margot freizusprechen.

»Du hast sicher Beileid verdient …«, versuchte ich es. Und, wie hörte es sich an? Es hörte sich falsch an, und ich hatte keine Ahnung, woher diese idiotischen, gefühllosen, scheinbar patenten Sätze in diesem Augenblick kamen. Doch es war so, dass ich nur den Mund aufmachen musste, und sie sprudelten heraus.

»Wir müssen uns mit Xiangjan in Verbindung setzen. Er steht unter Schock.«

Ein bitteres Lachen war zu hören, und ich zuckte zurück, weil es von so nah herkam, sie musste auf Zehenspitzen die Treppe heruntergeschlichen sein und nun direkt hinter der Holztür stehen.

»Mach mir nur einen Augenblick auf, damit ich mit dir reden kann.«

Ich drehte den Kopf und horchte, und dann hörte ich ein Geräusch und war völlig überfordert, als die Tür plötzlich aufgerissen wurde.

»Was willst du von mir?«

Sie war nicht wiederzuerkennen. Die Haare waren aufgelöst, das Gesicht eingefallen. Sie trug tatsächlich schon Schwarz, was ich geradezu geschmacklos fand. Das Kleid stand offen, ließ die Unterwäsche und einen Teil des weißen, schlaffen Busens sehen. Sie richtete einen harten, bösen Blick auf mich, hatte einen Zug von sadistischer Genugtuung um ihren Mund und zischte mir aus nächster

Nähe, so nahe, dass es fast ein Anspucken war, entgegen: »Was willst du mir sagen, he? Wage bloß, mir etwas zu sagen, wage das bloß!«

Ich rührte mich nicht, antwortete nicht. Ich roch etwas an ihr, das ich nicht sofort einordnen konnte, aber dann war es klar, und ich wurde wütend und ganz ruhig. Ich drängte sie einfach weiter in der Tür zurück, ohne noch auf die Augen zu achten, die gleichzeitig aggressiv und selbstmitleidig waren, und ich achtete auch nicht mehr auf ihre schlaffen Bewegungen.

»Ich sage dir, was du hier willst. Du willst mir die Schuld für alles in die Schuhe schieben!«

»Du …«

Sie konnte nicht weiter rückwärts gehen, denn da waren die Stufen, also drehte sie sich um und stapfte hoch, wo mir die heiße, verbrauchte Luft entgegenschlug, in der sich die Gerüche nach Alkohol und irgendetwas Weiblichem, Sexuellem mischten. Die Mixtur raubte mir im ersten Moment den Atem. Margot schien sich zuerst weiter auf ihr ungemachtes Bett hin bewegen zu wollen, aber dann fiel ihr das Wort ein, nach dem sie gesucht hatte, und sie hielt mitten in der Bewegung inne, um es mir entgegenzuschleudern: »Du Aas!«

Dann, als ob ihr das neue Kraft verliehen hätte und ihr jetzt alles egal wäre, fuhr sie fort: »Genau deshalb wollte ich aus dieser empfindlichen, kranken, überkandidelten Familie weg. Sie waren nicht zu begreifen für mich, und es machte alles noch schlimmer, dass sie so taten, als bemühten sie sich darum.«

»Du meinst Xiangjan?«, fragte ich unkonzentriert, weil ich versuchte, die Klimaanlage an der Wand anzuschalten. Sie funktionierte nicht, jemand hatte dasselbe probiert und den Schalter abgebrochen. Ich fluchte und ging auf das Fenster zu, dabei sah ich die Ecke mit den leeren Wein- und der fast leeren Whiskeyflasche, und ich verstand, wieso Margot ihre Abstinenz so hochhielt.

»Du trinkst also nicht, weil du trockene Alkoholikerin bist? Warst, meine ich?«, fragte ich sie, ohne eine Antwort zu erwarten.

Sie heulte auf und wollte nach der Flasche greifen, krachte dann aber auf ihr Bett.

»Ich wusste ja nicht, dass ein Kind von mir auch so empfindlich auf Alkohol reagieren könnte wie ich. Das ist etwas Genetisches, weißt du, man kann nichts dafür … Sie reagierte völlig ausgeflippt auf das bisschen Alkohol bei ihrer High-School-Abschlussfeier. Die Ärzte sagen, sie sei so schmächtig, weil sie mit Entzugserscheinungen auf die Welt gekommen war.«

»Trotzdem«, sagte ich, »du kannst nichts für den Autounfall. Es war eine Verkettung von unglücklichen …«

Aber sie wollte das nicht hören: »Das sagst du doch nur! In Wahrheit glaubst du wie alle, dass ich ein Monster bin!«

So verquollen, verheult und unmenschlich brüllend, wie sie auf ihrem stinkenden Bett lag, wirkte sie in der Tat nicht viel anders auf mich, und ich beschloss, es gut sein zu lassen. Gerade als ich mich abwandte – wir brauchten hier dringend einen Arzt –, fiel mir etwas ein.

Wie war Winona zu dem Auto gekommen, was hatte Winona erzählt? Ein großzügiges Geschenk. Dass es von Xiangjan gewesen war, hatte sie nicht gesagt, aber ich war davon ausgegangen. »Margot, hast du ihr das Auto geschenkt?«

»Einen Gutschein dafür, kein Absender … Xiangjan nahm an, es käme von mir, und hat ihr erlaubt, das seltsame Geschenk einzulösen …«, kam es schnaufend vom Bett, sie hatte nach der Flasche geangelt und versuchte, sie aufzubekommen.

Ich musste heiser auflachen – nein, diese Frau brachte ihrer Tochter wahrhaftig kein Glück.

Ich griff nach meinem Handy, dachte flüchtig an Andrew, rief dann aber die Deutsche Botschaft in Shanghai an und fragte nach dem dortigen Vertrauensarzt.

Ich wurde erfreulicherweise sofort zu einem Dr. March durchgestellt, der sich als Frau entpuppte, und ich erklärte ihr in wenigen Worten Margots Lage, sprach vom Selbstmord ihrer gerade erst wiedergefundenen Tochter, dem Nervenzusammenbruch.

»Hat sie Medikamente genommen?«

»Das weiß ich nicht, aber auf jeden Fall sehr viel Alkohol – Margot, hast du Tabletten geschluckt?«

Den Telefonhörer in der Hand, wandte ich mich ihr zu. Kopfschütteln.

»Sie sagt, nein.«

»Ich werde einen Mitarbeiter schicken, und wir bringen sie ins Krankenhaus.«

So hatte ich mir das eigentlich nicht gedacht: »Können

Sie nicht einfach herkommen und ihr eine Beruhigungsspritze oder so was geben?«

»Nein – ich kann die Lage nicht einschätzen, denke aber, dass sie von alleine kaum aufhören wird. Ich habe hier noch Termine. Sie muss auch überwacht werden, je nachdem, was und wie viel sie konsumiert hat.«

»Gut. Ich richte ihr ein paar Sachen zusammen.«

Margot, die mich fassungslos angesehen hatte, während ich sprach, erklärte nun, nachdem das Gespräch beendet war, mit alberner Gefasstheit, sie werde überhaupt nirgends hingehen.

Ich packte ungerührt weiter, wühlte in ihrer Kommode und stapelte Unterwäsche, ich nahm T-Shirts und ein seidenes Nachthemd, und ich griff sogar nach den Zeitschriften auf dem Nachttisch. Ich wurde dabei immer wütender, und als ich es nicht mehr aushielt, lief ich ins Bad. Hinter mir hörte ich sie irre aufheulen, und dann schrillte sie wie eine Sirene weiter. Ohne nachzudenken, füllte ich ihr Zahnputzglas mit kaltem Wasser, drehte mich um und kippte es ihr ins Gesicht.

Sie blickte so fassungslos drein, dass es fast komisch wirkte, dann presste sie sich gegen die Wand, während das Wasser ihr Gesicht heruntertropfte. Ich meinte Hass in ihrem Blick zu entdecken, aber möglicherweise spiegelte ich dabei nur meine eigenen Gefühle. Als sie sich umdrehte, um sich noch mehr Whiskey einzuschenken, hinderte ich sie nicht daran. Nachdem sie das meiste dorthin gekippt hatte, wo sie anscheinend ihren Mund vermutete, blieb sie mit in das Kissen gedrücktem Kopf auf dem Bett liegen. Ich begann, meine Nachrichten auf dem Handy abzuhören. Andrew, Lian, Anna, zweimal hintereinander, noch mal Lian, Margot, die keinen Piep gesagt, sondern nur mehrere Male aufgelegt hatte. Noch einmal Andrews Roboterstimme, diesmal mit der Frage, ob ich mich vorübergehend um Tong kümmern könne, Xiangjan sei dazu nicht in der Lage. Ich rief sofort zurück: »Natürlich kümmere ich mich um Tong«, sagte ich, »bring ihn vorbei, sobald du kannst, oder sag mir, wo ich ihn abholen kann.«

»Ich bring ihn vorbei. Danke.«

»Andrew –«

»Ja?«

»Hätten wir irgendetwas tun können, etwas vorhersehen?«

»Das frage ich mich die ganze Zeit.«

Es klingelte vierzig Minuten später. Dr. March, eine rotblonde, große Frau irischen Typs, war nun doch selbst gekommen, sie und ein Helfer der Botschaft. Anscheinend hatte sie sich erkundigt, um wen genau es sich bei Frau Winkraft handelte, und ihre Termine verschoben.

»Wo bringen Sie sie hin?«, wollte ich wissen.

»Kommen Sie nicht mit?«, war die Gegenfrage.

Ich erklärte ihr, ich könne nicht, wegen eines Hundes, und Dr. March akzeptierte das, obwohl sie es anscheinend nicht billigte, das entnahm ich zumindest ihrem Gesichtsausdruck. Vermutlich hielt sie mich für eine dieser Verrückten, die ihr Haustier einem Menschen vorziehen, es war mir gleich. Sie erklärte mir, sie bringe Frau Winkraft ins Shanghai Family Hospital, ein Krankenhaus, das den internationalen Standards von exklusiven Privatkliniken entspreche, und eines der wenigen, das eine psychiatrische Abteilung besäße, eine Seltenheit, da Krankheiten des Geistes bisher in China kaum als solche anerkannt würden.

Doch auch in diesem Hause, sagte sie bedauernd und zog ihre gezupften Brauen hoch, gebe es nur zwei Tage in der Woche Therapeuten, die Englisch oder Französisch sprächen; sie hatten ansonsten eigene Praxen in der Stadt und reisten extra wegen einiger Fälle an. Frau Winkraft werde zwar nicht gleich heute, aber bereits morgen früh eine vortreffliche Gesprächspartnerin haben.

»Dann ist sie ja ausgezeichnet versorgt«, sagte ich ironisch.

Margot, die die ganze Zeit mit leicht geöffnetem Mund zwischen Dr. March und mir hin und her geschaut hatte, gab einen Laut des Unmuts von sich, dann ließ sie sich zu meinem Erstaunen willenlos und stumm abführen.

Das heißt, nicht ganz stumm; sie brüllte mich noch einmal an, dass ich verdammt noch mal jetzt ebenfalls aus ihrem Apartment verschwinden solle, mir solle ja nicht einfallen, rumschnüffeln zu wollen, ich sei eine Schmarotzerin. Ich solle ihr auf der Stelle den Schlüssel geben. Das tat ich, und dann ging ich völlig verdattert von diesem Auftritt in meine Wohnung zurück. Ich habe nie zu den Leuten gehört, die glaubten, Betrunkene sagten die Wahrheit oder was sie dafür hielten, aber trotzdem, Schmarotzerin, dieses Wort – es tat unglaublich weh, zumal es das letzte war, das Margot zu mir sagte.

Als ich sie zwei Tage nach ihrem Zusammenbruch besuchte, sah ich, dass Dr. March nicht übertrieben hatte, als sie von den allerhöchsten Standards sprach. Als der Aufzug im vierten Stock hielt – ironischerweise befand sich direkt neben der Psychiatrie die Entbindungsstation, die links vom Fahrstuhl begann, während ich nach rechts musste –, gelangte ich in einen luxuriösen, mit dunkelgrauen Teppichen ausgelegten Flur, der eher an ein First-Class-Hotel erinnerte als an ein Krankenhaus. Die üblichen fröhlich-bunten Aquarelle hingen an den Wänden, es gab eine Kaffeeküche sowie einen Aufenthaltsraum mit Internetzugang und Zeitschriften. An der Rezeption fragte ich eine Schwester, wo Margot Winkraft liege, und siehe da, sie war gleich im ersten Zimmer neben der Rezeption.

Ich öffnete leise die Tür zu dem großen, komfortablen Raum und blickte direkt auf einen Polstersessel mit einer Krankenschwester im blauen Leinenkleid darin, die damit beschäftigt war, etwas auf ihrem i-Phone zu lesen; sie begrüßte mich lächelnd und legte den Finger auf die Lippen, dann stand sie rasch auf, um mich wieder hinaus zu begleiten, da Margot ja augenscheinlich schlief. Aber ich ließ mich nicht so leicht abwimmeln. Auf den Tisch neben ihrem Bett – kein Beistellwagen wie in den normalen Krankenzimmern, sondern ein runder Tisch aus schönem, dunklen Holz – legte ich meine Kündigung, und dann wartete ich einen Moment leise ab, denn ich war mir ziemlich sicher, dass Margot die Schlafende nur spielte, und ich wollte ihr bei der ersten unvorsichtigen Regung klarmachen, dass es so nicht funktionierte, dass sie auch in einem Zustand angeblicher Bewusstlosigkeit nicht ihre Verantwortung abgeben konnte. Ich legte also mein Briefkuvert ab, und dabei sah ich den anderen Zettel, Margot hatte anscheinend etwas darauf angekreuzt. Es war ein Speiseplan, ein Menü, das dem eines guten Hotels in nichts nachstand. Heute Mittag hatte Margot sich für Bandnudeln mit Lachs und Parmesan sowie frischen Spinatsalat entschieden, für den Abend waren ihre Kreuzchen bei Suppe und Entrecôte mit bunten Blattsalaten.

Ich sah zu ihr, ihr Gesicht lag abgewandt, aber ich war mir sicher, sie bekam jede meiner Bewegungen mit. Ich musste zugeben, diese friedliche Schläferin hatte ich nicht erwartet, vielmehr hätte ich eine neue Verhaltensweise von ihr, eine neue Verzweiflung, eine neue Reue erwartet, und ja, ich hätte das durchaus für angebracht gehalten. Nun musste ich voller Wut feststellen, dass sie dies nicht bieten konnte oder wollte. Ich betrachtete ihr glattes, kleines Gesicht im Kissen, fragte mich, ob ich mich irrte, aber ich beschloss dann, nein, ich sah nur eine Pose, das war alles. Ich kannte sie.

»She is asleep«, flüsterte die Schwester mir erneut zu, die anscheinend nicht recht begriff, wieso ich trotzdem am Bett stehen blieb und auf ihre Patientin hinunterblickte, als ob ich ihr durch Telekinese die Augen öffnen könnte. Es war tatsächlich so, dass ich mir kurz überlegte, ob ich leise mit ihr sprechen sollte – ihr sagen, dass es nicht so schlimm sei, oder sie beschuldigen oder sonst irgendwie zu einer Reaktion provozieren. Aber ich sagte nichts; ich betrachtete nur ihr wieder ganz ansehnliches Gesicht mit den bläulichen Schatten unter den Augen, das nur bei sehr genauer Betrachtung noch leicht aufgedunsen wirkte. Ein Zitat aus *Macbeth* fiel mir ein: »Schlafende und Tote sind Bilder nur / …«, weiter wusste ich nicht mehr. Ich beantwortete die Bemerkung der Schwester mit einem Achselzucken und drehte mich weg, aber anstatt zu verschwinden, begann ich, das dicke Album mit DVDs durchzublättern, das neben dem riesigen Flachbildfernseher lag. Es waren die allerneuesten Blockbuster, die da zur Unterhaltung bereitlagen, die meisten nicht älter als zwei Jahre. Ich schüttelte den Kopf, sagte leise »Tschüss«, und ging endlich mit der ungeduldig zappelnden jungen Frau nach draußen.

Auf dem Flur hatte sie mir nicht viel mehr mitzuteilen, als dass es Margot wieder gutgehe, sie sich aber ausruhen müsse.

»Schläft sie denn die ganze Zeit? Hat sie vielleicht starke Beruhigungsmittel bekommen?«, fragte ich, aber die Schwester sagte, nein, gar nichts, und bis vor höchstens einer halben Stunde sei sie auch wach gewesen, sie habe nach dem Mittagessen Kaffee getrunken, draußen kurz im Internet gesurft und dann *Leaving Las Vegas* gesehen.

»Oh«, sagte ich und dann: »Fein«; und ich verabschiedete mich von der Schwester, die sich wieder zu Margot auf das Zimmer verzog, wobei sie darauf achtete, die Tür hinter sich wirklich leise zuzuziehen.

An der Rezeption nebenan fragte ich, ob die Schwester

ständig bei Margot sitze, und die Rezeptionistin sagte, genau, das sei nach ärztlicher Meinung eine psychisch instabile Patientin, deshalb würde sie rundum überwacht.

Auf dem Rückweg rief ich Anna an und erzählte ihr von Margots Unterbringung, die sie kaum kommentierte; es war wie eine unausgesprochene Abmachung zwischen uns, dass Margot erst einmal kein Thema mehr war; wir waren allzu enttäuscht.

»Und was willst du jetzt tun?«, fragte sie stattdessen.

»Ich werde nach der Beerdigung nach Hause fliegen und noch einmal versuchen, mit Christopher zu reden.«

»Oh.«

»Und ich nehme Tong mit. Er muss in Quarantäne, aber das wird er überstehen.«

Anna überlegte und entschied sich dann anscheinend dafür, praktisch zu denken: »Du wirst nicht mehr so mobil sein, wenn du einen Hund hast. Bist du dir dessen bewusst?«

Ja, war ich. Eine merkwürdige Klarheit hatte von mir Besitz ergriffen.

»Ich habe ohnehin gekündigt. Ich habe ihr einen Brief ins Krankenzimmer gelegt. Kannst du verstehen, warum, Anna?«

»Ja, ich denke schon.«

»Ich habe mir überlegt, wieder zu unterrichten. An der Uni. Es ist jetzt nicht so, dass sie da auf mich warten würden, aber …«

In Wahrheit standen meine Chancen gar nicht schlecht, Anna wusste das auch.

»Das klingt alles wie schon lange geplant. Ist es wegen der Sache hier? Oder ist es wegen Christopher?«

»Nein – es ist alles zusammen. Es kann einfach nicht so weitergehen. Ich meine, für mich nicht.«

Das stimmte nicht ganz, denn es war auch wegen Christopher; weil ich dachte, ich täte ihm damit einen Gefallen, indem ich aufhörte, irgendjemandes Assistentin zu sein. Es ist immer einfacher, wenn man glaubt, man tue etwas wegen einer anderen Person oder für jemand anderen – die Entscheidung, die man trifft, fällt einfach leichter.

»Als Dozentin werde ich so etwas wie ein eigenes Profil entwickeln können«, sagte ich. »Ich weiß, es klingt merkwürdig, jetzt Pläne zu machen, aber Winona hat auch nicht an uns gedacht, sondern für sich entschieden.«

»Ja«, sagte Anna einfach, und ich wusste, wir dachten beide das Gleiche, nämlich den ungeheuerlichen Gedanken, dass Winona, wenn sie rücksichtsvoller gewesen wäre, sich später still und leise umbringen hätte können. Aber sie hatte es zelebrieren wollen. Margots großen Abend zerstören. Ich warf ihr das nicht vor, kein bisschen, wie sollte ich, aber es war mir sehr fremd und zeigte mir doch, dass sie etwas von Margots Art besaß. Margot würde darüber hinwegkommen, das wusste sie, auch wenn sie hoffte, es wäre nicht der Fall. Und wir anderen würden ebenfalls weitermachen, Lian, Tian und Anna und Andrew und ich. Blieb noch der alte Wei Xiangjan, und es war in der Tat herzlos, und doch musste man es feststellen: Ihr Vater war in einem Maße gebrochen, dass man kaum noch von einer Verschlechterung ausgehen konnte, höchstens von einer Art innerem Tod, und wer weiß, vielleicht hatte Winona an eine Wiedergeburt für ihn geglaubt, vielleicht hatte sie ja gedacht, dass nur sie es wäre, die ihn hier festhielt, und er, der schon mehrfach Erstaunliches geleistet hatte, wäre in der Lage, noch einmal ganz woanders anzufangen, wenn er nicht mehr an seine behinderte Tochter gebunden wäre, in einer Seniorenstadt, in angenehmem Klima, in Florida, zum Beispiel.

»Und was machst du?«

Anna sagte, sie müsse das alles erst einmal verarbeiten. Ihr regulärer Flug gehe ja schon morgen.

»Du solltest ihn auf jeden Fall nehmen«, sagte ich. »Was willst du hier noch tun?«

Wir schwiegen in die Hörer.

»Und was macht Lian?«, wollte sie dann wissen.

Ich hatte mit Lian gesprochen, bevor ich zu Margot gefahren war. Sie war in ihrer Verzweiflung außer Rand und Band und machte sich Vorwürfe, dass sie sich aus Geltungssucht, für die Galerie, wie sie sich ausdrückte, in dieses private Komplott habe hineinziehen lassen. Aber dann hatte ihr Kind geschrien, sie hatte den Telefonhörer weggelegt, und ich konnte mithören, wie ruhig und liebevoll sie im Umgang mit der Kleinen wurde.

»Sie hat Linfei und ihr Baby, sie muss weiter funktionieren.«

Nach dem Telefonat wollte ich nicht nach Hause und entschied mich kurz entschlossen, auf Christopher zu hören und den Konfuziustempel zu besuchen. In der sengenden

Mittagshitze hatte sich kein einziger anderer Tourist hierher verirrt. Innerhalb der Mauern empfing mich vollkommene Stille. Ich war in eine surrealistische Tuschezeichnung spaziert: Vor mir leuchtete die flache, rote Tempelanlage. Es gab einen kleinen See und eine Pagode, die in der Hitze flimmerte wie eine Luftspiegelung. Aus dem dunklen Wasser ragten helle Gesteinsbrocken in perfekten ovalen Formen; sie sahen aus wie Dinosauriereier. Büsche, die ich nicht kannte, säumten das Ufer. Ich sah an den Nebenanlagen mit den kleinen, runden Türmen hoch, die putzig wirkten vor der Silhouette der hypermodernen Metropole, aber denen doch nichts ihre Würde nehmen konnte; ich dachte, dass Margot nach ihrer Rückkehr keine Zeit verlieren würde, sich als tragische Heldin zu stilisieren. Und dass sie diese Rolle ausgezeichnet spielen würde.

Es machte mich wütend und ließ mich an meiner Menschenkenntnis zweifeln. Natürlich kannte ich die Platitüde, ein Künstler stehe doch zumindest ein klein wenig über der herkömmlichen Moral, mich hatte nie gestört, dass viele, sehr viele Leute das dachten – aber mir war nicht bewusst gewesen, dass ich diese Meinung teilte, und jetzt warf ich mir das vor. Ich hätte viel früher diese Gewissenlosigkeit bemerken können. Nein, Margot war keine tragische Heldin. Tragische Helden wurden ausgegrenzt, nicht akzeptiert von der Gesellschaft. Aber sie – niemand war anerkannter. Sie stieß andere aus ihren Kreisen aus, so herum war es. Und sie war zwar fähig zur Sentimentalität, aber nicht zur Trauer. Nicht zur Trauer um Winona, die es verdient hätte.

Ich atmete die süße, schwere Luft, nahm Anteil an der Landschaft, sah von den Wolkenkratzern, die dahinter aufragten, zum Tempel und wieder zurück, versuchte, einen Zusammenhang zu finden, aber es gab keinen, keinerlei Überschneidung in Form oder Farbe, nichts deutete auf einen möglichen Kompromiss der beiden Zeiten hin. Draußen regierte die Zukunft und ihr Wettkampf des Überbietens. Hier floss die Zeit, ohne dem Gelände etwas anhaben zu können, jegliche Veränderung der Welt draußen blieb innerhalb der Mauern wirkungslos, und so fragil und bedroht der Ort auch schien, so sehr beeindruckte er, wie jedes Relikt, allein durch sein Noch-vorhanden-Sein. Hier konnte man träumen, man konnte sich eine bessere, sanftere Gemeinschaft vorstellen, egal, was man erlebt hatte und wie sehr das jeglichem Optimismus widersprach. Ich betrat ein Seitengebäude und stieß auf eine Ausstellung skurril geformter Hölzer und Baumrinden, die in Vitrinen lagen. Die Stücke trugen Namen, die jeder für sich eine Geschichte erzählten: »*A mother's deep love for her baby*. Haselnuss, über 200 Jahre alt«, hieß es unter einem knorrigen Gebilde; ich musste böse lachen. Wieder dachte ich, dass Winonas Tragödie schon lange vor unserem Shanghaibesuch begonnen hatte, eigentlich mit Margots Weggang, sie war einfach nur weiter fortgeschritten – und doch, so hätte das nicht enden müssen, es war so unnötig, so sinnlos.

Ein ebenfalls sehr altes, hölzernes Fundstück hatte man in englischer Übersetzung *Phoenix Faces the Sun* betitelt, und tatsächlich schien sich aus dem oben zweigeteilten Ast ein wundersamer Vogel zu erheben, dessen Flügel an der einen Seite schwarz war, wie verbrannt. Der unendliche Kreislauf des Phönix wurde an seinem Höhe- und Wendepunkt dargestellt. Ich versenkte mich in den Anblick: Wenn ich ein Fabeltier sein müsste, beschloss ich, wäre mir der Phönix am liebsten. Immer wieder zurück auf Los.

Draußen waren zwei üppige, grüne Büsche behängt mit beschriebenen Papierstreifen, an rote Bänder geknüpft. Es waren Fürbitten. Ich musste an Linfeis Wunschbaum denken, an meine erste Begegnung mit Winona und Andrew, und mir traten Tränen in die Augen, zum ersten Mal seit Jahren; ich weinte ja nie, außer bei körperlichen Schmerzen.

Ich betrachtete die Schriftzeichen, entzifferte einige deutsche und englische Wünsche. Eine Großmutter sollte genesen, ein Ehepaar bat um ein langes, gemeinsames Leben. Ich faltete einen Schein zusammen und steckte ihn in die Spendenbox, dann nahm ich mir einen Streifen aus dem vorgesehenen Behältnis und suchte in meiner Tasche nach einem Kugelschreiber, ich schrieb langsam, knüpfte das Bändchen vorsichtig fest, das Papier und die roten Bänder tanzten im aufkommenden Wind.

Als ich nach Hause kam, schlief Tong zusammengerollt auf dem Bett. Es tat mir gut, dem Hund zu erklären, was passiert war, und zu versuchen, ihn zu trösten, und praktisch übergangslos begann ich, diesmal ohne Lians Hilfe, mich bei der Botschaft und bei Behörden zu erkundigen, wie ich vorgehen musste, um den Hund mit nach Deutschland zu nehmen.

Winona wurde eingeäschert, und es gab einen Gottesdienst in einer kleinen katholischen Kapelle mitten in Shanghai. Anna und ich waren verblüfft zu erfahren, dass Winona Katholikin war, Lian erzählte, das sei vor Jahren die allerneueste Mode unter chinesischen jungen Leuten gewesen. Winona habe einfach nur mitgemacht, aber mir kam das seltsam vor. Es sah Winona so gar nicht ähnlich, aber das war nur eine vieler Fragen, die weiterhin offen bleiben würden.

In der Kapelle war es sehr voll, was mich überraschte, da Wei Xiangjan auf keinen Fall irgendjemandem hatte Bescheid geben wollen, aber Lian sagte mir, sie hätte eine kurze Meldung auf der Internetseite von *Timeout Shanghai* gelesen, und ich erinnerte mich an die junge Reporterin, die bei der Pressekonferenz viele Fragen gestellt hatte; vielleicht war sie es gewesen, die Winona Winkrafts Tod öffentlich gemacht hatte. Winona Weis Tod. Sie händigten uns allen in der Kirche einen Zettel mit zwei Liedern aus, die wir mitzusingen hatten, und ich musste schon wieder weinen.

Ich hatte mich ganz nach hinten gesetzt, neben Tian, der angespannt und etwas derangiert aussah in seinem zerknitterten schwarzen Anzug. Obwohl Andrew und Wei Xiangjan vorne saßen – ich gehörte nicht zur Familie, ich wollte da nicht hin. Ich sah auf Andrews Rücken wie auf den eines Fremden. Er hatte sich nicht mehr gemeldet, seit er Tong vorbeigebracht hatte, ich war es gewesen, die zu guter Letzt ihn angerufen hatte, um zu fragen, wie er zurechtkomme. Er sagte, er verbringe viel Zeit mit Xiangjan.

»Es ist seltsam, Luisa, aber ich habe so einen Hass auf diese Frau, du glaubst es nicht. Wenn ich ihr gegenüberstehen würde, ich könnte sie töten. Und das Merkwürdige ist, es bezieht sich nicht allein auf Margot, sondern auch auf Lian, Linfei, Tian und mich selbst, auf alle, die an diesem Komplott beteiligt gewesen sind und sie bei diesem Wahnsinn unterstützt haben. Ich möchte niemanden mehr sehen.«

Seine Stimme hatte kühl geklungen, und obwohl er meinen Namen in seiner kleinen Liste nicht mit aufgezählt hatte, wusste ich, nun war es vorbei, und ich verabschiedete mich und legte auf. Er hatte ja Recht, Winonas Tod würde immer zwischen uns lauern, unausgesprochen und fürchterlich greifbar … Und es war ohnehin schon vorher nicht sicher gewesen, ob und wie wir in Kontakt hätten bleiben sollen. Das alles ging mir wieder durch den Kopf, als ich während der Trauerfeier auf seinen Rücken sah.

Der Priester hielt eine lange Predigt, in der er kreativ umging mit allem, was er von Wei Xiangjan und Andrew über Winona erfahren hatte, er sprach von der Liebe und der Verzweiflung und den ungefilterten Gefühlen einer jungen Frau, und er redete so, als ob er einen Lebensabschnitt, den alle Anwesenden kannten, verabschiedete, als ob Winona nur die Stellvertreterin für uns alle gewesen wäre. Es war sehr rührend und stellenweise merkwürdig tröstlich, aber dahinter lauerte ein stiller Vorwurf, dass wir anderen, er eingeschlossen, nur weitermachen konnten, weil wir in der Lage waren, uns mit der Mittelmäßigkeit zu arrangieren; der Mittelmäßigkeit der Dinge, der Personen, der Mittelmäßigkeit an sich. Und dennoch, machte er uns klar, lebten wir jetzt in vollem Bewusstsein von Verantwortung und der Tatsache, was für ein Geschenk das pure Weiterleben war.

An dieser Stelle, meine ich, war seine Argumentation nicht mehr nachvollziehbar, weil Winona das alles auch gewusst hatte, und womöglich war es nur eine spontane Fehlentscheidung gewesen, der viele Alkohol an diesem Abend, der Margot-Anteil in ihr, der sie hatte springen lassen, aber dies ging im Feuer seiner Predigt und unserem anschließenden Gesang unter. Tian verließ die Kirche danach nicht, sondern blieb sitzen, und ich forderte ihn nicht auf, mitzukommen. Ich umarmte Anna kurz und nahm dann all meinen Mut zusammen, um Andrew anzusprechen. Wei Xiangjan war bereits von zwei älteren Chinesen zum Wagen gebracht worden; sein Ziehsohn nahm noch Beileidsbekundungen entgegen. Andrews Augen waren voller roter Äderchen und er hatte rötlich-blaue Augenringe.

»Hallo«, sagte er lediglich, »gut, dass *sie* nicht gekommen ist.«

»Ja«, sagte ich, und er wandte sich von mir ab.

Margot war tatsächlich nicht gekommen, sie war weiterhin im Krankenhaus.

Doch obwohl ich das eigentlich gewusst hatte: Andrew hatte Recht, es hätte ihr ähnlich gesehen, einfach aufzutauchen. Ein Auftritt im leichten, schwarzen Seidenkleid, mit roten Augen, aber wieder gut aussehend, überzeugend in ihrer Rolle als Tragödin.

Aber sie ist nicht gekommen, dachte ich, und als in der nächsten Woche die Klatschblätter herauskamen, als ich diese reißerischen Artikel las, dachte ich, dass sie sich so schnell auch nirgends mehr öffentlich zeigen würde. Ich fragte mich, woher die Journalisten all die Informationen hatten. Wegen der Bilder, auf denen sie wirklich hart und wirklich alt aussah, hatte ich flüchtig Anna in Verdacht, aber sie hatte auch Andrew, Tian und Lian Abzüge gegeben; letztlich traute ich es jedem zu und nahm es keinem übel, im Gegenteil. Später erschienen diese Informationen zum Teil auch in den seriösen Blättern, wenn sie über *Arbeiter und Träumer* berichteten, und das ästhetische Urteil fiel weitaus weniger enthusiastisch aus, teilweise änderten Kritiker auch ihre Meinung. Es deutete alles darauf hin, dass Margots Ruf einen deutlichen Schaden genommen hatte.

Nach dem Gottesdienst gab es einen Schmaus, und ich saß neben einer widerlich nach Zigarettenrauch stinkenden Bibliotheksangestellten, die Winona anscheinend gekannt hatte. Ich ging zu Xiangjan und schüttelte ihm noch einmal die Hand. Es war absurd, er sah lebendiger aus als an jenem Abend, an dem ich ihn bei der Performance gesehen hatte, der Schock hatte ihn befremdlicherweise aufgerichtet; er war von den Reden und Gesprächen über seine Tochter und von dem Neuen, das er über sie erfuhr, völlig überfordert, und während er die Informationen einzuordnen versuchte, vergaß er darüber, so hatte es zumindest den Anschein, ihren kürzlichen

Tod. Ich sah ihn jedenfalls zweimal lachen während des Essens, und das sah unglaublich aus, geisterhaft und falsch.

Was blieb mir noch zu tun in Shanghai, nachdem ich Margot die Kündigung gegeben hatte und frei war? Ich konzentrierte meine Bemühungen darauf, Tong herauszuschaffen, was einen unglaublichen Aufwand an Papier erforderte. Und in den letzten Tagen lief ich ganze Abende lang mit ihm durch die Innenstadt, um ihn an mich und alles Fremde zu gewöhnen, wir gingen nicht mehr durch mein Viertel, sondern über die wirklich bevölkerten, großen Straßen, die grellbunt beleuchtete Nanking Lu oder den People's Square, die Taikung Lu oder durch Xian Tian Di.

Ich stand an einem Abend noch einmal alleine auf der Dachterrasse des M on the Bund, um nach draußen auf die Lichter der Stadt zu sehen, und es kam mir so vor – nein, ich war ganz sicher, es war so –, dass sich mein Schicksal hier gewendet hatte, ich wusste nicht genau, wohin, aber etwas war anders als vorher. Ich ließ meinen Blick durch den Raum wandern und hörte den Kellner nicht, der mich zum dritten Mal nach meinen Wünschen fragte. Und draußen das Gewimmel, die Straßen. Keine Stadt der Welt ließ den Besucher so tief, so detailliert in die Zukunft blicken: in eine völlig leere, ereignislose Zukunft.

Dann flog ich nach Hause; ich hatte bald eine vorsichtige Aussprache mit Christopher und dann zwei Wochen später noch eine, und dann trafen wir uns zwei Monate lang wöchentlich. Ich hielt in der Zeit die teure gemeinsame Wohnung allein; ich wollte, dass er zurückkam. Zu uns. Er mochte Tong auf Anhieb. Und er kam zurück.

Heute denke ich noch oft an die Zeit in jenem Sommer, immer noch sind alle Figuren überscharf in meinem Gedächtnis lebendig, angestrahlt vom Licht eines ewigen Theaters. Ich lebe mit Christopher, unterrichte und führe Tong aus, dessen exotische Schönheit alle bewundern. Wenn er einen Rollstuhl sieht, dreht er durch, aber das kommt äußerst selten vor. Ansonsten glaube ich wirklich, der Hund ist glücklich.

Die Anmerkungen über Rost als Material in der Kunst, die Winona macht, sind der Dissertation von Jutta Weber *Rost in Kunst und Alltag des 20. Jahrhunderts* (Dietrich Reimer Verlag, Berlin 2008) entnommen.

Die Legende zur Entstehung des Westsees sowie Wissenwertes über Gartengestaltung in China las ich in *Die Gärten Chinas* von Marianne Beuchert (Insel Verlag, Frankfurt am Main 1998).

Für die Vermittlung zahlreicher Kontakte bei der Recherche in China danke ich Dr. Raimund Wördemann, ehemals Leiter des Goethe-Instituts Shanghai, sowie Janina Hübner und Huang Shuo.

DIE BÜCHER MIT DEM BLAUEN BAND

Herausgegeben von Tilman Spreckelsen

»Dieses Buch hat alles, was ein gutes Kinderbuch braucht. Lebendig und zugleich mit langem Atem erzählt Silke Scheuermann in ›Emma James und die Zukunft der Schmetterlinge‹ eine lustige und herzerwärmende Geschichte mit Abenteuer, Rätseln, Freundschaftsleid und erstem Verliebtheits-Kribbelgefühl.« *Cornelia Geissler, Berliner Zeitung*

»Für Erwachsene ist es ein Buch, das einem die Augen öffnet für die andere Sicht, die Kinder oft auf Dinge haben – für Kinder ist es eine feinfühlige Erzählung vom Mut und der Tatkraft einer Elfjährigen, die es mit Hilfe ihrer Freunde schafft, viele Dinge auf die Beine zu stellen. Egal, für welchen Blickwinkel Sie sich bei der Kinderliteratur hier entscheiden – alle sind lohnenswert!« *Marlis, Schaum, Deutsche Welle*

Silke Scheuermann

EMMA JAMES UND DIE ZUKUNFT DER SCHMETTERLINGE

Mit Bildern von Franziska Harvey

192 Seiten, Leinen im Schuber

mit Lesebändchen

Fischer

www.fischerverlage.de

fi 85387 / 1

Annika Reich
Durch den Wind
Roman
Band 19140

Muss es mit Mitte dreißig nicht endlich losgehen? Vier Freundinnen aus Berlin sind auf der Suche nach der Liebe und nach dem richtigen Leben. Und alle vier hadern mit sich. Fehlt ihnen der Mut?

Mit Witz und Melancholie, Intelligenz und Genauigkeit erzählt Annika Reich von einer Generation, die das Neue will und vor den alten Fragen steht.

»Eine angenehm intelligente Seismographin der heutigen Gesellschaft. Sie bringt die zentralen Fragen dieser Generation auf den Punkt. Ein großes Lesevergnügen.«
Denis Scheck

Fischer Taschenbuch Verlag

fi 19140 / 1

Katharina Hacker
Der Bademeister
Roman
Band 18969

Berlin, Prenzlauer Berg. Ein Schwimmbad ist geschlossen worden, aber durch die leeren Gänge streift noch immer der Mann, der dort sein ganzes Berufsleben verbracht hat.

»Der schweigsame Badenmeister hat es in sich und Katharina Hacker auch. Ihr Roman ist genau gebaut, nie wird zu viel gesagt, aber immer genug, um vor neuen Rätseln und Fragen zu stehen und weiterzulesen.«
Verena Auffermann, Süddeutsche Zeitung

»Beeindruckende Charakterstudie«
Hajo Steinert, Die Zeit

»Überaus faszinierend«
Werner Jung, taz

Fischer Taschenbuch Verlag

fi 18969 / 1

Lukas Hammerstein
Wo wirst du sein
Roman
256 Seiten. Gebunden

Die Liebe, die uns vom Leben abhält – sehnsüchtig und radikal, zärtlich und utopisch, leidenschaftlich romantisch

Eine Bankerin wird entführt: Lisa Locust, Ikone des maroden Kapitalismus. Zu den Tätern gehört auch der fünfzigjährige Maximilian Klein, der in Lisa schnell seine alte Freundin aus Kindertagen wiedererkennt. Max hat in seinem Leben vieles auf gegeben, nur eins nicht: seine leidenschaftliche, Jahrzehnte überdauernde Liebe zu Lisa. In der langen Nacht, in der er bei der Entführten Wache hält, berühren sich ihre Leben noch einmal, ein letztes Mal. Wie haben wir gelebt? Wen haben wir geliebt? Wo warst du – und wo wirst du sein?

»Und fortan geht es um die eigentlichen Themen, die diesen großen Roman prägen – um gelebte und ungelebte Träume, das gelungene oder missglückte Leben, um Vergänglichkeit, dunkle Romantik und das verpasste Glück. Lukas Hammerstein erzählt melancholisch und gefühlvoll.«
Michael Humboldt, Giessener Allgemeine

S. Fischer

fi 1-029704 / 1